I0561598

Gertrudis Gómez de Avellaneda

Dos mujeres

Barcelona **2023**
Linkgua-ediciones.com

Créditos

Título original: Dos mujeres.

© 2023, Red ediciones S.L.

e-mail: info@linkgua.com

Diseño de cubierta: Mario Eskenazi.

ISBN rústica: 978-84-9953-069-7.
ISBN ebook: 978-84-9953-068-0.

Cualquier forma de reproducción, distribución, comunicación pública o transformación de esta obra solo puede ser realizada con la autorización de sus titulares, salvo excepción prevista por la ley. Diríjase a CEDRO (Centro Español de Derechos Reprográficos, www.cedro.org) si necesita fotocopiar, escanear o hacer copias digitales de algún fragmento de esta obra.

Sumario

Brevísima presentación

La vida

Gertrudis Gómez de Avellaneda (Camagüey, 1814-Madrid, 1873), Cuba. Era hija de un oficial de la marina española y de una cubana. Escribió novelas y dramas y fue actriz. Estudió francés y leyó mucho, sobre todo autores españoles y franceses. Tras una corta estancia en Burdeos, vivió un año en La Coruña y después en Sevilla, donde conoció a Ignacio Cepeda, con quien tuvo un romance. Por esta época ejerció el periodismo y estrenó su primer drama. Su creciente prestigio literario le permitió establecer amistad con Espronceda y Zorrilla. Poco después se casó con Pedro Sabater, quien murió tres meses más tarde.

Tras un retiro conventual, la Avellaneda volvió a Madrid y, entre 1846 y 1858, estrenó al menos trece obras dramáticas. Hacia 1853 quiso entrar en la Academia Española, pero se le negó por ser mujer. En 1855 se casó con el coronel Domingo Verdugo, conocida figura política que en 1858 fue víctima de un atentado. Más tarde éste fue nombrado para un cargo oficial en Cuba. Entonces la Avellaneda dirigió en La Habana la revista *Álbum cubano de lo bueno y de lo bello* (1860).

Su marido murió en 1863 y ella se fue a los Estados Unidos. Estuvo en Londres y París y regresó a Madrid en 1864.

Durante los cuatro años siguientes vivió en Sevilla. Utilizó el seudónimo de La peregrina.

Tomo I

A su respetable amigo el señor Don
Juan Nicasio Gallego.
Gertrudis Gómez de Avellaneda.

Prólogo

Si la benévola acogida con que el público de Madrid ha concedido a la novelita intitulada *Sab*, impusiese solamente a su autora la obligación de presentarle otra obra de más estudio y profundidad, acaso no se atrevería a dar a la prensa su ensayo en tal difícil género, desconfiando de llenar debidamente aquella obligación. Pero como quiera que no cree menos imperioso el deber de ofrecer a tan indulgente público un testimonio de su gratitud, y no alcanza otro que el de presentarle sus ligeros trabajos, se determina a publicar la presente novela, sin creerse en la precisión de hacer alarde de una falsa modestia, rebajando el mérito que pueda tener, ni menos atribuirle alguno de que acaso carezca.

Dirá únicamente que la presente obrita no pertenece al género *histórico descriptivo* que inmortalizará el nombre de Walter[1] Scott; ni tampoco a la novela dramática, por decirlo así, de Víctor Hugo. No hay en ella creaciones, tales como el Han de Islandia y Claudio, ni ha intentado la autora desentrañar del secreto del corazón humano el instinto del crimen. Más humilde y menos profunda, se ha limitado a bosquejar caracteres verosímiles y pasiones naturales; y los cuadros que ofrece su novela, si no son siempre lisonjeros, nunca son sangrientos.

A los críticos abandona los defectos numerosos que deben contener estas páginas como obra literaria, y previene cualquiera interpretación ligera o rigurosa que pueda deducirse de su lectura, declarando que ningún objeto moral ni social se ha propuesto al describirlas.

La autora no se cree en la precisión de profesar una doctrina, ni reconoce en sí la capacidad necesaria para encargarse de ninguna misión de cualquier género que sea. Escribe por mero pasatiempo, y sería dolorosamente afectada si algunas de sus opiniones, vertidas sin intención, fuesen juzgadas

---

1   [«Valter» en el original.]

con la severidad que tal vez merece el que tiene la presunción de dictar máximas morales doctrinales.

I

—Te repito por centésima vez, hermana, que es absolutamente preciso que mi hijo conozca un poco del mundo antes de contraer empeños tan solemnes como los del matrimonio.

—Sí, porque arrojar a un pobre muchacho de veinte años, que sale de un colegio, en esa Babilonia de Madrid, para que le perviertan y corrompan, es el mejor medio de prepararle a ser un buen marido. ¡A la verdad, hermano, que discurres con acierto!

—Leonor, tú interpretas mis palabras con una arbitrariedad que me pasma. ¿Quién trata de arrojar a Carlos, como dices tú, para que le perviertan y le corrompan? ¿No puede mi hijo ir a la corte recomendando a sujetos apreciables y prudentes, que le sirvan de guía en ésa que tú llamas Babilonia? Además, en Madrid como en Sevilla hay bueno y malo: no sé por qué se ha de suponer que todo el que vaya, habrá de pervertirse forzosamente. ¡Tienes unas preocupaciones tan injustas y tan tenaces!

—¡Y tú unos caprichos tan inconcebibles!... Conque, en fin, Francisco, estás resuelto a pesar de las repetidas reflexiones que te hago, a enviar al chico a Madrid apenas llegue a Sevilla.

—No digo yo que sea precisamente apenas llegue a Sevilla, no por cierto. Hace ocho años que no veo a Carlos y...

—Gracias a la loca manía que tuviste de querer hacer a tu hijo un revolucionario, un hereje, un francés. No fue ciertamente mi dictamen el que seguiste cuando enviaste a Carlos a tomar lo que tú llamas una brillante educación, a un colegio de Francia: de esa Nínive, de ese centro de corrupción, de herejías, de...

—Por el amor de Dios, hermana, suspende tus calificaciones y déjame concluir lo que iba diciendo. Repito que hace ocho años no veo a mi hijo, y que es natural desee tenerlo a mi lado algunos meses antes de volver a separarme de él. Pero después, es cosa decidida, después irá a Madrid, irá a tomar ese bañito de corte que sienta tan bien a un joven de su clase, y que en nada, así lo espero, podrá perjudicar a sus sentimientos y buenas costumbres. ¡Hermana Leonor! Ningún Silva ha sido pícaro ni libertino, y yo juro, vive Dios, que no será Carlos el primero.

—Pero ¿qué necesidad tiene Carlos de ese bañito de corte, como tú dices? Porque se quede tranquilo en su patria al lado de su padre y de su esposa, cuidando sus intereses, que a Dios gracias son considerables, será menos caballero, menos estimado de sus compatriotas? ¿Pierde algo con no ir a Madrid?

—Sí, señora, porque este paseo, que por otra parte no será largo, le proporcionará revivir útiles relaciones, que yo tengo muy descuidadas: podrá, por medio de ellas, vestir el distinguido hábito de Carlos III que yo obtuve a su edad, pues mi hijo no ha de ser menos que yo; se dará a conocer y cultivará la amistad su primo que es capellán de la Reina, anciano valetudinario y poderosos, que no tiene parientes más próximos... en fin, suponte que ninguna ventaja resulte de este viaje, yo lo quiero y esto basta.

—Ésa es la razón que tú acostumbras oponer a todas las que yo te presento para apartarte de alguno de los proyectos desatinados que formas cada día. A la verdad, hermano, que a los cincuenta y cuatro años eres más loco que fuiste a los veinte.

—Y tú más tenaz y dominante a los cincuenta que a los diez y ocho, cuando te casaste con aquel pobre hombre a quien echaste a la sepultura a fuerza de impertinencias. Estas beatas o devotas son más temibles que una legión de demonios.

—¡Hermano Francisco!

—¡Hermana Leonor!

—Tú te excedes.

—Tú me precipitas.

En el momento en que el debate de los dos hermanos, llegaba a esta línea peligrosa que divide el terreno de la discusión y el agravio, abriose sin ruido una puerta vidriera cubierta de cortinas de tafetán verde, y asomó por ella una rubia angélica cabeza diga del pincel de Urbino o del Corregio.

—¿Qué es esto, mi querida mamá?, ¿qué tiene usted, mi amado tío?, ¿están ustedes riendo? ¡Ah! ¡y yo me aflijo tanto siempre que tienen Vds. estas disputas que terminan por enfadarse!

Al oír estas palabras, pronunciadas con un ligero y gracioso acento andaluz por una voz musical, desarrúguese la frente de don Francisco de Silva, y una sonrisa de orgullo maternal asomó a los pálidos labios de doña Leonor que un momento antes temblaban de cólera.

—Ven, Luisita —exclamó la buena señora, removiendo en un ancho sillón de damasco encarnado con galón de plata, su cuerpo enjuto y acartonado—. Ven y tráeme agua de colonia, éter, cualquier cosa, porque me siento muy mala. ¡Ay, Dios mío, qué flato!, estas cosas me asesinan.

—Hermana —dijo don Francisco mirándola con inquietud— yo siento mucho..., ¡pero tú me insultas de un modo...! En fin, olvídese esto; si te he ofendido perdóname. Ya sabes mi genio... soy una pólvora... pero repito que me perdones.

Mientras el caballero tartamudeaba estas palabras, sintiendo sinceramente la indisposición de su hermana, aunque debía estar acostumbrado a tales escenas que eran demasiado frecuentes, Luisa salió del gabinete con un frasquito de éter, y poniéndose en una banquetita delante de su madre, acercó su linda cabeza para examinar con tierno sobresalto las facciones de la anciana, alteradas aún por la cólera, pero en las que se traslucía la satisfacción que le causaba la victoria que, merced a su flato, acababa de obtener sobre su antagonista.

Luego la hermosa niña aplicó el frasquillo a la nariz de la enferma, y volviendo a su tío dos bellísimos ojos azules, llenos de ternura y mansedumbre, pareció decirle con ellos: «¿Por qué, por amor a mí, no es usted más dulce con mi madre?»

Don Francisco se levantó de su silla, no ya con las cejas fruncidas ni la frente arrugada, sino con aire contrito y avergonzado, y tomando una mano de su hermana.

—Leonor —la dijo—, dime que me perdonas. De todos modos Carlos no irá ya a Madrid.

Estas palabras fueron un himno de triunfo de triunfo para doña Leonor, que aparentó sin embargo no atender a ellas, y haciendo alarde de generosidad.

—Yo te perdono, Francisco —exclamó—, y espero que tú también...

—No digas más, mi buena Leonor, olvídese de esto; ¿estás mejor?

—Quisiera irme a la cama, hermano mío, necesito reposo. ¡Hace tres días que me siento tan mala!

—¡Y yo, bárbaro!, que sin consideración al estado de tu salud, te doy a cada hora un nuevo disgusto...

—Vamos, tío, ya usted ha dicho que no se hable más de eso. Venga usted; llevemos a mamá a su cama y luego... luego le daré usted un abrazo en premio de lo bien que ha reparado su falta.

—¡Hechicera!

Y el caballero miraba cayéndosele la baba, como suele decirse en su país, a la linda niña, hasta que dándole un golpecito en el hombro le recordó ésta que era preciso conducir al lecho a la anciana.

Mientras que descansa en sus bien mullidos colchones la respetable y doliente señora; que se marcha don Francisco después de recibir el prometido abrazo; y que Luisa aprovecha el momento en que se ve sola para leer a hurtadillas detrás de las cortinas de la cama de su madre, el libro de Pablo y Virginia, que por pertenecer al anatematizado gremio de las novelas era en el concepto de ésta una obra perjudicial a la juventud, nos tomaremos sin disgusto el trabajo de dar al lector una breve noticia de las personas que le hemos presentado. Poco hay que decir de don Francisco de Silva: era ni más ni menos, lo que aparece en la escena anterior. Corazón bueno y generoso, alma cándida, carácter vivo, un poco caprichoso pero fácil de dominar pasado el primer impulso. No era la prudencia su cualidad más sobresaliente, y solía tomar las resoluciones más extravagantes y peligrosas con una ligereza que los años no habían podido destruir y hacían resaltar. Rara vez consultaba otra opinión que la suya propia; irritable la contradicción manifiesta; no cedía jamás a los argumentos; pero nunca supo resistir a la súplica y un niño podía gobernarle a su antojo por medio de la dulzura. Vástago de una familia antigua y poderosa de Sevilla, casó con una mujer de igual clase, de la que no tuvo más hijos que Carlos. Su esposa había muerto poco después del nacimiento de éste, y doña Leonor, única hermana de don Francisco, se encargó entonces del niño que no conoció otra madre. Don Francisco, no obstante, sus eternas disputas con su hermana, creyó no poder confiar su hijo a mejores manos. Devota, rígida, severa, doña Leonor era una mujer de cuya virtud la misma envidia no se atrevió a dudar en ningún tiempo. Tenía toda la prudencia que faltaba a su hermano, era tan reflexiva como él precipitado y si tomaba sus resoluciones con menos energía sabía sostenerlas con más tesón. Don Francisco censurando sin cesar la inflexibilidad del carácter de su hermana, era, sin que él lo conociese, dominado por este mismo carácter. Leonor jamás retrocedía en camino tomado con madura deliberación; y su posición grave, constante, inmutable a todo lo que contradecía sus principios o contrariaba sus proyectos, quedaba siempre vencedora, ganando a su contrario de cansado muchas veces.

De seis hijos que tuvo doña Leonor, no le quedaba más que uno a la muerte de su esposo, y la pérdida de tantos queridos objetos había hecho más preciosa para ella aquella última prenda de su unión. Luisa, la linda Luisa era esta cara prenda, y su madre había tenido en su educación el más incansable desvelo. No entraba en sus ideas el adornarla de talentos distinguidos y la educación de Luisa fue más religiosa que brillante: a pesar de la oposición de don Francisco a un sistema tan rígido. No tuvo maestros de música, ni de baile, ni de ningún género de habilidad; pero en compensación conocía todos los secretos de la economía doméstica, era sobresaliente en el bastidor y la almohadilla, sabía los primeros rudimentos de la aritmética y la geografía, podía recitar de memoria la historia sagrada y estaba medianamente instruida en la profana; con lo cual nada le faltaba, según decía su madre, para poder llamarse una mujer instruida. Además, aunque doña Leonor hubiese anatematizado todos los libros de novelas y poesías amatorias, solía permitir a Luisa obras en su concepto tan amenas como instructivas y aprovechando la niña esta concesión leía y releía en sus horas de descanso las Tardes de la Granja, la Vida de las santas, el Almacén de niñas, Eufemia o la mujer verdaderamente instruida, y aun las composiciones de Fray Luis de León, con tal de que no fuesen de aquéllas en las que el poeta se dejaba inspirar algún tanto por la ternura de su corazón. Además su tío solía darla a hurtadillas algunas novelas como el Robinson, Pablo y Virginia, etc.

Luisa no tuvo amigas de su edad, doña Leonor no le gustaba da dar por compañeras a su hija jóvenes del día, tal era su expresión, que se educaban en los teatros y en los bailes, y que a los trece años salían a la reja a pelar la pava con sus amantes. Escandalizábase de la libertad que las madres dejaban a sus hijas, sostenía que en su tiempo era muy diferente, y terminaba por mal decir muy devotamente a la Francia y a los franceses, pues creía y probaba que de ella y de ellos, había recibido España el contagio fatal de las malas costumbres.

Doña Leonor era en alto grado española y realista. El culto que daba a Fernando VII estaba como enlazado al que tributaba a Dios, y la desafección al rey legítimo y absoluto era para ella un pecado de herejía, de tal modo se confundía en su cabeza el altar y el trono. Durante el reinado de José Bonaparte en España habíase confinado en un pueblo pequeño de la sierra viviendo en el más absoluto retiro, para evitar de este modo el oír hablar de aquel usurpador hacia el cual conservó toda su vida un odio tan grande como el que profesaba a la Francia, siendo a sus ojos una de las mayores faltas de su hermano el que no participase de sus sentimientos en este punto. Don Francisco, aunque adicto sinceramente a la causa del rey, no era en manera alguna un enemigo de los Bonapartes; y aun no pocas veces había exaltado la bilis de su hermana, asegurando, a fuer de hombre previsor y político, que conforme o no a sus intenciones, ellos habían traído ventajas a la España que debían hacerse palpables más tarde. Nunca olvidaba el noble caballero contar entre estas ventajas la abolición del tribunal terrible de la Inquisición, y era entonces cuando doña Leonor ponía el grito en los cielos, pues la piadosa señora no dejó de rogar devotamente cada día; después del rosario, por la restauración del Santo Oficio y exterminio de los herejes; así como por la vuelta de Fernando y caída de Bonaparte, a quien nunca nombró de otro modo que Malaparte, bien que su hermano se burlase claramente de su una puerilidad tan ridícula.

Doña Leonor volvió a Sevilla a mediados del año 1814 para solemnizar con fiestas religiosas, que hizo celebrar a su costa en varios conventos, la vuelta del rey.

Tres años habían transcurrido desde dicho día hasta aquel en que comienza nuestra relación, y aunque el entusiasmo popular por el restituido monarca se hubiese algún tanto entibiado durante ese tiempo, no sucedía lo mismo con el de doña Leonor, que por el contrario se exaltaba cada día más, como de su devoción religiosa, llegando ambos sentimientos al grado de fatalismo.

Es de suponer que su casa y su familia hubieran podido transportarse al siglo XVII sin que se desdijesen en nada. El aire que allí se respiraba tenía un olor a antiguo y monacal, los muebles, el interior, todo en doña casa de Leonor era español puro, antiguo y acendrado. Comíase a la una del día, merendábase chocolate y dulces a las cinco de la tarde, cenábase a las nueve de la noche, y a las diez, en punto, en verano o en invierno, todo el mundo estaba en la cama.

Doña Leonor trataba a pocas personas y no tenía intimidad con nadie. Su única diversión era jugar algunas tardes a la malilla con doña Beatriz y doña Serafina, señoras maduras y devotas como ella, y sus tertulias del otro sexo eran con su hermano, su venerable confesor el cura de las Capuchinas, y dos galanes que se acordaban del casamiento de Carlos IV con María Luisa, a cuyas fiestas asistió Leonor al primero y único baile que había visto en su vida. Esta mundana diversión, así como la del teatro, estaban proscriptas de la casa de la austera dama y Luisa no sabía apenas qué significaban tales nombres. Bien es verdad que en compensación solía dejarla ir su madre algunas tardes a ver las corridas de toros, y todos los años la confiaba una noche a sus amigas doña Serafina y doña Beatriz para que la llevasen a la velada de San Juan en la alameda de los Hércules, a dar un paseo y a comer un par de buñuelos.

A esto se reducían todos los placeres de Luisa, pero a falta de ellos llenaban su vida mil pequeños deberes que su madre la hacía cumplir escrupulosamente.

Ningún sábado dejaba de confesar y comulgar en las Capuchinas, ningún domingo de oír dos misas en la catedral. Había ciertos días del año: destinados a visitar hospitales para consolar y socorrer a los enfermos, otros que madre e hija consagraban a trabajar con sus manos ropas para los niños de la cuna, de cuyo establecimiento era especial protectora doña Leonor: en fin la multitud de novenas, las varias fiestas que se ofrecían ya a un santo, ya a una santa, las visitas a los conventos de monjas, en cada uno de los cuales tenía doña Leonor una parienta o una amiga, todas estas cosas unidas a los cuidados domésticos, ocupaban la vida de Luisa lo bastante para preservarla tal vez de estos éxtasis ardientes, peligro de la juventud en inacción, de esas vagas cavilaciones de la vida contemplativa que suelen extraviar las imaginaciones más puras. Además, nada anunciaba en Luisa una de aquellas almas de fuego, una de aquellas imaginaciones poderosas y activas que s devoran a sí misma si carecen de otro alimento.

Aunque nacida bajo el ardiente cielo de Andalucía no tenía ni física ni moralmente los rasgos que caracterizan a las mujeres meridionales. Cándida y pura como su tez era su alma, y su carácter dulce y humilde como su mirada. La inocencia brillaba en cada una de sus facciones, como en cada uno de sus pensamientos, y cuando sus ojos azules y serenos se levantaban en lo alto, y un rayo de luz argentaba su blanca frente, diríase que recordaba en la tierra la existencia del cielo.

Parecía cercar a aquella figura pública e ideal una atmósfera de divina poesía, y que en torno suyo se respiraba un aroma de pureza.

La imaginación menos casta concebía al verla, pensamientos vagos de amor tímido y religioso, el corazón más gastado se sentía reanimar al aspecto de aquella juventud tan bella y tan cándida. Parecía que las pasiones de los hombres, no podían tener influencia sobre una criatura toda celestial, y que la voz humana debía herir aquellos oídos acostumbrados a los cánticos de los ángeles.

Todo en ella correspondía a su divina figura: tierna, suave, benigna, siempre con la sonrisa en los labios y la paz en el corazón, no había conocido ni los placeres ni los dolores de la vida, y llevaba en su frente el sello de un alma virgen. Sin embargo, si nadie contemplándola se atrevería a imaginar que pudiesen hallar entrada en aquella existencia apacible fogosas y terribles pasiones, cualquiera al observar la dulzura melancólica de su frente y la exquisita sensibilidad que se traslucía en su mirada, hubiera comprendido que aquella alma todavía serena, había sido formada para amar: para amar con toda la pureza del ángel, y toda la abnegación de la mujer. Ella empero lo ignoraba: ¡pobre niña! ¿se había atrevido nunca a preguntar a su corazón por qué palpitaba algunas veces cuando las tortolillas arrullaban en torno de sus nidos, cuando escuchaba en el silencio de la noche los amorosos trinos del ruiseñor, o cuando vagando solitaria por el jardín a la luz de la Luna, veía temblar las ramas halagadas por el viento, y producir un sonido vago y melancólico que semejaba un suspiro?

Tenía solamente siete años y diez Carlos su primo, cuando los dos hermanos concertaron unirlos. Aquel enlace era bajo todos los aspectos proporcionado: ambos ran hijos únicos, ambos ricos y análogos en edad: Luisa y Carlos se habían criado como dos hermanos, y como tales se amaban. Los padres no vieron en lo futuro nada que pudiera contrariar aquel proyecto, pero don Francisco quiso enviar a su hijo a educarse a un colegio de Francia, y desde que realizó este pensamiento doña Leonor pronosticaba sin cesar que aquel deseado enlace no se verificaría.

Y la verdad, la buena señora hubiera sentido con extremo que se cumpliesen sus pronósticos, pues sea por apego a su familia, sea por el largo tiempo que alimentaba el proyecto de dicha unión, o porque viéndose anciana y enferma quisiese asegurar cuanto antes a su hija un protector, doña Leonor deseaba ardientemente no solo realizar, sino también apresurar en lo posible el casamiento de Luisa con su primo. Con la considerable dote de ésta y su mérito es de suponer que no faltarían muchos interesados por su mano, pero el conocimiento que todos tenían de su proyectado enlace y el absoluto retiro en que vivía, no habían permitido hasta entonces que ninguno se presentase como aspirante, y doña Leonor temblaba al pensar que podía morir sin haber colocado a su hija.

Sin duda estas consideraciones la hacían oponerse con tanto tesón al paseo que don Francisco quería hiciese su hijo a Madrid, y su corazón no descansó completamente ni aun después de haberle oído ofrecer que desistiría de tal pensamiento.

Tendida en su cama daba vueltas a un lado y a otro sin poder sosegar, y entre los ayes que le arrancaban, de vez en cuando, sus dolores reumáticos y sus accesos de histérico, la oía Luisa exclamar con voz destemplada.

—No, no estaré tranquila hasta verlos volver del altar.

II

He aquí que en una hermosa mañana del mes de mayo del año 1817, cuando los colorines saludan a la primavera en los ricos campos de la Andalucía, y Sevilla, recostada, como una reina oriental en el centro de su fértil llanura se perfuma de azahares y jazmines; cuando empiezan a adornarse los moriscos patios con macetas de porcelana sembradas de geranios, heliotropos, clavellinas y rosas; que las aguas de las fuentes saltan murmurando en giros caprichosos de sus surtidores de mármol; que el Guadalquivir se cubre de ligeros botes y veleras lanchas, mientras envanecidos de mirarse en sus celebradas linfas los naranjos y granados levantan en la orilla sus cabezas floridas: cuando el Sol parece sonreír con amor a la vegetación que reanima: cuando las hermosas salen con la aurora, tan risueñas como ella, a pasearse por las orillas del río: en fin, cuando todo en Sevilla es vida, placer y poesía, he aquí, repito, que en un buque fondea en la ribera y dos minutos después don Francisco de Silva abraza a su hijo. Carlos había hecho su viaje por mar de Francia a Cádiz, en donde apenas se había detenido algunas horas, anhelando el momento que entonces gozaba.

No tarda doña Leonor en recibir oficialmente el aviso de la feliz llegada de su sobrino y futuro yerno, y de que aquel día vendrá con don Francisco a comer con ella. A pesar del histérico y el reumatismo se supone al instante en movimiento, y hace poner igualmente a toda su servidumbre, para obsequiar dignamente a tan queridos huéspedes.

Es fama que los muebles antiguos y venerandos de aquella casa tan constantemente tranquila, se espantaron al ver el inusitado movimiento de aquel día, y la vieja ama de llaves que en treinta años que servía a doña Leonor no se acordaba de haber presenciado iguales gastos y profusiones, se santiguó devotamente y dijo en voz baja al mayordomo.

—No hay remedio, nuestra ama va a morir pronto, Tadeo, pues cuando las personas hacen esas cosas extraordinarias nada bueno para ellas puede esperarse.

Luisa no tenía ningún adorno que pareciese bueno a la mamá, y bien que hasta entonces hubiese sido acérrima enemiga de las modas, en obsequio de tan gran día permitió que su oficiosa amiga doña Serafina recorriese varias tiendas para comprar mil chucherías del ornato mujeril. La pobre Luisa que hasta aquel día había oído decir que era un grave pecado perder los momentos en el tocador, hubo de someterse en aquella memorable mañana a dos largas horas de toilette. No aseguraremos que su prendido pudiese aspirar a la calificación de elegante, pues nos consta que fue dirigido por la respetable señora Serafina, que aunque se hubiese acreditado hacía treinta años de manejar con mucho salero su mantilla de raso, no estaba muy al corriente de las alteraciones que tan a menudo experimenta el voluble ídolo de la moda. Lo que sí sabemos es que salieron aquel día de sus acerados cofres todos los diamantes de su bisabuela, y que Luisa cargada de todos ellos se quejaba por la noche de una horrible jaqueca. Pero, en fin, lo cierto es que concluido el tocador doña Serafina declaró que estaba tan hermosa y tan bien prendida, como lo estuvo la misma Leonor el día que dio su mano al difunto, y que la ama de llaves, el mayordomo, la doncella y hasta la cocinera, quedaron deslumbrados a la vista de tanta hermosura y de tantos diamantes.

La hora de la visita se acercaba: doña Leonor habiendo ya concluido todos sus preparativos se había sentado majestuosamente en su enorme sillón de damasco encarnado con galón de plata, recogiendo cuidadosamente su vestido de raso de color de hoja seca, y acomodándose simétricamente en los hombros su pañuelo de crespón de la India. Doña Serafina y doña Beatriz, sus únicas amigas, llenaban un canapé o sofá que formaba juego con el sillón, adornadas también con lo más selecto de sus guardarropas; y junto a su madre, en un taburete antiguo, Luisa estaba sentada con timidez y abrumada bajo el peso de sus joyas, oyendo las prudentes advertencias que la hacían alternativamente su madre y sus amigas. Mientras tanto la pobre niña allá en sus adentros se admiraba sin poder comprender a qué se dirigía tanta solemnidad. Se le había dicho mil veces que estaba destinada a casarse con su primo, pero la inocente no daba a esta palabra un significado tan terrible como debiera. Se acordaba de un muchacho muy bonito que le rompía sus muñecas, pero que, en cambio, la regalaba pajaritos y dulces, y nada veía que la espantase en la idea de vivir siempre junto con aquel compañerito de su infancia. ¿Para qué tantos consejos, tantas prevenciones? Nada comprendía Luisa y empezaba a sentir una vaga inquietud que procuró disipar repitiéndose a sí misma, que aquel novio tan esperado, aquel marido tan solemne anunciado no era otro que su amigo Carlos, su gracioso Carlos, el cual se presentaba todavía con su carita redonda y blanca, sus largos cabellos, sus grandes ojos negros llenos de candor y alegría, y su risa infantil y estrepitosa. Casi se le figuraba que al verle, a pesar de todas las advertencias del venerable triunvirato, no podría contenerse sin correr a abrazarle. Mientras ella pensaba esto la repetía a su madre, por centésima vez.

—Niña, es preciso no estar ni tan seria que parezca que no tomes parte en el placer de la familia, ni tan risueña y contenta que pueda creerse que te hallas con el derecho de manifestar que recibes la mayor parte. Compostura, Luisita, moderación, y, sobre todo, silencio. Una doncella bien educada no habla sino lo indispensable, mayormente en la primera visita de su futuro esposo.

En el momento en que se terminaba esta arenga, probablemente para volver a comenzarla, oyose el ruido de un coche que paraba a la puerta y las tres señoras exclamaron a la vez, arreglando sus toquillas con majestuosa y casi solemne compostura.

—Ya están aquí.

Los hermosos ojos de Luisa se dirigieron involuntariamente hacia la puerta, pero doña Leonor la dio un golpecito con el abanico en el hombro, diciéndola con severidad.

—¡Niña, niña!, esos ojos bajos.

Obedeció Luisa, y quedose inmóvil hasta que oyó la voz de su tío gritar junto a ella.

—Luisita, saluda a tu primo.

Levantó entonces la cabeza y fijó su dulce y candorosa mirada en la persona que don Francisco le presentaba, pero en el mismo instante y sin necesidad de nueva orden maternal volvieron a inclinarse al suelo sus hermosos ojos, tiñéndose de púrpura su rostro.

La causa de tan súbita turbación no es imposible de adivinar. Luisa no había hallado a su Carlos. El objeto que estaba delante de ella no era el mismo de quien se había separado ocho años antes. El alegre, el gracioso Carlos había desaparecido: la niña no había encontrado sus redondas y frescas mejillas, sus largos cabellos castaños, sus ojos vivaces, y su boca risueña y diminuta. Bucles de un negro perfecto sombreaban una frente morena y espaciosa, en medio de la cual se señalaba distintamente una azulada vena: facciones varoniles y bien pronunciadas formaban un rostro de fisionomía meridional, fogosa y altiva: en fin, Luisita al buscar la sonrisa del niño había hallado la mirada del hombre.

Un sentimiento sin nombre, una mezcla confusa de sorpresa, placer, tristeza y temor, embargó en aquel momento su corazón. Los cumplimientos entre Carlos, don Francisco y las tres señoras, se habían empezado y concluido por tres veces; los recién llegados se habían ya sentado y la conversación había agotado todos los lugares comunes, todas las vaciedades que se emplean en semejantes casos, antes de que la pobre Luisa se hubiese atrevido a volver a mirar a su primo. Por fin, aprovechando un momento en que Carlos contaba a las señoras los pormenores de su viaje, y en el que pensó Luisa que no repararía en ella, levantó lenta y tímidamente sus bellos ojos, dirigiéndolos como a hurtadillas haca él, pero... ¡terrible casualidad!, apenas su mirada se había detenido un instante en el rostro del mancebo, cuando la de éste volviose a ella súbitamente, tan directa, tan brillante, tan ardiente, que Luisa pasó de la turbación al desconcierto. Inclinó sobre el pecho agitado su rostro encendido de rubor, y sin saber que hacerse comenzó a romper las varillas de nacer de su abanico. Parecíale que nunca hasta entonces había sido mirada, que nunca había visto ojos hasta entonces... En fin, parecíale que aquella mirada pasaba sobre su corazón y que iba a ponerse mala. Doña Leonor que por muy ocupada que estuviese en cumplimentar a su sobrino, no dejaba de mirar disimuladamente a su hija, notó el poco divertimiento de la niña, que iba haciendo trizas el precioso abanico que doña Leonor conservaba hacía dieciocho años (pues era ni más ni menos el mismo que había usado el día de su boda), y no pudo contener su enfado gritando con impetuosidad:

—¿Qué haces niña?

Un trueno no asusta más a un viajero descuidado que lo fue Luisa al oír aquella repentina interpelación; ¿qué hacía?, ¿por ventura lo sabía ella misma? El fatal abanico cayó de sus manos al movimiento de susto que no pudo dominar, y viendo volverse hacia él todas las miradas, y notando entonces que había roto su abanico, y sin saber qué hacer ni qué decir, la pobre criatura volvió hacia su tío sus ojos confusos y preñados de lágrimas, como si implorase un defensor contra el extraño sentimiento que l conturbaba. Pero antes que don Francisco, acudió Carlos a levantar al caído abanico, y al presentárselo a Luisa como si fuese contagiosa la turbación de ésta, también se puso encendido y bajó sus soberbios ojos negros como ella bajaba sus dulces ojos azules. ¡Oh momento primero de un primer amor! ¿Qué pluma habrá que acierte a describirte? Cuando un rayo del cielo baja y enciende a la vez dos corazones vírgenes, los ángeles sonríen batiendo con languidez sus blancas alas, y ellos solos pueden comprender los castos misterios que entonces encierra el alma y que la inocencia oculta con su cándido velo.

Gracias a la oportuna intervención de don Francisco, no se trató más del abanico: la conversación volvió a entablarse y Luisa pudo reponerse poco a poco de su primera emoción. Las tres señoras se habían situado por último en su terreno; es decir, comenzábase a hablar de jaquecas, histéricos y reumatismos, y se hacía la prolija enumeración de odas las recetas probadas o no probadas, que podían convenir. Don Francisco las oía mezclándose de vez en cuando en la conversación para confirmar la inefabilidad de las unas o sostener la ineficacia de las otras, y Carlos y Luisa sentados uno frente del otro, callaban y se miraban alternativamente; y digo alternativamente porque es de notar que como por un recíproco convenio evitaron ambo que volviesen a encontrarse sus ojos. Cuando Carlos fijaba en Luisa su irada apasionada la niña mantenía la suya inclinada hacia el suelo, y cuando Carlos notaba con disimulo que Luisa alzaba hacia él sus modestos ojos, dirigía los suyos a dos grandes cuadros al óleo que adornaban las paredes, y que representaban el uno el prendimiento de Jesús, y el otro la Asunción de María.

Dos o tres veces pareció que el joven intentaba dirigir alguna palabra a su prima, pero esta palabra, que casi asomaba a sus labios, quedábase helada entre ellos, sin llegar a ser proferida. Por fin llegó la hora de la comida que aquel día por extraordinario fue a las tres, exceso que produjo un cólico a doña Leonor, cuyo estómago por el largo hábito de ser satisfecho a la una en punto, no se sometió impunemente a la dilación de dos horas. Quiso la buena señora que en conmemoración del último día que su sobrino con ella en la misma mesa que entonces, antes de su ida al colegio, ocúpase la silla que en aquel día había ocupado, y que Luisa se sentase junto a él, de la misma manera que entonces. Esta vecindad no fue la invención más propia para dar apetito a los dos jóvenes pues uno y otro se quedaron sin comer, Carlos por mirar a Luisa, Luisa por no mirar a Carlos.

Doña Leonor expresó al final de la comida cuán agradecidos debían estar a Dios de que les hubiese dado vida para volver a reunirse en familia, del mismo modo y con igual placer que lo habían hecho hacia ocho años.

—Sí, mi querido sobrino —dijo después dirigiéndose a Carlos— yo doy gracias a la Providencia porque te haya vuelto al seno de tu familia; y a mí me haya concedido ver este dichoso día. En los ocho años que ha durado tu ausencia nunca me he sentado a la mesa sin mirar con tristeza el sitio que tú ocupabas en ella, y acordábame con emoción de tus travesuras y donaires.

Carlos se atrevió entonces por primera vez a dirigir la palabra a su prima.

—Y usted, Luisa —dijo con voz baja y algo trémula—, ¿y usted nunca se ha acordado de mí?

Su nombre pronunciado por Carlos hizo estremecer a la doncella, y la conclusión de su pregunta la puso en un embarazo inexplicable. Quiso contestar, y el monosílabo sí salió de sus labios con un sonido tan tenue que Carlos pudo adivinarle más bien que oírle.

—Yo también —añadió él con alguna osadía—, yo también me acordaba de usted, pero a la verdad, no de usted como es ahora, sino como era cuando nos separamos.

—¡Ah! —exclamó con candidez la niña—, ¿con que le ha sucedido a usted lo mismo a mí?

Las señoras y don Francisco se levantaban de la mesa, pero distraídos los dos jóvenes quedaron sentados.

—Yo la recordaba a usted tan linda como era cuando tenía ocho años, Luisa, pero ¡ahora es usted tan hermosa!

Luisa volvió a ponerse encendida, pero acertó sin embargo a responder:

—¡También usted ha variado tanto!

—Yo quisiera ser siempre el mismo Carlos a quien usted tuteaba, a quien usted llamaba hermano. ¿Se acuerda usted Luisa?

—¡Ah!, sí: pero...

—Pero ahora soy otro a sus ojos de usted ¿no es verdad? Ahora, prima, no me trata usted ya como hermano, ahora no me quiere usted como entonces.

—Yo siempre... —le quiero a usted, iba añadir Luisa, pero como en aquel instante encontró otra vez aquella mirada del mancebo que tanto la había turbado, quedose sin concluir la comenzaba frase.

Carlos tampoco acertó a decir nada más: pero estúvose mirándola largo espacio tan distraído en su contemplación que no oyó a doña Leonor que le invitaba a pasar con su padre a un gabinete para descansar un rato, pues no podía la buena señora ni aun a favor de tan gran día pasarse si sueño de la siesta. Tres veces repitió su indicación antes que el joven la oyese; y acaso aun la haría inútilmente por cuarta vez, si Luisa, que no podía resistir por más tiempo el rubor y la emoción que experimentaba, al sentir, por decirlo así, el fuego de la tenaz mirada del joven, no se hubiese levantado y entrádose precipitadamente en su alcoba.

Entonces Carlos se dejó conducir al gabinete, y al verse solo con Francisco:

—¡Padre mío! —exclamó en un exabrupto de entusiasmo—, ¡qué feliz soy! ¡qué felices seremos!

El joven pensaba sin duda en aquel momento que aquella divina criatura le estaba destinada: mientras estuvo junto a ella no había pensado sino en verla tan bella y tan pura como un ángel.

Y Luisa, ¿en qué pensaba mientras dormían la mamá y venerables colegas, y ella echada en un sillón leía su libro de Pablo y Virginia...? No lo sé, pero me consta que, aunque estaba ya en el pasaje más interesante de la novela, en el momento en que los dos amantes se separaban, la siesta se pasó sin que aún hubiese leído la niña el embarque de Virginia. Verdad es que debemos confesar que más de una vez se escapó el libro de sus manos, y que otras muchas, aunque estuviesen fijos en él sus bellos ojos largo espacio de tiempo, no se la veía volver una página. Es indudable que en algo pensaba más interesante ya para ella que los amores de los dos criollos; pero ¿quién se atreverá a expresar en el lenguaje humano los pensamientos de una virgen que comienza a amar?

La siesta pasó: las señoras dejaron sus lechos, y Luisa y Carlos se volvieron a ver sino con tanto embarazo con mayor agitación. Pero don Francisco, a quien le era tan imposible dejar de dar algunas vueltas todas las tardes de verano por la alameda, como a su hermana el dejar de dormir dos horas de siesta, manifestó a su hijo (no sé si con gran satisfacción de éste), que era ya tiempo de despedirse de las damas. Volviéronse entonces a repetir todas las bienvenidas y ofrecimientos que a la llegada se habían dirigido las personas visitadas y las visitantes, y doña Leonor las terminó convidando con mucha instancia a su sobrino a venir a acompañarlas todas las noches.

—Aunque no sea mi casa —dijo— una de aquéllas en que hay reuniones numerosas, no se pasa mal rato. Mis dos apreciables amigas que están presentes (y aquí doña Beatriz y doña Serafina hicieron una ligera cortesía), el cura don Eustaquio, sujeto de amabilísimo trato, y algún otro amigo, suelen venir a favorecernos, y aunque no tengamos bailes ni conciertos, ni otras de esas diversiones mundanas, jugamos nuestra malilla, y aun algunas noches la lotería. Así, pues, mi querido sobrino, no te faltará en qué entretenerte sin ofensa de Dios ni perjuicio al prójimo, y si te fastidiase el jugar...

Carlos interrumpió con viveza a su tía para asegurar que lejos de fastidiarse se preparaba a divertirse muchísimo, pues tenía una decidida afición a la malilla y a la lotería.

Doña Leonor, sin embargo, concluyó su prospecto diciendo:

—Si te fastidiase el juego alguna noche, Luisita te dará conversación, pues ella nunca juega.

—Si tuvieras un piano en tu casa como debías —dijo don Francisco— y si no te hubieses encaprichado en que la niña no aprendiese música, bien podríamos tener ahora buenos ratos, pues, según tengo entendido Carlos es un filarmónico consumado. Pero tú, hermana, has privado a Luisa de toda agradable habilidad, y con la educación que le has dado...

—Hermano —exclamó doña Leonor con algún enfado—, al oírte pensará mi sobrino que la niña es una ignorante, una estólida, y a la verdad que no porque no haya querido hacer de ella una profesora de música, ni una bailarina, creo que pueda tachárseme, de no haber dado a mi hija la educación correspondiente a su sexo. Otro día enseñará Luisa a su primo el mantel que ha hecho para el altar de nuestra señora del Amparo, que es la admiración de cuantas personas le han visto, y las dos imágenes de la Dolorosa y de santa Teresa de Jesús, que ha bordado sobre raso blanco con sedas, y que tal parecen pintadas con pincel. Pues no digo nada de las flores que hace que casi va uno a olerlas, tan naturales están; ¡y eso que es de pura afición!

Ella lee que da gusto oírla, ella escribe bastante claro, ella ejecuta para la perfección toda clase de obras de aguja, ella sabe las cuatro primeras reglas de aritmética como cualquier comerciante y puede relatar de memoria una porción de libros que ha leído. Digo, creo que no es tan ignorante como tú supones.

—¿He dicho yo acaso semejante cosa? Hermana, contigo no se puede hablar, pues das a la palabra más sencilla una interpretación absurda.

—Hermano, es que tú...

Verosímilmente iba a entablarse un altercado de los dos de costumbre entre los dos hermanos, cuando llegó felizmente la amabilísima persona del cura don Eustaquio que cortó con su presencia el comenzado debate. Después de otra media docena de felicitaciones y bienvenidas del reverendo cura de la familia, y contestadas una por una con escrupulosa exactitud, se despidieron padre e hijo y se encaminaron a la alameda, diciendo el uno:

—¡Mi hermana es insoportable!

Y el otro:

—¡Mi prima es encantadora!

III

Carlos de Silva era uno de aquellos que las mujeres juzgan a la primera mirada, y de los que suelen decir en su interior:

—¡Feliz aquella a quien ame!

En efecto, sus ojos revelaban un alma ardiente y apasionada, y un corazón generoso, lleno de fe y fácil a exaltarse, así como su frente llevaba el sello de la inteligencia y de una noble altivez.

Había en su fisonomía todo el ardor, todo el entusiasmo de la primera juventud, templados ligeramente por una tintura de orgullo y de melancolía. Era un hombre hermoso en toda la extensión de la palabra, pues su hermosura era enteramente varonil, y observando aquel rostro tan joven, presentíase que más tarde debería tener un gesto de severidad. Pero, entonces, Carlos no tenía más que veinte años.

Los doce primeros de su vida los había pasado cerca de su tía, en la atmósfera de devoción y de austeridad que la rodeaba. Habíanse formado sus primeras ideas análogas a las de las personas con quienes vivía. Los principios severos de doña Leonor, su rígida moral, sus hábitos religiosos y su inflexible carácter, habían presidido, por decirlo así, al desarrollo del corazón de Carlos, ejerciendo su influencia sobre toda su vida.

En la época más brillante para la Francia y cuando el gran drama político comenzado con la revolución acababa de terminar con la caída del imperio; en aquella época de las nuevas ideas y los nuevos principios, Carlos a cuya natural comprensión se unía un carácter reflexivo, no había dejado escapar los varios acontecimientos de un período tan fecundo en grandes instrucciones.

Sus ideas se habían modificado y engrandecido, ilustrado su razón y extendido su inteligencia, sin que por eso se corrompiese su corazón ni viciase su carácter.

Sin duda, al volver al lado de su tía no le acompañaban las mismas preocupaciones que ella le había inculcado, pero conservaba intacta la fe religiosa y la severa moral que distinguía a la respetable señora. Aunque dotado de un temperamento sanguíneo irritable y violento, y de pasiones muy vivas —acaso más vivas que profundas—, manteníase constante en sus principios, su conducta era regular e consecuente, y la franqueza impetuosa de su carácter era temperada por la energía de su razón. Verdad es que hasta entonces aquellos principios y aquella razón no habían tenido que sostener ninguna lucha tenaz con sus pasiones. Carlos era, pues, una bella y fuerte organización que aún no se había ejercitado; un ardiente corazón que aún no había vivido; un elevado juicio que aún no podía juzgar con acierto y exactitud; una alta capacidad que aún no se conocía a sí misma: era, en fin, un hombre de veinte años, con los nobles instintos de la edad feliz, con las ilusiones y las teorías de las almas ardientes, con todos los peligros de la inexperiencia y con algunas de las preocupaciones recibidas en una primera educación.

Desde muy niño había oído repetir a su alrededor que Luisa debía ser su esposa: en el colegio no dejó de pensar alguna vez en esto. Cuando su corazón empezó a hablar, cuando la juventud circuló ardiente e impetuosa por sus venas, entonces pensó muchas veces en que estaba ya elegida la que debía ser compañera de su vida. La imagen de Luisa tal cual él la había dejado no bastaba ya a la ambición de su alma apasionada, no era el objeto de sus sueños de amor. Tenía el joven allá en su mente el tipo de una mujer hermosa, pura, radiante, con la dignidad en la frente y la ternura en la mirada, creábase una esposa ideal que su corazón reclamaba, y a veces se decía a sí mismo:

—¡Y yo no podré buscarla! ¡Y habré de aceptar a otra que no sea ella!

Pero por un acaso feliz y raro, la mujer elegida por su padre para Carlos, era, sin que él lo sospechase, la realidad de sus ilusiones, el original del retrato que le bosquejaba su ardiente imaginación. Carlos vio a Luisa y la conoció: conoció a su creación, a su esposa ideal: aquélla era la virgen sin mancha que le sonreía en sus éxtasis solitarios, la hechicera visión que entreveía en sus sueños. Carlos vio a Luisa y la amó: La amaba ya hacía tiempo: la amaba con un doble afecto. Luisa era la amante que hasta entonces él no conocía: en la niña, en la hermana había encontrado a su ideal compañera: y aquella virgen adorada y aquella hermana querida era la elegida para él por su familia: la mujer que le daban era la mujer que él hubiera buscado por todo el mundo. ¡Carlos era feliz!

Fácil es adivinar que no echó en el olvido la invitación de su tía y que fue exacto en concurrir todas las noches a su casa. No hizo, es verdad, grande empeño en participar de la divertida malilla que doña Leonor le pintó como una distracción tan grata como honesta, prefirió el segundo prospecto de su tía: dar conversación a Luisa. Sin embargo, en honor de la verdad confieso que la tal conversación no era de las más animadas. Mientras jugaban las tres señoras, y el reverendo cura se paseaba con don Francisco a la sala discutiendo cuestiones teológicas o políticas, o acaso declamando el uno contra la corrupción de las costumbres y haciendo el otro la defensa, solo por espíritu de contradicción. Luisa sentada en un taburete junto a un veladorcito de caoba, se entretenía en tejer medias o en hacer flores, y Carlos en otro taburete junto a ella la miraba trabajar en silencio. De vez en cuando Luisa consultaba el gusto de su primo sobre tal o cual color, o le preguntaba si le parecían bastante finas las medias que tejía. De vez en cuando, también Carlos hacía alguna corta observación sobre la variedad que ostenta la naturaleza en sus obras, y la dificultad de imitar con el pincel o con la aguja la frescura y el colorido de esas flore con que alfombra pródigamente nuestro suelo, y también solía admirar la ligereza con que su prima ejecutaba su labor. Si una tijera o una aguja se caían, Carlos se bajaba a cogerlas, atreviéndose tal cual vez a engañar a Luisa retirando el objeto presentado en el momento en que ella iba a tomarlo. Entonces la niña se sonreía avergonzándose: él volvía a presentar y a retirar el objeto una o dos veces, y la niña comenzaba a impacientarse tomando un empeño infantil en quitárselo. Si en esta especie de juego la casualidad hacía rozar si mano con la de Carlos, Luisa al punto la retiraba tiñéndose de púrpura su rostro, y Carlos, agitado y trémulo, cesaba en el juego. Así pasaban las noches en casa de doña Leonor, hasta que Carlos obtuvo permiso de su tía para enseñar a Luisa a pintar flores y pájaros. Desde entonces no se tejieron medias ni se hicieron flores. Sentados los dos delante de una mesa de forma antigua, daba Carlos a su amada largas lecciones que Luisa recibía con docilidad y complacencia. Durante el día el joven se entretenía en pintar bonitos ramos y pájaros de toda especie, que llevaba para modelos por la noche a su discípula.

Era el mes de julio, tan caluroso en Sevilla, y según la costumbre del país las familias establecían su domicilio en las habitaciones bajas, y los patios se adornaban con primor. El de casa de doña Leonor no sobresalía por el lujo de sus muebles, pero sí por la abundancia y variedad de flores que Luisa cultivaba en jarrones azules y blancos, y cuyos aromas perfumaban el aire. En aquel patio estaban las mesas en que jugaba su malilla doña Leonor, y en la que pintaba Luisa. El ambiente fragante de aquel recinto parecía la única atmósfera en que debía vivir aquel ángel, y cuando Carlos apoyado en el respaldo de su silla inclinaba la cabeza, para seguir de más cerca los movimientos de la linda mano que se ensayaba en imitar los pájaros pintados por él, las auras solían agitar los rubios cabellos de Luisa que tocaban un momento la frente del joven.

Si entonces su corazón latía con violencia y sus labios ardían, ávidos de devorar aquel hermoso pelo y aquellos hombros de nieve, cuando Luisa volvía hacia él sus ojos serenos y apacibles, la frente del hombre se inclinaba confusa y respetuosa a la mirada inocente de aquella virgen querida.

Junto a ella el alma más que los sentidos eran sensibles, y las tempestades del corazón se serenaban al aspecto de aquella reunión de lo más dulce y más poderoso que existe sobre la tierra: la inocencia y la hermosura.

El contemplarla en un mudo y religioso éxtasis; el oír de vez en cuando su voz musical profiriendo palabras tiernas y expresando pensamientos tan puros como su corazón; el respirar junto a ella aquel ambiente de flores bajo el cielo poético de la Andalucía; el recibir una sonrisa, una mirada; eran placeres tan intensos para Carlos, eran una felicidad tan perfecta que no podía acordarse de si existía otra mayor. Y Luisa, ¡ah!, ¡y Luisa!... Sentía la inocente de una nueva vida en su corazón: un manantial de sensaciones desconocidas brotaba en su seno, como a la luz del Sol se despiertan los colores que dormían en la noche; y sin comprender lo que sentía ni lo que inspiraba, hallábase, sin embargo, dichosa y agitada al mismo tiempo. Asústabale su propia ventura, y cuando una mirada de Carlos la decía con respetuosa pasión, —¡te amo!— y sentía la niña inundarse de felicidad su corazón, levantaba al cielo sus ojos para preguntarle si no era un crimen ser tan dichosa en la tierra. En aquella alma casta y religiosa todos los sentimientos tenían un carácter místico, y muchas veces, mientras sus ojos quedaban dulcemente clavados en el rostro adorado, su pensamiento se elevaba al cielo para buscar más allá de la vida terrestre el porvenir de su amor. Cuando Carlos no estaba con ella, Luisa sentía un placer infantil en tocar todos los objetos que él había tocado, en ocupar la silla que él había ocupado, en repetir las palabras que él había proferido, y en imitar todos sus gestos y las inflexiones de su voz; pero cuando ella misma advertía su locura ruborizada y arrepentida, se postraba delante de una imagen de la virgen, invocándola por protectora, y sus votos puros y sus esperanzas tímidas, subían al cielo en alas de la oración.

El sentimiento nuevo y poderoso que llenaba su corazón lejos de entibiar su piedad la había exaltado: porque el amor en las almas que aún no se han corrompido es también una religión: una fe.

¿Y dónde está el hombre que al amar por primera vez en su vida, cuando aún no ha visto y sentido que el amor tiene cansancio, que la felicidad tiene límites, no ha creído estrecha la tierra y breve la vida para el sentimiento que le engrandece? ¿Dónde está aquél que no haya necesitado entonces del Dios paternal que ofrece una vida eterna para un eterno amor?

Por eso ningún hombre es materialista a los veinte años. Solo se deja de creer cuando se deja de amar.

Pero ellos, con sus corazones vírgenes, con su poderosa juventud, ellos que se amaban sin crimen, que en breve harían un deber sagrado de su ardiente y pura pasión, ellos tan castos y tan dichosos, creían en todo: en la eternidad de la vida; en la eternidad del amor. ¡Oh! No seré yo ciertamente quien se burle de ninguna fe. Veo en todas las creencias una virtud y una felicidad. Búrlense en buena hora los corazones desgastados y fríos de esos elevados instintos del hombre que llaman ilusiones. ¡Venid a mí, verdaderas o falsas, venid a mí, dulces creencias de la primera juventud! ¿Qué le queda al hombre cuando os ha perdido?

IV

Dos meses habían corrido desde que Carlos llegó a Sevilla, y don Francisco aún no había dicho ni una sola palabra relativa al enlace de los dos primos. Este silencio molestaba ya a doña Leonor, tanto más cuanto que por ciertas expresiones que se escapaban a su hermano tenían fundadas sospechas que aún no había desistido enteramente de su proyecto de enviar a Carlos a Madrid. Proyecto que, como ya hemos visto, desagradaba altamente a la buena señora, que temía que una ausencia, una larga dilación en el proyectado enlace, acarrease algún contratiempo que pudiera frustrarle: como, a pesar de su vida monástica, no estaba destituida de aquel conocimiento que se adquiere con los años, por poco que se frecuente la sociedad de los hombres, conocía doña Leonor que en la edad de su sobrino si muy bien vivas las impresiones, no son siempre las más profundas, y que no era cosa prudente poner a prueba su constancia, mayormente antes de haberle ligado con un vínculo indisoluble. Doña Leonor, cuya salud era cada día más delicada y, por consiguiente, más vivo el deseo de establecer a su hija, observaba cuidadosamente los rápidos progresos que hacía el amor en los dos jóvenes, y se los hacía notar a su hermano para provocar por este medio una resolución decisiva. Pero don Francisco no hablaba y doña Leonor comenzaba a enfadarse seriamente. Carlos no limitaba ya sus visitas a dos o tres horas de la noche: casi todo el día estaba en la casa de su tía, siempre junto a Luisa, mirando a Luisa, enajenado con Luisa. La niña, por su parte, descuidaba medianamente sus ocupaciones domésticas, y aunque siempre dulce, humilde y afectuosa, parecía melancólica y sin sosiego los momentos en que yo no veía a Carlos. Doña Leonor, cuya severidad y maternal vigilancia eran irrelajables, veíase obligada a descuidar también muchas de sus devociones para estar continuamente en guarda de los amantes, pues, a pesar de la conducta respetuosa del joven y el perfecto recato de la doncella, hubiera creído faltar a todas las leyes del decoro, y hacerse culpable del pecado de omisión, si no vigilaba todas sus acciones, movimientos y aun miradas. Cuando su histérico o su reumatismo la imposibilitaban de llenar exactamente sus deberes de madre cuidadosa y prudente, la reemplazaba la respetable viuda doña Serafina. Doña Beatriz no recibió nunca tan augusto cargo, pues, no obstante sus cincuenta años, su estado de doncella no la daba a los ojos de la escrupulosa madre un carácter bastante respetable. Cansábase ya doña Leonor de la sujeción en que la constituía el cuidado de vigilar a su hija, y un escrupulizaba de permitirla un trato tan frecuente con su novio cuando aún no sabía si efectuaría pronto aquel deseado consorcio. Estos motivos, por una parte, y por otro su temor de que volviese don Francisco a su tema de enviar a Carlos a la corte y de que pudiera sobrevenir algún obstáculo a la realización de sus deseos, la determinaron a tomar por fin un expediente formal que sacase de la inacción a su hermano. Antes de poner en ejecución su pensamiento, observó detenidamente a su sobrino, para confirmarse en el juicio que tenía ya formado de que estaba locamente enamorado.

En efecto, no podía dudarse que de día en día se aumentaba el cariño del joven. Era cosa digna de verse cómo pasaba horas tras horas sentado junto a su prima, embebecido en mirarla y como olvidado del mundo entero. Sus conversaciones que eran regularmente en presencia de un respetable auditorio, se reducían a naderías o palabras insignificantes en sí, pero en aquellas pláticas tan indiferentes, ¡había tantos medios de entenderse dos amantes! Una mirada tímida y furtiva, un suspiro ahogado, las inflexiones de la voz, más dulce, más lenta, más expresiva cuando se dirigían uno al otro la palabra... Todas las pequeñeces que son tan grandes en el amor, venían naturalmente al auxilio de nuestros héroes, y sin que jamás se hubiese pronunciado la palabra amor ni por uno ni por otro, ambos sabían que eran amados.

Las lecciones de pintura que Carlos continuaba dando a su prima les proporcionaban algunos momentos de menos sujeción, porque entonces estaban algo más separados, aunque nunca fuera de la vista de la vigilante mamá. Pero sucedía que la mayor libertad los hacía más tímidos. Muchas veces, al verse espiado, por decirlo así, por las miradas inexorables de doña Leonor, imposibilitado de poder decir a su prima una palabra que ella solo oyese, deseaba Carlos y promovía la lección de dibujo, pareciéndole que tenía mil y mil cosas apasionadas que decirla: pero luego que se veía en la posición deseada, intentaba en vano expresar lo que con tanta vehemencia sentía. Turbábase, templaba, la voz expiraba en sus labios, y algunas veces que se violentaba y hacía un esfuerzo para decir algo, sus palabras eran tan incoherentes que él mismo no podía darse razón de lo que había querido expresar. Si entonces Luisa volvía sus ojos hacia él, sus modestos ojos llenos de serenidad y de ternura, y dejaba de oír su voz tan dulce, tan musical, el joven la miraba y la escuchaba estático: su agitación se calmaba, su desconcierto desaparecía y embelesado, subyugado por el encanto de aquella hermosura tan apacible y tan pura, solo tenía la necesidad de amarla como se ama a Dios: tributándole un culto silencioso. Entonces volvía a enajenarse, a ser feliz con solo contemplarla, entonces su mirada fija en ella con una expresión de ternura mezclada de respeto, hacía sonreír alguna vez a los espectadores y sonrojar a la modesta doncella.

Doña Leonor, que en vista de todos estos síntomas no dudó ya de que Carlos amaba verdaderamente a su hija, resolvió dar un paso prudentemente meditado hacia el blanco de sus deseos, y cuando vio más enamorado a su sobrino le declaró seriamente que su decoro y el de su hija exigía que se hiciese menos largas y frecuentes sus visitas.

—No puedes figurarte —añadió— cuánto siento el verme en la precisión de hacerte esta súplica, mi querido sobrino, pero ha llegado a mis oídos que las gentes empiezan a murmurar la intimidad que te permito con Luisa, pues aunque nadie ignora la intención que hace muchos años tenemos ambos hermanos de estrechar más nuestros vínculos, por medio de un enlace entre nuestros dos hijos, todos extrañan, y con razón, el que sin ningún motivo conocido se retarde tanto la realización de este matrimonio. El honor de mi hija exige, pues, que se limite vuestro trato hasta que no haya obstáculo que se oponga a vuestra unión.

Carlos que hasta entonces no había sentido una gran impaciencia por ver llegar el día de aquella unión, porque la certeza de lla le quitaba toda inquietud, quedó dolorosamente sorprendido al oír aquel discurso de su tía, y, entonces, por primera vez, pensó en que ya podía estar casado y que no lo estaba. Turbose algún tanto y dijo después con bastante emoción:

—¡Dejar de verla todos los días, a todas las horas! ¡Oh! ¡Sería una crueldad! ¡Obstáculo dice usted! ¿Cuál es? ¿Qué puede impedir que se verifique muy pronto esa unión concertada hace tanto tiempo y en la que cifro yo la felicidad de mi vida?

—Estoy en ese punto tan ignorante como tú mismo —respondió la astuta devota—, por mi parte hoy mismo pudieras casarte.

—¿Quién es pues...?

—Tu padre tendrá acaso algún motivo para este retardo, que extraña toda Sevilla y que da margen a los ociosos para mil suposiciones y comentarios, poco honoríficos a la verdad para él y para mí. Pero Francisco no reflexiona en nada de esto y sospecho que su intención es enviarte a la corte y...

—¡Enviarme a la corte!... —interrumpió con impetuosidad el mancebo. ¡Separarme de Luisa! ¡Oh! ¡No! ¡No consentiré!

Trabajo le costó a doña Leonor disimular su gozo al oír esta declaración que disipaba todos sus temores: procuró hacerlo, sin embargo, y dijo con fingida severidad a su sobrino que un buen hijo no debía resistir a la voluntad de su padre, aun cuando esta voluntad fuese tiránica y caprichosa.

—No poco se murmura de esta resolución de mi hermano —añadió—, y no poco hará padecer a mi corazón que anhela darte el dulce nombre de hijo, pero no me corresponde a mí el empeñarme en apresurar ese día, como si me pesase mi hija y quisiera a toda costa descargarme de ella. A Dios gracias estoy muy lejos de este caso.

—¿Quién duda de ello? —exclamó Carlos con vehemencia: ¡Luisa es un ángel! ¡Querer descargarse de lla! ¡Oh! ¿Quién puede pensar semejante cosa? Pero usted dice bien, no es a usted a quien corresponde apresurar ese día que debe hacerme el más feliz de los hombres; si me lo permite usted yo seré quien hable con mi padre hoy mismo, quien le suplique de rodillas que no dilate más mi ventura. ¿Consiente usted en ello, tía mía?

Doña Leonor aparentó vacilar, y viendo la decisión del joven fue recogiendo velas hasta el punto de decir, que acaso convendría mejor que se tomasen más tiempo de meditar en ello, antes de echarse un yugo tan duro como el matrimonio.

—Pero continuaremos como hasta ahora —exclamó Carlos—, ¿no es verdad mi amada tía? Yo esperaré todo el tiempo que usted quiera: haré cuanto usted me ordene; pero permítame ver a Luisa todos los días.

Doña Leonor que no esperaba tanta resignación, se guardó bien de consentir en lo que su sobrino le pedí, y como éste por su parte no suscribiese a ver con menos frecuencia a Luisa, fue preciso, por fin, acceder a su primera proposición; pero supo hacerlo doña Leonor de un modo tan decoroso, con tanta maestría, que su sobrino la dejó persuadido de que cedía casi a pesar suyo, y ella quedó muy segura de que no había comprometido en nada su dignidad, ni rebajado ni un ápice su orgullo.

Carlos habló aquel mismo día a su padre, manifestándole su deseo de que se realizase cuanto antes el casamiento. En vano el anciano le dio las razones buenas o malas que le movían a no querer casarle tan joven. El apasionado amante las refutó victoriosamente. ¡Se tiene tanta elocuencia para defender la causa del corazón! En tales casos el hombre más limitado encuentra recursos estupendos. El papá, que sin ser muy prudente era, por fin, un papá, que había tenido veinte años y tenía ya cincuenta y cuatro, no dejó de hablar mucho de la solemnidad del empeño que iba a contraer, de la necesidad de reflexionarlo maduramente, de conocer un poco el mundo antes de querer ocupar en él el augusto rango de esposo y padre, de lo horrible que sería un arrepentimiento tardío..., pero todo esto no hizo mella alguna en su hijo. ¡Arrepentimiento! ¡Cuando se tienen veinte años no se concibe nunca el arrepentimiento! ¿Se prevé cuando se ama la posibilidad de cesar de amar?

¡La juventud! ¡El amor! Si tuvieran por compañeras a la prudencia y a la previsión no producirían tantos errores, tantos arrepentimientos, tantos dolores: pero, ¡ah!, ¿tendrían entonces tantos encantos?

Don Francisco racionaba: Carlos sentía, Carlos debía triunfar y triunfó.

Quince días después de las siete de la mañana se celebró en la catedral la ceremonia que unía a dos personas hasta la muerte. Ceremonia solemne y patética en el culto católico, y que jamás he presenciado sin un enternecimiento profundo mezclado de terror.

Al salir de la iglesia Carlos que daba el brazo a su joven esposa estaba radiante de alegría: Luisa tenía los ojos bajos, la frente y las mejillas bañadas de rubor, y en toda su persona se advertía una especie de vaga inquietud y dulce melancolía; pero solamente cuando de vuelta a su casa fue conducida con Carlos por los padrinos al sillón en que estaba su madre (cuyo mal estado de salud no le permitió aquel día acompañarla a la iglesia), solo entonces se vio una cristalina lágrima deslizarse lentamente por su mejilla. Doña Leonor, cuyo rostro descarnado y amarillo contrastaba de una manera singular con el semblante puro y hermoso de su hija, tendió sus brazos enflaquecidos hacia los dos jóvenes, que doblaron las rodillas delante de ella para recibir su bendición. Las facciones enfermizas y adustas de la anciana, se suavizaron y reanimaron en aquel momento, y poniendo sus manos trémulas sobre las cabezas de ambos jóvenes, levantó al cielo una mirada que jamás hasta entonces se había visto en sus ojos: la mirada de una madre que pide al cielo la felicidad de su hija, ¡mirada elocuente, indescribible, sublime. Luego con voz débil, pero con acento solemne y profundo, dirigió a los recién casados un largo discurso sobre las obligaciones que acababan de contraer. Su tono grave y severo fue suavizándose gradualmente, y al terminar aquel discurso con estas palabras que dirigió a su yerno:

—Consérvala pura y piadosa como te la entrego: ha sido buena hija, prémiala tú haciéndola una feliz esposa.

Su fisionomía tomó un carácter verdaderamente patético.

Carlos, conmovido, tomó una de sus manos enflaquecidas, y, uniéndola entre las suyas con las de Luisa, las apretó sobre su corazón exclamando.

—¡Yo lo juro!

—Tú, hija mía —prosiguió Leonor—, no olvides nunca que después de Dios tu primer amor debe ser tu marido: ámale, obedécele en todo aquello que no se oponga a la salvación de tu alma.

Luisa levantó a hacia su esposo una mirada de inefable ternura: Carlos, enajenado, la estrechó entre sus brazos; y ella, reclinando lánguidamente su cabeza sobre el pecho de su marido, pronunció con voz tan dulce que solo él pudo oírla:

—Sí, siempre te amaré: ¡Dios y tú!

Era la primera palabra de amor que pronunciaban aquellos labios tan puros. Carlos fuera de sí imprimió un beso de fuego en su frente virginal: era la primera vez que el joven veía en sus brazos a una mujer amada.

—Ahora —exclamó doña Leonor con tono solemne—, yo os bendigo hijos míos, que Dios os haga virtuosos y felices, y que vuestros hijos sean para vosotros lo que habéis sido vosotros para vuestros padres.

Y los circunstantes respondieron a coro:

—Amén.

El ángel de los castos amores debió desde su asiento de nubes palpitar de placer en aquel momento.

V

Si existe una felicidad para los hombres, si es posible alcanzarla sobre la tierra, la unión del amor con la virtud puede solamente darla. El amor santificado por la religión, el amor templado por la seguridad y la costumbre, el amor constituido en deber, el deber embellecido por el amor... ¡qué sublime, qué santa armonía! ¿Por qué la naturaleza en su eterna mudanza arrebata al hombre este estado divino de ventura? ¿Por qué no nos es dado hacer estable la concordancia del sentimiento y de la obligación? ¡Oh imperfección e inconsecuencia de la naturaleza humana! ¡Que el amor eterno, que es el voto del alma, no pueda ser cumplido por el corazón!...

Pero Carlos y Luisa son tan dichosos!... ¡Oh! Alejaos, frías reflexiones, alejaos tristes luces de la verdad, que quiero recrearme en el espectáculo encantador de un amor feliz y casto. Mas no intentaré pintarle: las almas puras y amantes le adivinan, y jamás puede hacerse que le comprendan los seres insensibles y depravados.

Los primeros meses pasaron para los dos esposos en una embriaguez divina: los segundos en una calma deliciosa. Hacía más de un año que estaban unidos y no habían tenido una sola hora de fastidio ni pesar: por el contrario, parecía que eran cada día más felices y se comprendían mejor.

La salud de doña Leonor, que decaía rápidamente y el hábito de una vida recogida, hacían que Luisa no saliese casi nunca de su casa, y Carlos, feliz con su vida doméstica, se había separado también de toda sociedad. Pero, ¿qué necesidad hay de placeres cuando se tiene ventura? Luisa que había sustituido a su madre (ya postrada en cama constantemente), en los cuidados domésticos, y que asistía a la anciana con esmero y ternura verdaderamente filial, sabía cumplir estos deberes sin descuidar un momento a su marido. Y era tan hermosa, tan sublime, cuando descendía de su esfera de ángel para ocuparse en los más pequeños detalles de la vida doméstica! Todo marchaba en aquella casa con un orden admirable. Todos los momentos estaban empleados, todos los acontecimientos previstos, todas las atenciones preparadas. Habíase mudado don Francisco en casa de su hermana, y era una sola familia doblemente enlazada y perfectamente unida: hasta los pequeños debates de los dos hermanos eran ya raros, y la paz, la monotonía de aquella vida inocente y sosegada, era tan inalterable que parecía llevar un sello de eternidad.

Llegó enero: hacía quince meses que ya estaban casados Carlos y Luisa, y les parecía que había sido la víspera. Las largas noches de invierno eran para ellos deliciosas. Era un cuadro digno de ser inmortalizado por el pincel de Murillo —si Murillo hubiese vivido entonces—, el que presentaba aquella familia patriarcal. En medio de una espaciosa alcoba que ardía un abundante fuego. En torno de ella una joven hermosísima vestida sencillamente y ocupada en las labores de su sexo, y un gentil mancebo que junto a ella leía en alta voz una novela de Richardson, interrumpiendo por momentos la lectura para hacer una caricia a su linda vecina: un poco más lejos, en tres cómodos sillones, un anciano todavía robusto, en medio de dos reverendas damas; doña Beatriz y doña Serafina, constantes tertulias de doña Leonor, escuchando los tres con silenciosa atención lo que Carlos leía, impacientándose con sus interrupciones, e interrumpiendo ellos mismos muchas veces con exclamaciones de admiración o de lástima, según la posición en que se hallaban los héroes de la novela. ¡Cuántas reflexiones no promovía la virtud de Pamela y la altanería de su cuñada: premiada la una y humillada la otra! ¡Cuánta indignación la perversidad de Lovelace! ¡Cuánta piedad la desventura de Clara! Luisa lloraba con frecuencia durante aquellas lecturas, y como nunca era tan bonita como cuando lloraba, su marido dejaba suspensa muchas veces la curiosidad de su auditorio en los pasajes más interesantes, para deleitarse en contemplar a su mujer. Luisa se avergonzaba de que se reparase en su sensibilidad, las dos damas se enfadaban de que se interrumpiese la lectura, don Francisco aprovechaba aquel momento para criticar la obra, aunque nadie le atendiese; y era preciso que doña Leonor sacase fuera de la cama su mano afiliada y transparente, y dijese en tono absoluto: —¡Adelante!— para que el auditorio volviese a sosegarse y el lector a continuar su tarea.

El destino miró con ceño aquella dulce serenidad de una vida dichosa y bien pronto las inocentes veladas fueron interrumpidas. Una carta de Madrid llevó a Sevilla la noticia de haber muerto el capellán de la reina, primo hermano de don Francisco, y que había sustituido a éste y a doña Leonor sus universales herederos. El difunto dejaba un considerable caudal en casas, alhajas y deudas, que tenían hacia él varios sujetos de la corte: sus asuntos no quedaban tan arreglados que no fuese preciso, según escribían sus albaceas a los herederos, que fuese alguno de ellos a arreglarlos por sí mismo. Don Francisco, que no había perdido nunca completamente el deseo de enviar a su hijo a tomar, como él decía, un bañito de corte, declaró que era absolutamente preciso que Carlos fuese el encargado de este negocio. Hubo por parte de doña Leonor sus dificultades, por la del joven una manifiesta repugnancia, por la de Luisa una tímida oposición, pero, al fin, después de algunos días de discusiones, quedó decidida la cuestión a favor de don Francisco, y Carlos se sometió con disgusto a separarse de su esposa con la esperanza de que sería por poco tiempo, pues se proponía ocuparse exclusivamente en Madrid en terminar con prontitud el asunto que le llevaba. Se comenzaron los preparativos del viaje y se escribieron cartas de recomendación. Estaban en la corte dos señoras enlazadas con la familia de Silva y a las cuales debía ser eficazmente recomendado Carlos, pues Luisa temía que tuviese una enfermedad lejos de ella, y para un caso de esta naturaleza juzgaba indispensable que hubiese algunas personas de su sexo interesadas en favor del joven. Se escribieron, pues, por los dos hermanos dos largas cartas a las parientas por afinidad, pero suscitose una discusión con este motivo, que terminó por rasgarse una. De las dos damas era la una doña Elvira de Sotomayor, viuda de un primo hermano de doña Leonor, y que, aunque no era conocida personalmente de ésta, pues jamás había salido de Madrid la una, ni la otra de Sevilla, había sostenido largo tiempo correspondencia epistolar con ella, aunque después de muerto su marido. La otra era la condesa de S.***, viuda también de un pariente cercano de los Silvas, pero cuyo matrimonio había sido muy a disgusto de doña Leonor. El motivo de este desafecto hacia la condesa no era otro que el de haber nacido en Francia: nación, como ya hemos dicho, aborrecida por doña Leonor. El conde de S.*** casó en París en 1811 con Catalina de T..., cuya madre, española, había dado la mano al vizconde de T... estando éste de secretario de la embajada francesa en España, pero habiendo regresado poco después a su patria el vizconde con su esposa, Catalina había nacido en aquel país execrado por doña Leonor. Cuando el conde de S.*** la participó su enlace con una francesa, la respetable señora le contestó aconsejándole que la sacase cuanto antes de aquella tierra maldita, y no perdonó nunca a su pariente el desprecio que hizo de este consejo. Viuda la condesa y heredera de una parte considerable de los bienes que su marido poseía en España, determinó establecerse en Madrid, donde se hallaba a la muerte del conde. Sabía todo esto doña Leonor por su hermano que solía escribir de vez en cuando a la condesa, pues ella, por su parte, no había querido jamás entablar correspondencia con aquella extranjera: y es de advertir que el designar doña Leonor con este nombre a cualquier persona, era un modo breve y decoroso de manifestar el más absoluto desprecio. Así, pues, cuando don Francisco la leyó la carta que dirigía a la condesa recomendándola su hijo, doña Leonor declaró que no tendría Carlos necesidad ninguna de la amistad de la extranjera, y que recibiría un mortal disgusto en que su yerno cultivase semejante conocimiento. Don Francisco recordó en aquel día su antiguo sistema de oposición y sostuvo que ninguna persona podía ser más útil a su hijo en Madrid, que una señora relacionada con las casas más distinguidas, habituada a la mejor sociedad y que, según estaba informado, reunía a su perfecto conocimiento del mundo un talento extraordinario. Pero esta especie de elogio no era el más a propósito para reconciliarla a doña Leonor con su prima política, y todo lo que su hermano la dijo con respecto a ésta solo sirvió para aumentar la antipatía instintiva que desde que oyó por primera vez su nombre la inspiraba catalina. Don Francisco, pues, hubo de ceder esta vez como otras: la carta para la condesa se rasgó, y Carlos no fue recomendado a otro individuo del bello sexo que a doña Elvira de Sotomayor, que al fin (como decía doña Leonor), era española y que se había criado como Dios manda, y no en tierras donde se profanaban altares, y se guillotinaban reyes, y reinaban soldados.

Llegó, por fin, el día de la partida de Carlos: muchos hacía ya que Luisa no cesaba de llorar, y su dolor se manifestaba de una manera tan viva que la severa mamá hubo de reñirla seriamente, después de haberle hecho inútiles reflexiones sobre la grave culpa que es a los ojos de Dios la falta de resignación, y lo que se ofende su Divina Majestad de que se emplee en un mortal ese amor inmenso que para él solo merece y que a él solo debemos. La pobre niña escuchaba a su madre con su acostumbrada humillada y pedía perdón de su dolor, pero pesarosa de sentirle no podía siquiera ensayar el vencerle. Como si la inmensidad de los mares hubiese de separarla de su marido, su imaginación medía con espanto la distancia de Sevilla a Madrid, y parecíale que había un mundo de por medio. Cuántas tiernas aprensiones y cuántos tristes presentimientos acompañaban comúnmente a la primera separación de un objeto querido, se apoderaron a la vez de la tímida y apasionada esposa, y parecía que la iba abandonando la vida a medida que se aproximaba la hora fatal de la partida de Carlos: Aquél era su primer dolor, y el primer dolor sino siempre es el más grande, es indudablemente el más sensible.

Cuando arreglaba las maletas de su marido besaba sus ropas humedeciéndolas con sus lágrimas, y pensó con una especie de celos que otras manos que las suyas plegarían en lo sucesivo aquellos pañuelos que ella había bordado para Carlos, y se encargarían de todos los pequeños cuidados que solamente ella debía prestarle. Cuando le abrochaba su chaqueta de viaje y cepillaba su capa:

—Carlos —le dijo llorando—, no seré yo en adelante...

Y no pudo concluir, embargada su voz por sollozos. Carlos la tomó en sus brazos y quiso en vano consolarla: él mismo lloraba como un niño, y casi ya estaba a punto de tomar la resolución de llevarse a Luisa cuando compareció doña Leonor apoyada en el brazo de su hermano, tan pálida, tan enferma, que el joven al verla se avergonzó de haber pensado en privar de su hija a aquella anciana madre a quien el sepulcro reclamaba. La salida de los criados, que conducía las maletas a la diligencia, y el vibrante sonido del reloj de la catedral que daba distintamente la hora teñida, anunciaron a Carlos que había llegado el momento de una separación a la que aún no se había resignado. Cubrió de besos la rubia cabeza de su esposa, y haciendo un esfuerzo doloroso pronunció la terrible palabra:

—Adiós.

Luisa se estremeció: levantó los ojos y los fijó con avidez en el rostro de Carlos, y quitando de su cuello una cinta negra que sostenía un escapulario de la virgen, bordado por su mano, lo puso en el de su marido, pudiendo apenas articular:

—Ella te proteja.

Intentó luego repetir, mas no pudo, las recomendaciones mil veces hechas ya, de que se preservase el aire sutil de Madrid, de que no hiciese ningún género de exceso... En fin, aquellas prevenciones que solo se ocurren a una mujer y que son tan pueriles como tiernas.

—Ea, hijos míos —dijo don Francisco—. ¡Valor! Pronto, muy pronto, volveréis a reuniros.

—Así sea —pronunció doña Leonor acercándose a abrazar a su yerno.

Pero Carlos no podía apartarse de Luisa, que, enlazándose a su cuello, repetía entre sollozos la palabra fatal:

—Adiós.

—No irritéis al cielo, hijos míos —dijo la anciana—, no os atraigáis en castigo de un dolor sin causa un dolor más justo.

A esta estimación Luisa, estremecida, se apartó de su marido, exclamando:

—Perdón, Dios mío, y hágase tu voluntad.

Carlos desvió sus ojos de ella porque conocía que mientras la viese no podría tener valor para partir.

—Va a salir la diligencia —gritó el mayordomo desde la puerta—.

Carlos besó la mano de su padre, abrazó a su tía, y sin mirar a Luisa se lanzó fuera de la sala.

Quiso ella correr al balcón para verle aún, para decirle mil cosas que en aquel momento se la ocurrían, pero la pobre niña no pudo llegar al sitio a que se encaminabas: sus fuerzas la abandonaron y cayó desfallecida en los brazos de su madre.

—¡Luisa! ¡Luisa! —exclamó don Francisco conteniendo sus lágrimas—: ¿no piensas en el estado de tu pobre madre?, ¿quieres acabar de matarla con tu dolor?

—¡Yo!, ¡yo! —gritó temblando la niña—: ¡Ah!, ¡no! Madre mía, que tome Dios mi vida en cambio de la vuestra, pero que me conceda verle aun otra vez... ¡Un momento, un solo momento...!

—Pronto volverá a tu lado, hija mía —dijo conmovida doña Leonor.

—Muy pronto debe ser —exclamó la desconsolada esposa—, si queréis que me encuentre viva.

VI

Era un bello día de invierno, de aquellos días de invierno que solo se conocen en Madrid, cuando Carlos entrando por la puerta de Atocha vio por primera vez aquella vida activa que circula, por decirlo así, en todas las calles de la coronada villa, y que sorprende de pronto al que viene de una tranquila ciudad de provincia.

Durante el viaje su pensamiento ocupado solamente de Luisa no le había permitido ningún género de distracción, y apenas la vista grandiosamente pintoresca de Sierra Morena, que siempre llama la atención aun de aquellos que la han contemplado muchas veces, logró sacarle un momento de su profunda tristeza. Pero al llegar a Madrid el movimiento y el bullicio vinieron a despertarle de su melancólico letargo, y acostumbrado ya a la silenciosa grandeza de Sevilla no pudo dejar de sorprenderse agradablemente con la impresión que le causó una población sonora y animada. En el camino había hecho conocimiento con un madrileño que volvía a su patria después de dos años de ausencia, y el entusiasmo que la vista de ella excitó en su alma no pudo menos de comunicarse por un instante a Carlos.

—¡Hela allí! —gritaba su compañero batiendo las manos de alegría— ¡hela allí a la villa real, a la hermosa villa!, con su brillante irregularidad, sus numerosos paseos, sus cuarenta y dos plazas, sus innumerables fuentes, sus gentes siempre afanadas como las hormigas. Madrid no es España: Madrid es Madrid: Fura de aquí no se vive. ¿Sabe usted, Silva —añadía dirigiéndose a Carlos—, que yo he estado también en París, en los primeros años del imperio, y he estado en Londres, y Edimburgo y Viena? Pues bien, en esas cortes extranjeras suspiraba por Madrid. Un español no puede vivir sin Madrid si una vez le ha visto: El Prado, la Puerta del Sol son para él cosas tan necesarias para la vida, como el aire y el alimento. Salud mil veces, ¡oh reina de la Nueva Castilla!

El entusiasta madrileño preguntó a Carlos si pensaba hospedarse en fonda o en casa particular, y conociendo por su contestación que aún no tenía tomada ninguna resolución respecto a esto, le propuso que viviese con él a un cuarto principal de una de las mejores casas de aquellas que en Madrid se conocen por casa de huéspedes, en donde por cincuenta reales diarios serían servidos a satisfacción. Carlos aceptó, y apenas salieron de la aduana

se dirigieron ambos a la calle de Fuencarral, seguidos de tres robustos galle-
gos que llevaban al hombro sus maletas. A pesar de los elogios que durante
el camino le había hecho su compañero de viaje, de la casa en que iban a
habitar, pareciole a Carlos bien mezquina, acordándose de la elegancia y
buen aspecto que presenta esta clase de establecimientos en Francia, aun
en las ciudades de segundo orden. La distracción momentánea que había
producido en él la llegada a Madrid desapareció tan luego como se vio ins-
talado en una salita pobre de adornos, y asaz y obscura para quien traía en
la memoria las numerosas y rasgadas ventanas que en las casas de Sevilla
permiten al Sol inundar con su luz todas las habitaciones.

Carlos volvió a caer en su tristeza, y anhelando concluir cuanto antes el
negocio que tan a pesar suyo le había conducido a Madrid, se vistió inmediatamente y salió con su compañero que se ofreció a acompañarle, para ir
a ver los albaceas de su difunto pariente e informarse de lo que tenía que
hacer. Luego que hubo dado este primer paso que le infundió la esperanza
de que no sería larga su permanencia en la corte, se dirigió a la casa de su
prima política doña Elvira, para presentarla la carta que le había dado su
suegra y tía doña Leonor.

No habiéndola encontrado dejó la carta a su doncella con las señas de
su habitación.

Cansado, pensativo, preocupado, pero menos triste por la grata esperanza de volver a ver pronto al lado de los objetos de su cariño, entró en su casa
y se encerró para evitar el impidiese a su compañero pensar exclusivamente
en Luisa.

Ya coordinaba en su imaginación cuánto debía decirla en su primera carta;
pues, aunque le había escrito desde Córdoba y Ocaña, parecíale trascurrido
un siglo desde que no la comunicaba sus pensamientos: sus pensamientos
que todos eran para él y para ella. Ya calculaba los días que debería pasar
sin verla y se trasportaba a aquél en que la sorprendería arrojándose en sus
brazos inesperadamente; ya, en fin, trataba de adivinar lo que ella haría, lo
que pensaría en aquel momento, y al decirse a sí mismo; —¡acaso llora!—, no
pudo él tampoco detener sus lágrimas.

Embebecido en estos pensamientos estaba todavía, medio recostado en un sofá cuando llamaron suavemente a su puerta, y una criada de la casa pasó a anunciarle que una señora solicitaba el verle.

Carlos pensó que no podía ser otra que doña Elvira y salió a recibirla, maldiciendo en su interior tan inoportuna visita.

No se engañaba: era, efectivamente, su prima política, y bien o mal procuró disimular su disgusto, para corresponder como era debido a su cariñosa urbanidad. Había oído a su padre y a su tía hablar repetidas veces de aquella dama sin prestar a sus discursos bastante atención, y sin saber por qué se había imaginado en doña Elvira una respetable matrona, con corta diferencia de tiempo de doña Leonor y don Francisco. Quedose, por lo tanto, un poco sorprendido al encontrarse con una mujer de treinta años a lo más, de graciosa figura y de elegante porte, tan viva en sus maneras que apenas le vio corrió a abrazarle, haciéndole con extrema volubilidad un millón de preguntas.

—¡Mi querido primo! ¡Cuánto placer tengo en conocer a un pariente tan próximo de mi difunto y eternamente llorado Silva! ¿Con que es usted el hijo de su primo predilecto, de su amigo de la niñez, de su querido Francisco de quien me hablaba sin cesar? Mi marido era idólatra de su familia. ¿Y mi amable prima Leonor? ¡Qué carta tan innecesaria ha dado de usted! ¿Preciso era recomendarle a usted conmigo? ¿No bastaba que me dijese, simplemente, va a esa corte mi sobrino? Sin embargo, mucho placer he recibido con su preciosa carta. ¿Con que está tan mal de salud la buena señora? Acaso la mudanza de aires la convendría: ¿por qué no se viene a Madrid? Y usted, primo mío, ¿será nuestro por mucho tiempo? Leonor me dice que le traen a usted asuntos de intereses: será la herencia del primo, ¿no es verdad? Creo que ha dejado muy embrollados sus negocios. ¡Qué hombre era tan original! usted no le habrá conocido.

Todo este raudal de palabras cayó sobre Carlos antes de que hubiese tenido tiempo para desplegar los labios, y aprovechó el primer momento de tregua para rogar a Elvira pasase a la sala.

—En manera alguna consiento en ello —respondió con la misma vivacidad atolondrada que tenía atónito a Carlos—; he venido para llevármele a usted ¿El hijo de don Francisco de Silva en una casa de huéspedes teniendo Elvira de Sotomayor la suya? Eso no puede tolerarse. ¡Y qué infames que son las tales casas de huéspedes en Madrid! Ya quedaban mis criadas disponiendo su habitación de usted, y no hay que demorarnos pues son las cinco que es mi hora de comer. Allá abajo está mi lacayo que llevará su maleta de usted, así, pues, partamos.

Diciendo estas palabras se asió del brazo de Carlos y todo cuanto dijo para excusarse de admitir aquel obsequio, que en manera alguna deseaba, fue trabajo inútil. Elvira llevó hasta la obstinación su empeño y Carlos tuvo que ceder a pesar suyo.

Entró, pues, con Elvira en su coche después de despedirse de la ama de casa y de su nuevo amigo, al que ofreció visitarle algunas veces, y se resignó a sufrir la forzosa compañía de su locuaz parienta los días que permaneciera en Madrid.

—Solo me faltaba el vivir con una mujer atolondrada y habladora —pensó él— para que fuese completo el tormento de estar lejos de aquella que es la delicia de mi corazón.

Elvira, a pesar de la malísima gracia con que su primo le sostenía la conversación, no desmayó un minuto. Su pasmosa locuacidad dejaba al joven estupefacto. En el corto espacio que divide a la calle de Fuencarral de la del Príncipe, en la cual estaba situada la casa de Elvira, espacio que recorrió el coche con más mediana velocidad, hizo ella la enumeración de todos los parientes vivos y difuntos de su marido: relató todas las cartas que había recibido de doña Leonor, habló de Madrid, de su casa, de sus hijos, de sus visitas, de sus criados, de sus caballos y hasta de sus gatos. Pasaba de un asunto a otro con una increíble volubilidad, decía mil naderías sin pararse a mirar si las oía Carlos, pero en medio de aquel flujo de palabras vacías, insignificantes, conservaba cierta gracia de lenguaje que haría que un auditorio menos preocupado que el que entonces tenía, la escuchase sin fastidio y aun con placer.

Por otra parte, tenía, sin ser hermosa, un rostro muy agradable, y su carácter ligero, frívolo, y atolondrado, daba su fisonomía una gracia casi infantil.

Cuando llegaron a su casa condujo a Carlos a un bonito gabinete con su alcoba, dispuesto para él.

—Aquí —le dijo—, estará usted mejor que en casa de su gruesa patrona. ¡Jesús! ¡Y cuán pródiga de carnes ha sido la naturaleza con la buena mujer! Este balcón es un coche parado: la calle del Príncipe es de las más concurridas de Madrid. Vea usted el teatro, ¿le agrada a usted el teatro? Yo soy entusiasta por la tragedia: prefiero la tragedia a la comedia; sin embargo, las de Moratín me hacen reír como una loca. ¡Qué graciosísimo personaje es el de doña Irene en El sí de las niñas! ¡Y su barón! ¡Ja, ja!, ¡qué solemnísimo tunante!

¿A qué hora acostumbra usted comer? En provincia creo que se come temprano. Mi hora es ésta, ¿le acomoda a usted? Voy a mandar que se sirva la sopa, mientras tanto tome usted posesión de su nuevo domicilio. Aquí gozará usted de absoluta libertad; no quiero que en nada se contraríe usted: salga usted y entre cuando le acomode, reciba usted a las personas que le agraden: tiene usted un criado consagrado exclusivamente a su servicio.

Salió concluidas estas palabras y Carlos la siguió con los ojos, preguntándose a sí mismo si le sería posible acostumbrarse al trato de aquella mujer.

Durante la comida Elvira habló mucho, y dijo mil sandeces, pero Carlos creyó descubrir suma bondad y dulzura de carácter en medio de su excesiva ligereza. Tenía Elvira dos hijas, pero ambas se educaban fuera de su casa, y, aunque Carlos júzgase al pronto cuando aquello como un desprendimiento culpable en una madre, la visible emoción con que habló de ellas, la especie de orgullo que se pintaba en su semblante siempre que decía «mis hijas»; le hicieron juzgarla con menos severidad.

Elvira le dejó a las siete para ir al teatro después de hacerle inútiles instancias para que la acompañara, y Carlos apenas se vio solo se encerró en su gabinete para escribir a Luisa, aunque debían pasar dos días antes de que saliese el correo. ¡Qué cartas las primeras que se escriben dos amantes en su primera separación! Un indiferente no pudiera leerlas sin reírse desde la primera línea. ¡Qué detalles!, ¡qué minuciosidades! ¡Cómo un mismo pensamiento se deslíe de mil maneras, se reproduce bajo mil formas! ¡Cuánto papel empleado para no expresar en resumidas cuentas más que una sola idea —te amo-! ¡Cuánta profusión de dulces mentiras, que cree verdades el mismo que las escribe! Y, sin embargo, estas cartas tan cansadas y tan pueriles para los indiferentes, son la vida para un amante ausente: son más que la vida, son la felicidad. Mientras se leen se cree, se ama, se espera, se goza: mientras se leen ellas llenan el vacío del mundo y del corazón.

Carlos empleó algunas horas de la noche en tal deliciosa tarea, y a las once tocó la campanilla y preguntó si había venido Elvira. El criado se sonrió.

—¡A las once! —dijo—: No, señor, nunca viene la señora tan temprano, después del teatro va a la tertulia; pero tenemos orden de servir a usted la cena cuando guste, y puede acostarse sin esperar a la señora, pues acaso no venga hasta el día.

Carlos siguió el consejo: pidió una taza de té y se acostó enseguida rendido de cansancio, en el elegante lecho que le habían dispuesto, y en el cual el sueño le halagó dulcemente trasportándole a Sevilla al lado de su adorada Luisa.

El sueño es un gran encantador, al cual todos debemos, unos más, otros menos, dulcísimos favores. Los poetas que le han llamado muchas veces amigo de los desgraciados, y bien pudiera invocársele con el nombre de adulador de los amantes. ¡Cuántas veces no engaña a la ausencia! ¡Cuántas no se burla del rigor de la ingratitud! ¡Cuántas no nos venga del olvido!

Sonríe, pus, dulce y silencioso Morfeo, a nuestro enamorado Carlos y embriágale con el aroma de tus inocentes mentiras; mientras que nosotros por no mirar los fantasmas de fuego del insomnio, tu enemigo, vamos a escribir fielmente todo lo que sabemos o suponemos que hacía y pensaba Luisa, desde el momento en que perdió de vista al caro objeto de su primero y único amor.

VII

Una de las particularidades que se observan en las personas afligidas o tristes, es la sorpresa que les causa el placer o la mera indiferencia de las demás. Cuando padecemos se nos hace difícil creer que nuestra pena no sea un mal general, y como que no se comprende que lo que es causa de nuestro profundo dolor pueda ser un acontecimiento insignificante para otros.

Cuando Luisa dejó de ver a Carlos no fue solamente su corazón el que dejó vacío: parecíale que lo estaba igualmente la casa que ya no habitaba, la ciudad que dejaba desierta. Antojábasele que, como si la ausencia de su marido fuese una calamidad pública, Sevilla había tomado un aspecto de luto, y que el trastorno verificado en su felicidad era un trastorno universal. La voz de una vecina que cantaba al piano una alegre canción andaluza, la hirió el oído y el corazón, y se dijo con una especie de dolorosa sorpresa:

—¿Hay quien cante cuando él se ausenta?

Por la noche vinieron con la acostumbrada puntualidad doña Serafina y doña Beatriz, y Luisa al verlas prorrumpió en amarguísimo llanto.

—¡Eh! ¿Conque se ha ido Carlos? —dijo una de las dos seoras. Ya lo dicen esas lagrimitas. Vamos, niña, no hay que afligirse que eso no vale nada. Un mes o dos de separación para después verse con mayor placer. Vamos, vamos —añadió, enjugando con su pañuelo los ojos de Luisa— serenarse, pues ya que nos falta esta noche nuestro lector, justo es que su amada esposa le reemplace: de otro modo pasaríamos la noche bien sosamente. ¿No es verdad, Leonor?

—Le he dicho lo mismo que usted, mi querida Serafina, pero esta niña se está haciendo en demasía mimosa: la culpa la tienen su suegro y su marido, que la han acostumbrado a salirse siempre con su gusto y a no contrariarse en nada. Pues no, antes de casarse no era así Luisita, ni lo hubiera sido nunca si yo únicamente hubiera vivido siempre con ella. Pero los mimos, las adulaciones, las excesivas condescendencias...

Luisa aumentó su llanto y don Francisco se apresuró a defenderla llamando a su hermana cruel, injusta y dura.

—¿No es natural —dijo, besando la frente y los cabellos a la llorosa niña—, no es natural que sienta mucho la primera separación de su marido?, ¿qué hay en esto de malo? ¿Es posible, Leonor, que de todo saques argumento para mortificar a tu hija y calumniar a tu hermano? Consuélate, hija mía, no llores más: hazlo por mí, no hagas caso de lo que dice tu madre: su propia pena la hace hablar así. No te aflijas, Luisita.

Y el anciano caballero conducía a Luisa lejos de la enferma para que ésta no notase el poco fruto de sus consejos.

—Vamos, vamos, no se hable más de esto —dijo a la sazón doña Beatriz—, y, a propósito de ausencias, ¿sabe usted, amiga doña Leonor, como nuestro buen amigo el cura don Eustaquio se nos marcha también a Madrid?

—¿Cómo es posible?

—Sí, señora, le contaré a usted la historia: porque es una historia el motivo de su marcha.

—Diga usted, diga usted —exclamaron a un tiempo las dos señoras.

Y doña Beatriz comenzó su historia después de sacar su caja de oro con el retrato de lord Wellington, y ofrecer un polvo a sus oyentes.

Luisa, sentada en un rincón del aposento, procuraba serenarse, y don Francisco después de darla al oído algún consejo con la seguridad de la pronta vuelta de Carlos, se acercó también a la narradora para oír la historia de la partida del padre de don Eustaquio.

La conversación se sostuvo más de una hora sobre este asunto; luego se habló del tiempo frío que estaba haciendo, de las enfermedades que producía en Sevilla, según relato del médico de doña Leonor, de la madre abadesa de las capuchinas que padecía horriblemente todos los inviernos; de una vista que la habían hecho doña Serafina y doña Beatriz; de lo que pensaban hablar en otra visita que proyectaban hacer a la reverenda madre; en fin, la noche se pasó con corta diferencia como las anteriores, y la pobre Luisa vio con sorpresa y dolor que lo que era poderoso a destruir su felicidad era un acontecimiento muy indiferente en sí. Mientras tanto, ella apacentaba su dolor con la contemplación de todos los objetos que le recordaban más vivamente a su marido. La silla que acostumbraba ocupar, los libros que había leído y que aún estaban esparcidos sobre la mesa... Luisa notó que uno de ellos tenía marcada con una cintita la página última que había leído Carlos, y tomó con disimulo la cintita que desde entonces no se apartó nunca de su pecho. Al despedirse las dos señoras no dejaron de repetirla los consuelos de costumbre, y doña Leonor la exhortó después seriamente a moderar un exceso de sensibilidad peligroso sino culpable, habiendo conseguido con su discurso sino calmar el dolor de Luisa, hacerlo parecer extremado e injusto a sus propios ojos. Acostose pensando en ello y diciéndose a sí misma que era, en efecto, una locura afligirse tanto por una corta separación, pero a pesar de sus exactos raciocinios su tierno corazón continuaba opreso de un sentimiento doloroso, y como que una voz interior la gritaba sin cesar que aquella separación destruiría para siempre la felicidad de su vida.

¿Y por qué hemos de combatir como una locura los presentimientos? El corazón tiene un instinto particular y previsor, y muchas veces lo que nos parece una aprensión de la fantasía, suele ser el anuncio anticipado por él de una enorme desventura.

Desde el día que siguió al de la partida de Carlos todos los de Luisa fueron iguales, sin otro interés, sin otro objeto, sin otro pensamiento que el de recibir las cartas de su adorado; eran para ella otros tantos siglos los días que separaban a aquéllos en que legaba el correo de Madrid. La única ocupación a que se entregaba sin repugnancia era a la de escribir larguísimos diarios a su marido; todo lo que no tenía relación con él le era insoportable. Los cuidados que le eran tan dulces cuando los dividía con Carlos, llegaron a fatigarla. No era por esto menos diligente y esmerada en la asistencia de la enferma, pero no tenían ya sus acciones para ella la misma facilidad y dulce encanto. Esforzábase cerca de su madre en disimular su tristeza; y esta sujeción la hacía penosa la asistencia continua junto a ella. Muchas veces, después de todo un día de violencia pasado a la cabecera de la enferma, procurando distraerla con conversaciones indiferentes, retirábase por la noche a su cuarto con el corazón hinchado de lágrimas, y se desquitaba de la sujeción del día consagrando toda la noche a escribir y a llorar. Su timidez natural parecía aumentarse con su tristeza, y ocultando sus penas, como una falta, apenas se atrevía a levantar del suelo sus hermosos ojos casi siempre encendidos por el llanto.

Ajábase su tez y enflaquecía videlemente, en términos que al mes la partida de Carlos, su hermosura había sufrido una notable alteración.

Sin embargo, las cartas de su marido eran largas y frecuentes, en todas respiraba la misma pasión, el mismo dolor de no ver a su Luisa, en todas se la aseguraba de un pronto regreso, y, en medio de sus penas, la pobre niña no tuvo, por lo menos, la terrible y devorante de los celos. Una sola vez no se la pasó por el pensamiento la idea de que su marido pudiese a mar a otra: nunca pensó en la posibilidad de que la ausencia entibiase el afecto que la había jurado, y la menor sospecha respecto a esto la hubiera parecido un crimen.

VIII

Carlos conoció que se había engañado al temer hallarse en incómoda sujeción en la casa de su prima política. Muchos días pasaban sin siquiera ver a
Elvira sino a la hora de comer, ocupada enteramente como lo estaba en sus
numerosas visitas y diversiones, y cuando era invitado por ella un rato de
conversación por las mañanas, no hallaba tan insoportable como al principio
la había juzgado, su voluble locuacidad.

Elvira era una persona tan dulce y complaciente, de trato tan franco y fácil
que no imponía ninguna especie de sujeción, y cuando se la había conocido
lo bastante para hacer justicia a su buen corazón, se perdonaba fácilmente
la frivolidad y ligereza de su carácter. Carlos llegó hasta gustar de su insustancial y voluble cháchara, y no evitaba ya los momentos raros en que podía
verla en su casa, pues, aunque ella le instase repetidas veces a acompañarla
a los teatros y tertulias que frecuentaba, se negó siempre a complacerla, ale-
gando sus muchas ocupaciones y el poco gusto que sacaba de diversiones
en las que no había de encontrar amigos ni conocidos. Elvira se chanceaba
alegremente, sin darse por ofendida de su poca complacencia. Carlos admiraba aquel género de vida disipada, tan distinto del que había encontrado
establecido en casa de su suegra, y, aunque cada día fuese tomando más
afecto a Elvira, juzgaba, en general, muy severamente a las mujeres que
como ellas hacen de la vida una partida de placer. El orden inmutable, la
sensata economía que había observado en casa de Leonor le parecían más
dignos de elogio cuando los comparaba al desarreglo que reinaba en la de
Elvira, que, por otra parte, sabía Carlos no era bastante rica para que su
fortuna resistiese mucho tiempo a su abandono. Aquella ligereza con que
una madre arruinaba alegremente a sus hijos, le parecía tan inconcebible
como criminal. Carlos no quedó poco sorprendido cuando supo después
que aquella mujer despilfarrada e imprevisora, en su concepto, había salvado la herencia de sus hijas a costa de grandes sacrificios y privaciones, que
había satisfecho en pocos años deudas considerables que quedaron a la
muerte de su marido, y que era tan activa y apta para hacer productivos sus
bienes que sus dispendios siempre eran inferiores a sus rentas. Verdad es
que quien dio a Carlos estos informes no olvidó indicar, vaga y confusamente, que nadie creía que doña Elvira por sí sola hubiese levantado en poco

tiempo su decaída fortuna, y que era probable la hubiese auxiliado algún amigo poderoso. Mas esto no disminuyó, el buen efecto que hizo en Carlos la relación anterior, y, desde entonces, estimó sinceramente a su prima. Procuraba, pues, un rato de conversación con el mismo empeño que tuvo antes para evitarla, y aquelle distracción le era tanto más necesaria cuanto que apenas salía de su casa cuando lo exigía el interés del negocio que lo había conducido a Madrid. Solía por la mañana ir a encontrar a su amigo en la Puerta del Sol y pasearse con él un rato, y por las noches iba de vez en cuando a visitar a la esposa de don Eugenio de Castro, albacea de su difunto pariente, del cual eran herederos su padre y tía. A nadie más veía, con nadie trataba, y la ocupación de escribir a Luisa, por larga que fuese, le dejaba muchas horas libres que no sabía en qué emplear.

El día en que cumplía exactamente un mes de su salida de Sevilla hallose más triste que de costumbre, y pensó para distraerse en rogar a Elvira le permitiese estar con ella aquel día, pero, cuando iba a pasar a su habitación con este objeto, recibió una atenta esquela de la señora de Castro en la que le rogaba fuese a las cinco a comer a su casa, pues, con motivo de ser aquel día el de su cumpleaños, había convidado a muchos amigos. Carlos que deseaba cualquiera novedad que disipase un tanto su profunda tristeza, aceptó y fue exacto en acudir a casa de don Eugenio a la hora designada. Sin embargo, bien pronto conoció que la sociedad en vez de distraerle aumentaba su disgusto, y durante la comida se esforzó en vano para imitar la jovialidad y estudiado buen humor de los convidados. Servíanse los postres y Carlos anhelaba el momento de poder evadirse sin llamar la atención, cuando la señora de la casa le dirigió una pregunta que le puso en la precisión de disimular su impaciencia:

—¿Va usted esta noche al concierto que da en su casa la condesa de S.***?

—No tengo el honor de conocerla —respondió Carlos.

—¡Cómo así! ¿No conoce usted a la condesa siendo la amiga íntima de su rima de usted, doña Elvira?

—¡Y la más hermosa y distinguida dama de la corte! —añadió con viveza uno de los caballeros de la reunión.

Sus palabras produjeron un movimiento simultáneo de las damas presentes, que se miraron unas a otras y se hablaron al oído con muestras de viva impaciencia, y algunas con sonrisa de desdén. La señora de Castro tomó la palabra y con tono irónico preguntó al caballero que había cometido aquel crimen de lesa galantería, en qué sentido usaba el adjetivo de distinguida aplicado a la condesa:

—En cuanto a su problemática hermosura —añadió sonriendo— no seré yo quien la analice.

—La llamo distinguida —contestó algo turbado el caballero— en atención a sus brillantes talentos, sobresaliente educación, exquisita elegancia y bellísimas cualidades, que por más que quieran denigrarla sus envidiosas rivales...

El orador fue interrumpido por el sordo murmullo de muchas vocecitas, trémulas de indignación, que repetían con fingido respeto: ¡Envidiosas! ¿Envidiosas de la condesa?

—Señoras —repuso más y más turbado el caballero— no ha sido mi ánimo ofender a nadie, y solo he querido decir que llamaba distinguida a la condesa por su...

—¿Pasmosa coquetería? —dijo con viveza una solterona cincuentona, que sin duda en sus tiempos felices había sido buen juez en la materia.

Esta ingeniosa salida, pues por tal fue reputada, se celebró con estrepitosas risas que probaban las perfectas simpatías de la concurrencia femenina.

—No niego —repuso el caballero— que la condesa es algo coqueta...

—¡Algo, algo! —repitieron en coro las señoras— ¡Y no lo niega! ¡Oh, qué concesión tan meritoria no negar que la condesa es algo coqueta!

Y la risa y la burla se aumentaron en términos que el pobre caballero tuvo a bien abandonar el campo a sus contrarias, diciendo humildemente que su opinión no era infalible y que como amigo de la condesa no podía ser un juez imparcial.

—¡Amigo de la condesa! —dijo la dama que estaba a la derecha de Carlos, acercando su boca al oído de éste: ¿Sabe usted el origen de esa amistad? Pues no es otro que este caballero solicita un empleo, y la condesa tiene vara alta, según se dice, con el ministro—. ¿Y usted, conde? —añadió volviéndose a un joven rubio que probablemente era su amante— ¿es usted también campeón del distinguido mérito de la condesa de S.***?

—Yo —contestó con aire de suficiencia el interpelado—, yo detesto a esas mujeres-hombres que de todo hablan, que de todo entienden, que de nadie necesitan...

—¡Oh! En cuanto a no necesitar de nadie —repuso maliciosamente una de las señoritas— usted se engaña, y no hace justicia a Catalina. ¿Cree usted que pudiera pasarse esa deidad sin el culto de sus numerosos admiradores? Ya ve usted que los busca con empeño.

—Y los encuentra —añadió una casada, cuyo noveno amante la había abandonado por la condesa, pero que, no obstante, merced a su gran prudencia y severas máximas, que sabía ostentar en las grandes ocasiones, pasaba por una virtud ejemplar. La condesa —prosiguió con refinada malignidad— es, digan lo que quieran, una mujer poco común. No hay en Madrid quien cante con tanto gusto y maestría como ella. La bailarina más aplaudida de nuestros teatros no la aventaja en esta habilidad: me consta que dibuja y pinta con primor, y se dice que es tan instruida que sostiene con los hombres más sabios cuestiones de moral, de religión y de política. Distinguida por todos los talentos no lo es menos por su carácter independiente, y yo dudo que exista en España mujer de opiniones tan libres. Confieso que no puedo sufrir que se interprete siniestramente lo que en ella pueda parecer equívoco: en tal caso yo me inclino siempre al lado favorable y, a veces, prescindo de mis propias convicciones para tomar su defensa.

No es extraña, señora —dijo con respetuosa y añeja galantería un septuagenario que aspiraba a consolar a la dama del abandono de su noveno infiel—; no es extraña en usted esa adorable indulgencia, muy propia de la acendrada virtud y caridad cristiana que a usted distingue.

—No ciertamente —repuso la dama con humildad tan hechicera que le valió generales elogios—: no creo que mi virtud sea tan rara en mi sexo que pueda distinguirme. Yo no soy en nada una mujer notable, cedo este honor sin pesar a la brillante condesa de S.*** y me doy por satisfecha con mi oscura medianía Ella no me permite el constituirme juez de la conducta ni de las opiniones de los otros, y solo levantaré mi voz para predicar la indulgencia. En cuanto a la amistad que el caballero que ha promovido esta conversación profesa a la condesa, digo que es muy natural y muy digna de excusa. Yo no me admiro que la condesa tenga muchos amigos, aunque confieso no la elegiría para amiga de mis hijas.

—Pienso lo mismo que usted —dijo entonces una joven de aspecto sentimental—. La condesa es una persona de trato tan franco, tan fácil, tan ameno, que debe agradar infinito a los hombres. Lo único que en ella censuro amargamente es que no use de algún miramiento, de alguna prudencia... En mi juicio solo es escándalo es imperdonable. ¡Oh! Yo respeto mucho la opinión.

Al oír estas palabras parece que algunos de los concurrentes se miraron sonriéndose con disimulo y con inteligencia, como si recordasen algún hecho que pudiera desmentir aquella aserción. Un caballero de los presentes se apresuró, sin embargo, a probar lo que acababa de decir la hermosa señorita. Era un afrancesado, acérrimo bonapartista en el año 1809, y legitimista y absolutista exaltado después de 1814. Levantó con afectación la cabeza, que hasta entonces mantuvo en la posición más propia para masticar cómodamente, y haciendo una imitación graciosísima del acento defectuoso de un extranjero que habla en castellano, dijo con decisión:

—¡Oh! Esta señora tiene sobradísima razón y yo soy de su aviso en todo. El decoro en la mujer y la consecuencia en el hombre: he aquí cualidades que yo aprecio en más. La condesa de S.*** no piensa y habla como debiera, y ésta es una falta remarcable, y a la verdad que en esto es una excepción de la regla general en la nación en que ha nacido, porque las francesas son modelos de prudencia y saben muy bien atender a las conveniencias sociales. Yo, que conozco a la Francia más que si hubiera nacido en su suelo, declaro que la condesa habrá sido en ello tan severamente juzgada como en España.

—Uds. hablan con demasiado rigor de la condesa —observó en este punto el dueño de la casa—, y creo que el señor de Silva tiene vínculos de parentesco con esa señora.

Todas las damas miraron a Carlos que había oído en silencio la conversación, y esperaron su respuesta con algún embarazo, como personas de buen tono que temen haber faltado a los miramientos sociales.

Pero Carlos había oído demasiado bien lo que se había dicho de la condesa para confesar su parentesco con ella, y poniéndose encendido contestó un no breve y claro.

—Pues ahora que no temo que se hiera a nadie —prosiguió el señor de Castro—, me permitirán uds. que les preguntes, señoras, qué gran falta, qué escandalosa aventura ha habido en la vida de la condesa que tanto la ha perjudicado en el concepto de uds.

Las damas vacilaron algún tanto, y se miraron como para consultarse la contestación que debían dar a esta inesperada interpelación. Por último, la más viva tomó la palabra:

—¡Gran falta! —repitió—: ¡Pues qué! ¿Las coquetas cometen grandes faltas? Tienen demasiado frío el corazón y demasiado ligero e inconstante el carácter para que puedan cometer grandes faltas.

—La condesa es una mujer muy sagaz —añadió otra—, sabe hacer las cosas con mucho talento.

—Creía —observó el señor de Castro—, que uds. habían condenado a la condesa por imprudente, y encuentro una manifiesta contradicción en...

—¡Basta! —interrumpió su señora, lanzando una mirada aterradora sobre su indiscreto cónyuge—. No es necesario examinar los fundamentos de ninguna opinión. Siempre es justa cuando es general.

Carlos no pudo sufrir más: estaba avergonzado de que la mujer de quien se hablaba estuviese enlazada con su familia. Parecíale que si en aquel momento se le presentase la volvería la espalda con el más soberano desprecio, y, sin embargo, comenzaba a sentirse indignado contra sus detractores y más de una vez se contuvo con dificultad para no insultarlos.

Pretextó hallarse indispuesto y obtuvo el permiso de marcharse.

Cuando entró en su cuarto el ayuda de cámara le advirtió que doña Elvira le esperaba en su tocador, y que había encargado decirle que tenía que hablarle. Carlos se presentó de mal humor a su parienta, a la que encontró delante de un espejo, magníficamente ataviada y dando la última mano a su tocado de bale.

—Bienvenido, mi estimado primo —le dijo sin interrumpir su ocupación—, esperaba a usted con impaciencia.

—¿En qué puedo servir a usted amable prima?

—¡Oh! Eso lo veremos después, lo que ahora importa es que me dé usted su voto sobre mi traje: ¿qué tal, me halla usted bien?

—Entiendo poco de esto, querido prima, no obstante me parece usted muy hermosa.

—Es la primera vez que le he oído a usted galante con su querida prima: pero a propósito de parentescos, sin duda ignora usted que hay en Madrid otra persona ligada a usted como yo, por alianzas con su familia. Catalina, viuda del conde de S.***, ha extrañado el saber que un hijo de don Francisco de Silva se halla en esta corte, y que no tiene aún el placer de conocerle.

Esta alusión no podía ser más intempestiva. Carlos contestó disculpándose con excusas frívolas y casi insignificantes.

—Aunque una persona severa y escrupulosa en punto a etiquetas —repuso sonriendo doña Elvira—, no se daría por satisfecha con tales disculpas. Yo que conozco a Catalina declaro que las estima suficientes, y en nombre suyo convido a usted para el concierto que tiene esta noche en su casa.

—Prima mía —respondió con viveza Carlos—, me es imposible aceptar ese honor. Agradezco a usted y a la condesa una atención tan poco merecida, pero usted no ignora que en Madrid me ocupa exclusivamente el asunto que me ha traído, y que soy además poco aficionado a reuniones.

—La de la condesa será de las más selectas: un día cada semana de conciertos en su casa, en la que reúne el círculo más brillante de Madrid.

—Ésa es una razón más para no ir —dijo fríamente el joven debiendo ser corta mi permanencia en Madrid no trato de adquirir conocimientos, ni introducirme en ese círculo tan brillante que no debe gustar mucho por otra parte de un pobre mozo de provincia, que suspira por volver a ella.

—Es usted original —dijo riendo doña Elvira—, y ya que me manifiesta con tan poco embarazo el deseo de dejarme, quiero vengarme obligándole a que confiese que no es Madrid una mansión tan insoportable como usted juzga ahora. Esta noche debo asistir a la reunión de nuestra parienta y le embargo a usted para que me acompañe.

—Prima...

—¡Chist! No valen excusas: si usted se negase a acompañarme me obligaría a no ir.

—Irá usted, prima, la acompañaré, aunque será ciertamente un sacrificio.

—No hay modo de hacerle a usted galante, lo veo, pero, en fin, a pesar de esa brusca franqueza estoy cierta que agradará a usted infinito a Catalina: solo de oírme referir algunos de rasgos del singular carácter de usted ha concebido una vivísima curiosidad de conocerle.

—¿Con que según eso usted me quiere llevar a esa reunión como un objeto raro, curioso, destinado a servir de diversión a la brillante condesa de S.***?

—Primo, es usted insufrible algunas veces: ¿de dónde ha sacado usted esa consecuencia...?

—No se enfade usted —dijo Carlos sonriéndose—, estoy muy pronto a ir con usted a donde guste conducirme, y no compraría caro el placer de darla esta prueba de mi obediencia, aun cuando hubiese de ser el objeto de la burla de veinte coquetas.

—Es usted severo con mi amiga, Carlos, y no conociéndola ignoro en qué se funda para creerla una coqueta.

—No he dicho tanto, señora, he hablado en general.

—Pero vamos, confiese usted que algo ha oído que le haya inducido a no formar de Catalina el concepto más ventajoso.

—Prima mía, hoy por la primera vez he oído hablar de la condesa, y las personas que sostuvieron esta conversación convenían todas en concederla el mérito de un talento brillante y de una finísima educación.

—Es poco.

—Se sabe generalmente, según creo, que la condesa cultiva todas las artes con éxito.

—También habrán dicho a usted que es hermosa.

—Así opinaron algunos.

—Que su trato es hechicero.

—Sí.

—Y en esa larga conversación, de que parece fue el objeto Catalina, no dejarían de atribuírsele defectos, poderosos a deslucir todo el mérito que no podían negarla.

—Veo, querida prima, que usted conoce perfectamente la sociedad en que vive.

—No, no tanto como Catalina, pero, en fin, veamos si adivino. ¿No han dicho que la condesa es ligera, inconsecuente, burlona y frívola?

—Se dijo algo más.

—¡Más! Veamos, pues.

—No quisiera creer que la mujer a quien un pariente de mi padre dio el título de esposa, fuese reputada la más fría y sagaz de las coquetas.

—¡Ah! ¿Es eso todo? —dijo riéndose Elvira— Y, bien, si así fuese mejor para su marido. Todo el mundo sabe que el conde nunca tuvo celos.

—¡No tuvo celos!

—No: la mujer que necesita los homenajes de todos no concede preferencia a ninguno.

—¿Y el conde veía fríamente a su mujer buscar y aceptar esos homenajes?

—El conde, mi querido Carlos, era un hombre de mundo.

—Confieso, señora, que no comprendo esa especie de hombres. En cuanto a la condesa, ya pudiera reunir a todos los talentos, todas las gracias de su sexo, que yo jamás podría querer ni estimar a semejante mujer.

—Severo por demás está usted —dijo Elvira—, y no quiero aumentar el mal humor que parece se ha posesionado de usted esta noche. Voy a la comedia: le dejo a usted para que se disponga. Dentro de tres horas vendré a buscarle para llevarle a casa de la condesa, y espero reconciliarle a usted con ella.

Carlos la llevó al coche y volviose a su habitación asaz disgustado del compromiso en que se veía de acompañar a Elvira.

Mientras llegaba la hora señalada por ésta, ocupose escribiendo a su esposa una extensa carta, cuyo párrafo más notable era éste:

«Esta noche asistiré por primera vez a una reunión de Madrid, no habiendo podido excusarme de acompañar a nuestra prima Elvira. La reunión es en casa de la condesa viuda de S.***, mujer que inspira a nuestra amada madre una desafección instintiva, que creo veré justificada, pues por todo cuanto he oído respecto a su carácter, la condesa, Luisa mía, no se parece en nada a mi angelical compañera, ni a nuestra respetable mamá».

Cerró esta carta que terminaba con los juramentos de costumbre de amor eterno, inviolable felicidad, etc., etc.; mandola a la estafeta y se vistió de mala gana para esperar a Elvira. No tardó ésta en llegar: mandó llamar a Carlos sin bajar del coche, y apenas hubo éste entrado en él cuando empezó a inundarle con elogios de la condesa, pero debemos confesar que estos elogios no eran de naturaleza que pudieran recomendarla en el concepto de Carlos.

Numeró Elvira con su genial jovialidad todos los adoradores de su amiga, ponderó su influjo sobre varios personajes de la corte, influjo tanto más admirable cuanto que la condesa hacía profesión de opiniones contrarias al gobierno actual. Elevó a las nubes el talento, la amabilidad y discreción de Catalina, y refirió, como peregrinos rasgos de ingenio, algunas travesuras con las que se burlaba de sus adoradores.

—Es una mujer singular —dijo—, ha sabido inspirar violentas pasiones sin participarlas nunca: no ama sino a sus amigos, la amistad es su ídolo, su corazón es inaccesible al amor; y, por eso, juega con sus amantes como con las piezas del ajedrez. Nadie sabe como ella desconcertar a un temerario, humillar a un soberbio, hacer desatinar a un sabio y prestar mérito a un tonto. Ella se ríe de todos sin malquistarse con ninguno. Nadie tampoco se venga con tanto talento de una rival celosa, obligándola al mismo tiempo con devolverla, cargado de desdenes y de ridículo, al amante que le había robado. ¡Oh! Es una diversión seguirla en el océano de sus coqueterías, y ver con qué calma y serenidad presencia desde el puerto las tempestades que excita.

—Es decir —repuso Carlos con irónica sonrisa—, que es un verdugo insensible que se hace una fiesta de las convulsiones de sus víctimas.

—No, por cierto: Catalina tiene un bellísimo corazón, pero dice ella, y con razón, que es una habilidad útil y permitida la de saber volver contra nuestros enemigos las armas con que quieren herirnos. Pero nada tiene de cruel, ¡oh!, es una persona buena y caritativa. Su dinero y su amistad están a la disposición de todo el mundo, ¡y su trato es tan fácil, es tan franco!... Es tan poco irritable su amor propio que rarísima vez se consigue ofenderle. Su indulgencia es tan grande, se halla siempre tan dispuesta a perdonar, que muchas personas la creen muy humilde. Pero ¿no le parece a usted, Carlos, que esta especie de indulgencia tan lata con los defectos de los hombres, es hija de un desmedido orgullo? Catalina tiene tan íntima convicción de su superioridad unida, tal vez, a una tan exagerada idea de la imperfección humana, que su bondad para con todos a veces me parece más bien desprecio que generosidad.

—No puedo ahora juzgar a la condesa —dijo Carlos con desdén—, ni creo que jamás me intimaré lo bastante con ella para conocerla a fondo.

Hablando así llegaron Elvira y Carlos a casa de la condesa, y, a pesar del disgusto con que aquél asistía a la fiesta, no pudo menos de sentir una grata impresión al entrar en la sala resplandeciente de luces y de hermosura. Todo en casa de la condesa llevaba el sello del buen gusto y de la más exquisita elegancia: todo lo que se veía, y aun el aire que se respiraba en aquel recinto, estaban como impregnados de perfumes. La sociedad que la condesa reunía en su casa era la más selecta y brillante de Madrid, y había introducido aquella especie de franqueza delicada y elegante sencillez que hace tan felices y amenas las tertulias de París.

Carlos no pudo dejar de confesarse a sí mismo al verse en medio de aquel brillante círculo, que, a falta de felicidad real, la imaginación, y aun el corazón, debían necesitar de aquel embriagador perfume del lujo y de la armonía, de aquéllas fugaces impresiones que no dejan lugar al fastidio evitando la meditación. Elvira presentó a Carlos a la condesa, que se había adelantado algunos pasos para recibirlos, y, no obstante, los motivos de queja que Catalina debía encontrar en las desatenciones de Carlos para con ella, su acogida fue tan lisonjera y tan graciosa que se avergonzó él de aquella indulgencia que le hacía más culpable. Hallose embarazado y casi confuso, y el vivo carmín que tiñó por un momento su tez, dio a sus soberbios ojos más animación. Todas las damas que se hallaban cerca parecieron admiradas de su expresiva y varonil hermosura, y, aunque se advertía cierta timidez en sus maneras, era tan noble y majestuoso su aspecto que aquel defecto parecía contribuir a hacerle más amable. La condesa fijó en él por un momento su mirada, pero habiendo encontrado la suya desviola, y Carlos pudo entonces examinar por primera vez a aquella célebre extranjera. La estatura de la condesa apenas era mediana, y sus formas más notables por la delicadeza que por la perfección. No hubiera sido una hermosura entre los egipcios, ni debía agradar a aquellos hombres que gustan de un exterior robusto y exuberante de salud, por decirlo así. Era delgada, y, aunque su espalda y garganta eran muy bien formadas, y su talle extremadamente gracioso, se advertía a primera vista que carecía de aquella majestad voluptuosa que tienen comúnmente las mujeres corpulentas. No tenía tampoco una fisionomía pronunciada: la rapidez de sus sensaciones se pintaba en su semblante, cuya expresión era tan fugaz, tan variable, que en un momento la prestaba diferentes fisionomías. Sus grandes ojos pardos, centelleantes de ingenio, tenían naturalmente una mirada rápida y casi deslumbradora, pero cuando esta mirada se fijaba, era difícil defenderse de la impresión que producía su expresión, a la vez altiva y apasionada. Por lo demás, nada había en ella de sobresaliente, sus facciones no eran académicas, y solo cuando se animaba en la conversación, se podía conocer el admirable efecto de su conjunto. Era de notar que, a pesar de la rara movilidad de aquel rostro y del gracioso desgarbo que había en toda su persona, la forma de su cara y la posición natural de sus labios, le daban, cuando estaba distraída, un gesto admirable de aristocracia, y que sin ninguna afectación había en sus maneras una como inesperada dignidad, mezclada con el más amable abandono. El traje que llevaba era a propósito para realzar aquel género de hermosura, pues consistía en un vestido de encaje sobre raso de un color de rosa caído, que convenía al de su tez blanca, pálida y casi transparente, y entre su profusa cabellera negra, se entrelazaban con aparente descuido gruesos hilos de perlas. Su pie, calzado con raso blanco, podía competir con el más pulido de una gaditana, y sus manos, cubiertas de un ligero y perfumado guante, eran pequeñas y lindas. Carlos se decía a sí mismo, al examinarla, que a no ser tan bella como Luisa, ninguna mujer podría parecer más seductora pero, sin embargo, no cometió la profanación, que tal hubiera sido en su concepto, de hacer ningún género de comparación entre la amable y elegante figura que estaba mirando y la imagen celestial que tenía grabada en su corazón. Acaso en el instante mismo que admiraba las gracias de la condesa, el recuerdo querido de su idolatrada compañera, vino a turbar su pasajera distracción, pues Elvira, que le seguía por los ojos, le vio apartarse hacia el extremo de la sala y sentarse en el paraje menos visible con aire melancólico y pensativo.

—Mira a nuestro sevillano —dijo entonces sonriendo a la condesa—, mira cómo va a buscarme una soledad en medio de un baile. No puedes formarte una idea de un carácter más esquivo y huraño, y es lástima a la verdad, pues convendrás conmigo en que es muy guapo.

—Sí —contestó con una especie de gracioso desdén—, no es desagradable.

—¡No es desagradable!... Muy parca eres en tu aprobación, prima —repuso Elvira fijando en Carlos los ojos—, y creo que serás la primera mujer que no le crea digno de una calificación más lisonjera. ¿Has visto en tu vida, amable descontentadiza, unos ojos más bellos, un cuerpo más airoso, unas formas más perfectas?

—No he reparado, en verdad —respondió la condesa, arrojando una rápida ojeada hacia el objeto de la conversación, y añadiendo enseguida—. ¡Pero qué insoportable impertinencia, querida mía! ¡Retirarse como fastidiado cuando aún no hace ni diez minutos que se halla en nuestra sociedad!

—¿No te había advertido que es un original, una mezcla de orgullo, de timidez y de extravagancia?

—¡Oh! Tu protegido, querida Elvira, me parece un fatuo de provincia solamente.

—Te engañas: de nada tiene menos que de fatuidad. Si le trataras ya verías que tiene talento, imaginación, y, sobre todo, modestia, aunque con bastante mérito para que pudiese perdonársele el carecer de ella. Pero veo que es ciertísima la ley de las simpatías y antipatías, pues tú, tan indulgente con todo el mundo, juzgas desventajosamente a primera vista a un joven que yo pensé te había de fascinar, y él, aun sin conocerle, te cobró una insuperable adversión.

—¡Cómo! —dijo la condesa volviéndose con viveza hacia su interlocutora— ¡A mí! ¡Insuperable adversión!

—Quiero decir, que lo que había oído de tu carácter, le previno tan fuertemente en contra tuya que no te perdonaba el atrevidillo, ni aun a favor de tus talentos y gracias, y no me ha costado poco trabajo el obligarle a que me acompañase a tu casa.

—¡Es posible! —dijo la condesa, volviendo a mirar a Carlos, que aún permanecía en su actitud pensativa, y desviando lentamente su mirada en torno a fijarla en Elvira, con una expresión de interés.

—¡Pues qué! ¿Tan peligrosa me juzgaba?

—¿Peligrosa? Nada de eso. ¡Si te he dicho que es un original! ¿Sabes lo que me decía hablando de ti esta noche?

—¿Qué te decía? —preguntó con viveza la condesa.

—Que jamás podría amar ni estimar a semejante mujer.

La tez de la condesa se encendió ligeramente y su fisionomía en aquel momento trasparentó, por decirlo así, un mal reprimido, despecho.

—¿Tan mal le han hablado de mí? Pues, ¿qué le han dicho?

—Necedades. Pero él parece enemigo declarado de la coquetería. ¡Oh! Es un hombre que tiene poblado el cerebro de sueños de entusiasmos, y que habla sin cesar de amor, de felicidad, de virtud.

—¡Ah! —dijo la condesa sonriendo con tristeza—. ¡Cree en el amor, en la virtud, en la felicidad!... ¡Qué feliz es!

—Cree en todo, menos en que haya algo grande y bueno en el alma de una coqueta. Es severo, muy severo en sus juicios, aunque tiene, naturalmente, un fondo de bondad que me encanta.

—¡Tiene entusiasmos! —repitió con distracción la condesa— ¡Cree en el amor y en la felicidad!... Hace bien, entonces, en despreciar a los corazones desgastados o fríos, hace bien.

Y su mirada, que volvió a dirigir a Carlos, se mantuvo fija en él, mientras decía Elvira con su natural volubilidad:

—Es triste, además. Siempre está pensativo, aunque nunca de tan mal humor: y te aseguro que tiene un bellísimo corazón. Excepto de ti de nadie le he oído hablar mal. Cualquier cosa le conmueve. Y, en medio de esa aparente esquivez y hurañería, es en el trato íntimo la persona más dulce y complaciente. En fin...

Catalina no le dejó acabar la comenzada frase.

—Elvira —la dijo—, pasado mañana es tu día, si mal no me acuerdo, y te ofrezco ir a comer conmigo. Quisiera que no tuvieras convidados, que pudiéramos estar solas. Él podrá estar, sin embargo; vive contigo y es forzoso: pero nadie más. ¿Me darás ese placer?

—Con mil amores, prima mía, pero temo que tendréis ambos, quiero decir, tú y Carlos, un mal rato, sino podéis vencer la recíproca antipatía que parece os divide.

En aquel momento comenzó el concierto, y la condesa, desentendiéndose de las últimas palabras de su amiga, pareció prestar toda su atención a la música. Carlos, empero, permanecía en la misma actitud y como enteramente extraño a cuanto le rodeaba. ¡Oh! En aquellos momentos su imaginación estaba en Sevilla. Cantaron sucesivamente algunas señoras y caballeros de la reunión, y Carlos apenas daba las señales de aprobación que exigía la urbanidad, volviendo enseguida a su primera distracción. Por último, vinieron a rogar a la condesa que cantase, y se dejó conducir al piano sin apartar los ojos del rincón en que se había sentado Carlos, y colocándose de modo junto al piano que pudiese continuar mirándola. Eligió una aria de Rossini, y su voz, tan entera y armoniosa, fue un poco débil e insegura al principiar el canto. Mas venció pronto tan inexplicable emoción, y su admiración talento y sus grandes facultades, recobraron su indisputable superioridad. A los ecos deliciosos de su canto levantó Carlos los ojos hacia ella y no pudo ya apartarlos. El rostro de la condesa era divino mientras cantaba. Jamás facciones tan expresivas acompañaron a una música deliciosa. Mientras cantó Catalina, Carlos no respiraba, subyugado completamente por el poder de la armonía. La música que ejecutaba no tenía nada de patética, y más bien podía llamarse brillante que apasionada: pero hay aún en la alegría expresada por el canto, una indefinible expresión de melancolía. Aquella dicha fugaz, como todas las dichas de la tierra, deja en el alma una impresión de tristeza, y como que quisiera el oído detener en el aire los sonidos halagüeños, que semejantes a las ilusiones de la esperanza, se desvanecen en el momento en que creemos gozarlos.

Cuando cesó de cantar Catalina rodeáronla sus numerosos adoradores, cuyos estrepitosos aplausos parecieron a Carlos una muy vulgar y mezquina manifestación del entusiasmo que debía sentirse oyéndola. Por un movimiento involuntario, acercose algunos pasos, aunque sin ánimo deliberado de hablar a la condesa. Ésta, que, aunque ocupada en corresponder a las galanterías de sus admiradores, no perdía uno solo de los movimientos de Carlos, se volvió hacia él como para animarle de su mirada, pero aquella mirada produjo un efecto precisamente contrario al que se proponía. Carlos que vio se había notado en él volviose inmediatamente a su puesto, y Catalina pudo reprimir un movimiento de despecho.

Las damas quisieron valsar y Catalina, que deseaba ostentar delante de Carlos su admirable habilidad, condescendió gustosa. Eligió por su pareja al joven marqués de ***, que, según se decía, era entonces su predilecto adorador, y ambos llamaron la atención por su superioridad en el baile. Catalina se detuvo al pasar delante del sitio en que había visto a Carlos al comenzar el vals, pero al buscarle sus ojos vieron vacía la silla que había ocupado.

Carlos se había marchado del salón, y un observador hubiera fácilmente conocido que la condesa bailó desde aquel momento con menos animación. Concluido el vals, salió ella también fuera de la sala y encontró a Carlos en una galería apoyado en el antepecho de una ventana, y al parecer bien ajeno de todo lo que pasaba a pocos pasos de él. Acercose lentamente Catalina, y al llegar junto a él díjole con una voz tan dulce que renovó la impresión que había producido con su canto.

—Parece que el señor de Silva no es aficionado al baile: ¿querrá por ventura darnos el placer de servirnos de tercio en una partida de tresillo?

Volviose Carlos y, entonces, por la vez primera oyó su voz la condesa.

—Estoy tan ignorante de toda clase de juego, señora —la dijo—, que no puedo aceptar ese honor.

La condesa tomó una silla que colocó junto a la ventana, y sentándose en ella invitó a Carlos con la mano a ocupar otra que estaba a su lado.

—Creo que hace algunas semanas que está usted en Madrid, y sin embargo no recuerdo haberle visto en un paseo ni en teatros. ¿Mi amada Elvira se descuida en proporcionar a usted distracciones? En ese caso yo celebraría poder enmendar su falta. Tengo palco en el teatro del Príncipe y me sería de mucha satisfacción que usted aceptase un asiento en él.

Carlos dio gracias con bastante sequedad, y manifestó que se hallaba demasiado ocupado del asunto que le había conducido a la corte para poder pensar en distracciones. La condesa le preguntó por su familia, a la que dijo se envanecía de pertenecer; y Carlos pudo conocer, sin embargo, que estaba muy poco enterada en todo lo concerniente a ella. Contestó lacónicamente a sus preguntas, y como si se hallase embarazado con la conversación de Catalina, aunque ésta fuese la más sencilla y fácil, manifestó enseguida que deseaba volver junto a Elvira para saber de ella, si quería ya retirarse.

Catalina le dejó entonces y volvió al salón a tiempo que Carlos y Elvira salían de él.

—Me marcho, amiga mía —dijo ésta—, porque mi compañero empieza a fastidiarse grandemente en tu brillante tertulia, pero para compensarme del disgusto de dejarte tan temprano, ya sabes que te espero a comer pasado mañana.

La condesa despidió afectuosamente a Elvira, pero su saludo a Carlos fue más frío y seco de lo que debía esperar a éste, en vista de la amabilidad que había usado con él durante la reciente conversación. Como estaba presente el marqués de ***, atribuyó la reserva de la condesa al temor de disgustarle, pero cuando comunicó su observación a Elvira, ésta se rió a carcajadas.

—¿Catalina guardar consideraciones a su amante? ¡Qué locura, querido Carlos! Ella es reina despótica, que no tiene que dar cuenta de sus acciones a nadie, y cuyos caprichos son leyes para la humilde grey de sus adoradores. Además, el marqués es un amable calavera, que no aspira a más que a poder adornarse en salones con el título de amante de la condesa de S.*** ¿Piensa usted que la ama? ¡Qué necedad!

Carlos creía soñar: una mujer que permitía se llamase su amante un hombre a quien no respetaba, un hombre que tomaba por gala la caprichosa preferencia de una coqueta a quien no amaba, otra mujer que no hablaba de tan inconcebibles relaciones, como de una cosa naturalísima... Todo esto le parecía tan raro y escandaloso, que durante el camino guardó un obstinado silencio, como si temiese el ser iniciado en los secretos mezquinos de aquella brillante vida de la corte.

Sin embargo, no fueron estos pensamientos los que desvelaron aquella noche. Pensó en su esposa, en su padre, en su apacible e inocente felicidad doméstica, y se prometió a sí mismo dejar cuanto antes a Madrid y sus corruptores placeres.

Fin del tomo i

Tomo II

IX

El día del cumpleaños de Elvira Carlos fue advertido de que comería con ellos la condesa, y, aunque de manera alguna le fuese lisonjero el aviso, fue exacto en acudir a la hora señalada.

Encontró a las dos amigas solas en el gabinete de Elvira, y vista a la luz del día Catalina, con un sencillo y elegante traje de alepín oscuro, y sin más adorno en la cabeza que los profusos rizos de sus negros cabellos, le pareció más bonita que con todas sus galas de baile.

Carlos, aunque al principio algo embarazado, no tardó en sentir la influencia del trato fácil y franco de la condesa, que, sin hacer estudio para conducir a la confianza, parecía inspirarla involuntariamente.

Durante la comida, y después de ella, supo Catalina mantener una conversación tan variada como entretenida, y Carlos se admiró de no encontrar en nada de cuanto decía, ni la pedantesca pretensión de una mujer instruida, ni la locuacidad insustancial de Elvira. Había una magia indecible en la elegancia natural con que se explicaba la condesa, y los asuntos más triviales de conversación eran revestidos por ella con una gala de accesorios originales, y observaciones momentáneas y felices. Elvira junto a ella hablaba menos que de costumbre, tanto era el placer que tenía en oírla, y el mismo Carlos empezó a comprender el poder de atracción que se atribuía a la condesa. Las horas que pasó con ella no se le hicieron largas, y, aunque era naturalmente silencioso cuando se hallaba con personas de quienes no tenía largo conocimiento, tuvo un placer aquel día en mantener la conversación a Catalina, dándola con esto motivo para que conociese así la vivacidad y penetración de su talento, como la exactitud de su juicio. Catalina parecía gozar también en obligarle a hablar, y para animarle en la conversación aparentaba algunas veces contradecirle; pero siempre con tanta finura, con tan exquisita y natural urbanidad, que Carlos no hallaba en su oposición sino nuevos motivos de admirarla.

Elvira estaba atónita al ver cuán bien se encontraban juntas dos personas a quienes suponía antipáticas: alegrábala tanto esta observación que, deseando acabar de reconciliarlas, rogó a Carlos las acompañase a la comedia. No se negó éste y Catalina no pudo ocultar la satisfacción que le inspiraba lo que creía su triunfo. Aquella alegría de la vanidad satisfecha no se le escapó al joven, y estuvo a punto de retractar su promesa. Mientras las dos damas se disponían para el teatro, paseábase descontento por su aposento, procurando explicarse a sí mismo la causa de aquella imprudente alegría que mostrara la condesa al oír su asentimiento a la súplica de Elvira.

Tenía Carlos poquísima vanidad, y aun diremos sobrada sencillez y modestia para poder interpretar a su favor aquel movimiento de la condesa, y, en vez de sospechar que la lisonjease ir con él al teatro, ocurriósele que no era más que un objeto de burla para la artificiosa coqueta.

—Acaso se propondrá —pensaba él—, sacar partido de mi carácter, que Elvira le ha pintado como raro y extravagante, para divertirse en sus momentos de fastidio; acaso el placer de ridiculizar a un hombre que no la ha atribuido ningún homenaje, será triunfo apetecido de su mezquina vanidad de mujer.

Y Carlos se decía casi a mandar en sus excusas a Elvira, cuando ésta llegó ya vestida a la puerta de su aposento diciéndole:

—Estamos a las órdenes de usted, querido primo, vanidosas con el placer de tenerle por nuestro caballero esta noche.

La condesa se presentó al mismo tiempo y Carlos no tuvo ya medio de evadirse. Presentolas el brazo en silencio y marchó con ella, bien resuelto a desconcertar cualquier plan que la condesa pudiera haber formado, observando con ella en el teatro una conducta en extremo reservada y fría. Y a la verdad cumplió exactamente su propósito. Colocado en el palco junto a Elvira y frente a frente con la condesa, evitó cuidadosamente que jamás se encontrasen sus ojos con los de ésta, y, aunque las dos damas hablasen con frecuencia de manera que él pudiese tomar parte en la conversación, hizo particular estudio en no dirigir la palabra nunca a la condesa.

Una vez, en un entreacto de la comedia, Elvira dijo riendo:

—He observado, querida Catalina, que no te conviene traer contigo al teatro a nuestro primo, pues te usurpa muchas miradas que cuando estamos solas te son casi exclusivamente dirigidas. Noto muchos anteojos flechados de los palcos hacia el nuestro y fijos, si no me engaño, en la nueva y bella figura que hoy le adorna; y aun tus adoradores examinan con una curiosidad inquieta al que acaso suponen un nuevo competidor.

—En tal caso —respondió la condesa, jugando distraídamente con su abanico—, su posición es tan errónea como impertinente su curiosidad.

—El que no descuida en manera alguna de nosotras —añadió Elvira—, es
el marqués de ***; está esta noche muy asiduo en el palco de la duquesa de
R. ¿Le has notado?

—No, ciertamente —respondió con indiferencia Catalina, y volviéndose a
Carlos de repente le preguntó con un gracioso mohín—: ¿Le parece a usted
muy bella esa señorita inglesa, a la que mira tan atentamente hace una hora?

—Es, en efecto, hermosa —respondió él sin dejar de mirar a la dama que
motivó la pregunta—, pero lo que en ella atrajo mi atención, señora, fue
menos su hermosura que la semejanza que creí notar entre su rostro y el de
otra persona ausente que me es muy querida.

La condesa se turbó un poco y tardó en hablar. Recobrando enseguida
su sonrisa hechicera, aunque algo desdeñosa, dijo a Carlos:

—¿Conque usted gusta de las rubias? En efecto, no falta poesía en esos
ojos celestes, y en esos cabellos que parecen en torno de una frente de
nácar una diadema de oro. En España, en Andalucía, sobre todo, son raras
estas figuras y deben tener todo el mérito de la novedad. Según he oído a
Elvira, usted se ha educado en Francia. ¿Será bajo aquel cielo menos ardiente que el de España donde usted ha conocido la persona cuyo recuerdo le
es tan caro?

—No, señora —contestó fríamente Carlos—. Ella ha nacido en el suelo
andaluz, pura y fragante como sus flores.

—Ya comprendo —dijo Catalina, deshojando con precipitación y sin advertirlo el ramillete de flores que llevaba en la mano, según estilo de su
país—, ya comprendo porque está usted tan triste y retirado de la sociedad.
Ama usted y está separado del objeto de su amor.

—¡De mi primero y único amor!... —exclamó él con fuego—, sí señora,
estoy hace un mes lejos de ella, de mi Luisa.

—¡Su Luisa!... —repitió Catalina, poniéndose pálida y dejando caer su destrozado ramillete— ¡Pues qué! ¿Es cierto que ama usted?

—¿No lo sabía usted? —repuso él con un tono de sorpresa muy natural.

—Es verdad —dijo riendo Elvira—, ahora me acuerdo que no he dicho nada a Catalina. El caso es que yo misma lo olvido sin cesar; pero luego la referiré cuanto sé de la historia de usted

Mientras hablaba Elvira, Carlos miraba a la condesa atónito al observar la repentina mudanza de su fisonomía. ¿Por qué se había demudado Catalina?, ¿qué le importaba a ella que Carlos amase o no? Sería posible que aquella mujer tan indómita y tan lisonjeada hubiese concebido una afición seria por un joven sin mundo, sin celebridad, a quien no había visto más que dos veces? Estos pensamientos pasaron en tropel por la imaginación de Carlos, y sus ojos fijos en Catalina procuraban hallar en su rostro la explicación de sus dudas, cuando la puerta se abrió, y el marqués de *** se presentó perfumando el palco con su almizclado pañuelo de batista, y con una rosa que traía al ojal.

La condesa hizo un gesto de disgusto, y apenas se hubo acercado a hablarla su amante le dijo en voz bastante alta, para que Carlos pudiese oírla:

—¿A qué viene usted, caballero? ¿Cómo se ha determinado usted a dejar un instante a la duquesa? ¿Acaso le advirtió ella que yo había notado la graciosa amabilidad con que acaba de otorgar a las súplicas de usted esa rosa que hace un momento adornaba su seno, y que ahora luce sobre el de usted? ¿Le ha dicho ella que viniese por compasión a dirigir alguna galantería a la mujer que, testigo de su inconstancia de usted y del triunfo de una rival, no ha tenido el talento de saber disimular el despecho y la sorpresa que, a pesar suyo, se ha debido pintar en su rostro...?

El marqués, atónito al oír estos terribles cargos, se esforzó inútilmente en refutarlos, jurando por su honor que aquella rosa no había pertenecido jamás a la duquesa, y que él la había traído al teatro con ánimo deliberado de regalarla a Catalina, pues ésta no le escuchaba y parecía tan poseída de cólera, que Elvira que jamás la había visto dar tal importancia a las infidelidades del marqués, creía estar soñando. Por lo que hace a Carlos, las palabras de Catalina le habían descubierto toda la necedad de sus primeras conjeturas, y, convencido de que la sagaz coqueta observaba a su amante mientras fingía ocuparse de él, se volvió hacia la escena y se ocupó exclusivamente de la comedia, cuyo segundo acto comenzaba.

Mientras tanto, Catalina y el marqués seguían en voz baja una conversación muy animada, reducida toda ella a acusaciones y a quejas de la una parte, y a humildes excusas de la otra. Elvira, que no perdía una palabra, se inclinó al oído de Carlos y le dijo:

—Apostaría cualquier cosa a que la orgullosa Catalina empieza a enamorarse de veras de este tronera. Nunca la he oído las cosas que está diciendo esta noche... Y si ha de casarse algún día, al fin vale más que sea con el marqués, que, aunque es una mala cabeza, es rico y lleva un ilustre apellido. ¿No piensa usted lo mismo, Carlos?

—Poco me importa, señora —respondió—, que la condesa ame o no ame el marqués, y que sea o deje de ser su esposa..., pero creo que si existe una mujer capaz de representar tales escenas de celos en una publicidad, por un hombre a quien no ame y con el cual no enlazarse, es indudablemente una loca.

—Hable usted más bajo por Dios... ¡Qué manía tiene usted de gritar! Creo, ojalá me engañe, que ha oído a usted, Catalina. No hay duda: vea usted, vea usted cómo le mira: se ha distraído completamente de lo que la dice el marqués, y no hace más que mirarle a usted con unos ojos...!

—Déjela usted —dijo Carlos sonriéndose y volviéndose al escenario, con una afectación de desdén digna de la misma Catalina.

—¿Tendré el honor de que usted me reciba después del teatro? —preguntó el marqués.

—Esto es insoportable —contestó con distracción la condesa—. Esto es un marcado desprecio.

¡Cómo, señora! ¿Es posible que usted interprete así mi natural pretensión? El solo anhelo de justificarme a los ojos de usted..

—Marqués —interrumpió Catalina, tomando súbitamente un aspecto risueño—: Había pensado no ir esta noche a la tertulia de la señora de B..., pero he mudado de intención. Espero a usted en mi casa después de la comedia para que me acompañe.

El marqués, aunque sin duda conocía muchos de los caprichos de la condesa, no sabía qué pensar de todo lo que la oía decir en aquella noche. Era para él un enigma cuando pasaba, y solo pudo deducir de ello su vanidad que había, por fin, esclavizado aquel voluble corazón. Salió, pues, del palco hinchado de satisfacción, y, dando una mirada desdeñosa a Carlos, cuya hermosa figura había llamado su atención, pero cuya nulidad para con la condesa acababa de conocer en las muestras de preferencia que en presencia suya acababa ésta de concederle.

Y ¡cuántos hombres tan sagaces como él no fundan sus pretendidos triunfos en datos aún más equívocos! Cuántos se verían desengañados de sus vanidosos sueños si pudieran adivinar los motivos secretos a que se deben muchas veces las señales de preferencia que les dispensa una mujer!... Pero no es de nuestro interés el descubrir todos los pequeños e invisibles resortes de la astucia y el talento femenino, y nos contentaremos con tributarle el justo homenaje de nuestra admiración.

Cuando el marqués salió del palco de la condesa finalizaba el segundo acto, y Carlos cuyos ojos no tenían ya un pretexto para permanecer clavados en la escena, se volvió hacia Elvira, sin hacer atención de su compañera.

—Dejo a usted un momento, amable prima —la dijo—, para ir a saludar a la señora de Castro que está en el palco del frente.

—Vaya usted con Dios, pero creo —añadió a media voz Elvira—, que haría usted muy bien en decir antes algunas palabras conciliatorias a Catalina. Es indudable que oyó lo que usted decía y que se ha enojado de verás.

—Haría mal en enojarse de una observación que otro cualquiera en mi lugar hubiera hecho —contestó Carlos—, y como no sé de qué palabras podré valerme para disipar su enfado, que, por otra parte, no me importa nada, ruego a usted me dispense de intentarlo.

Salió al concluir estas palabras haciendo una ligera cortesía a la condesa, y ésta le siguió con los ojos hasta que la puerta del palco se cerró tras él.

—Entonces —dijo a Elvira con un tono de mal humor que hasta entonces no había usado con ella— ¿por qué has querido traer al palco a ese insoportable y grosero andaluz?

—Perdona —respondió desconcertada Elvira—. Como tú misma le invitaste y me mostraste tanto empeño...

—¡Empeño!... Desatinas, Elvira. Y ¡bien! ¿Quién es esa divinidad de quien se muestra tan enamorado? ¿Eres tú la confidente de ése sin igual y amartelado amante? Creo que has dicho que me referirías la historia de su corazón. Veamos, debe ser curiosa, poética.

—No es sino muy común y prosaica —contestó Elvira volviendo a mirar a Carlos, que hablaba en el palco del frente con la señora de Castro—. A mí me da lástima que tan joven, tan sin experiencia le hayan metido en empeños tan formales, porque creo...

—¿Pues qué? —la interrumpió con un gesto de impaciencia la condesa—: ¡son tan serios sus compromisos!, ¿en qué consisten?, ¿cuáles son?

—En aquel momento entraron a saludar a las dos amigas varios caballeros y no pudo satisfacer Elvira la curiosidad de la condesa. Levantábase el telón y salían los nuevos visitantes, cuando volvió Carlos, y, estando tomado por otro el asiento que había ocupado antes junto a Elvira, se mantuvo de pie cerca de Catalina.

Ésta no podía disimular la especie de inquietud que la dominaba, y después de haberse esforzado inútilmente en mostrarse atenta a la representación, se volvió a Carlos y le dijo:

—Señor de Silva, me siento indispuesta, y no quisiera distraer de su diversión a Elvira. ¿Querrá usted hacerme el favor de acompañarme fuera? Necesito respirar el aire libre un momento.

Carlos con poquísima gracia la ofreció el brazo, y diciendo una palabra en voz baja a su amiga, salió con él la condesa sin que ni uno ni otro se dijesen nada.

Bajando la escalera fue cuando habló Carlos preguntándola secamente a dónde quería que la condujese.

—A mi casa —respondió con impetuoso despecho—, a mi casa... El coche aún no habrá venido. No importa: iré a pie.

—Como usted guste —dijo Carlos, y continuaron andando en silencio.

Cerca ya de casa de la condesa, dijo ésta a su taciturno compañero:

—Caballero, pido a usted mil perdones por el mal rato que le he dado, alejándole del teatro donde tan agradablemente podía ocuparse en contemplar a la hermosa rubia que tan dulces recuerdos le proporcionaba.

—Señora —respondió él, siempre con su tono seco y desabrido—, esos recuerdos son compañeros inseparables de mi corazón y mi memoria.

—¿Tanto ama usted A su Luisa? —dijo esforzándose para sonreírse Catalina.

Y animándose súbitamente Carlos, y dando a su semblante y a su voz una expresión de entusiasmo y de inefable y sublime ternura, contestó:

—¡Que si la amo! ¡Sí, señora! ¡Y compadezco a todos los corazones que hallen ridícula o exagerada mi constante, mi inextinguible y acendrada pasión! La amo, sí, como se ama la vida, a la felicidad... ¡Mas todavía! La amo como un fanático puede amar a Dios, con un amor ciego, absoluto, inmenso. La amo como a mi primero y último amor, como al origen de todos mis placeres y virtudes, como el consuelo de todas mis penas, como a la tierna compañera de toda mi vida. ¿Que si la amo, dice usted? ¡Ah, señora!, pregúnteselo usted, a esta emoción que, a pesar mío, me ha dominado al oír pronunciar a usted el nombre adorado de Luisa.

Y Carlos volvió la cabeza para ocultar una lágrima que se asomaba a sus párpados, avergonzado de una ternura que en su concepto debía parecer ridícula a la condesa.

—Nada —respondió ésta, pero su brazo, que se apoyaba en el de Carlos, tembló un momento, y al llegar a la puerta de su casa se detuvo como fatigada, llevando la mano sobre su corazón.

—Señor de Silva —díjole con voz mal y segura y que revelaba su emoción—, un amor como el de usted es raro, muy raro en la vida, y nunca lo siente un corazón vulgar. Pero el amor, por grande que pueda ser, no es eterno a la edad de usted A veces el corazón nos engaña... De todos modos, es feliz, muy feliz sin duda la mujer que ha sabido inspirarlo, y si es digna de él...

—¡Digna de él! —exclamó Carlos, presentándola la mano para ayudarla a subir la escalera—: ¡Señora! Mi esposa es un ángel.

—¡Su esposa! —repitió ella retirando su mano, como si la hubiese picado una víbora.

—¡Pues qué! ¡Está usted casado! Diga usted, ¿está usted casado?...

—¿Qué nuevo artificio es éste? —se preguntaba a sí mismo Carlos, atónito de la acción y del acento trémulo de Catalina— ¿Qué pretende esta mujer?, ¿qué intenta aparentar?

—Responda usted —repitió ella con la misma ansiedad, inmóvil en mitad de la escalera, como si la hubieran clavado en ella. ¿Es usted casado?

—Sí, señora —respondió sin turbarse, aunque sorprendido cada vez más del tono de su interlocutora—. Hace más de un año que los lazos más santos e indisolubles me ligan con la mujer más buena y más amada.

—Basta —dijo secamente la condesa, volviendo a dar su mano a Carlos; y continuó subiendo la escalera deprisa, aunque conocidamente trémula. Llegando a la puerta, despidiole con una muda cortesía.

Volviendo al teatro atravesaba Carlos las calles maquinalmente y sin acertar a darse cuenta a sí mismo de lo que acababa de presenciar. La conducta de la condesa le parecía tan extravagante, tan enigmática, tan incomprensible, que cuanto más quería explicársela más se perdía en el laberinto de sus conjeturas.

Llegó al teatro sin haber sacado nada de su largo examen, y al subir la escalera encontró a Elvira.

—La comedia se ha concluido —le dijo ella—, y no quiero quedarme al baile y al sainete. Cuando no está conmigo Catalina todo me fastidia. Pero ¿dónde está?, ¿no vuelve? Me dijo que salía a tomar un poco el aire.

—La dejé en su casa —dijo Carlos—, y creo que su indisposición no será nada. Sin duda, está ya disponiéndose para esperar al marqués que debe llevarla a una reunión.

—Lo que es yo no la acompañaré esta noche, y así ruego a usted me lleve a mi casa.

Carlos, destinado a ser conductor de damas, aquella noche la dio el brazo y todo el camino solo contestó por monosílabos a las innumerables preguntas de Elvira, que no cesó de hacer comentarios sobre la conducta de su amiga con el marqués, preguntando su opinión a Carlos.

X

Ocho días habían pasado desde aquel que ocupa todo el último capítulo que acaban de ver nuestros complacientes lectores, durante los cuales Carlos apenas había visto tal cual vez a la condesa, por encuentros casuales en el teatro a donde transcurrió algunas noches, pues Catalina no había vuelto a casa de Elvira ni Carlos se había determinado, a pesar de las repetidas instancias de ésta a acompañarla otra vez a la de la condesa, que continuaba su vida brillante y disipada, aumentando cada día el número de sus adoradores.

Pero cuando ambas amigas se engolfaban en el océano de sus diversiones, Elvira fue súbitamente atacada de una enfermedad peligrosa, que se anunció desde sus principios con síntomas alarmantes.

En tal circunstancia, Carlos creyó un deber suyo dedicarse exclusivamente al cuidado de su prima y lo hizo con tanta asiduidad como cariño. La condesa, por su parte, apenas supo la enfermedad de su amiga, voló a su lado redoblando sus cuidados a medida que parecía agravarse la dolencia.

Encontrábanse ella y Carlos con frecuencia junto al lecho de Elvira, pero como si ambos hubiesen olvidado lo ocurrido en su última conversación, tratábanse recíprocamente con fría urbanidad.

El tercer día de la enfermedad aumentose tan considerablemente la postración de Elvira, que los médicos que la asistían la declararon en inminente riesgo, y por la noche se temió una crisis peligrosa. La condesa declaró que velaría toda la noche a la cabecera de su amiga, y por su orden se recogieron a descansar las criadas de Elvira, fatigadas de la asistencia que la habían prestado en las noches anteriores. Carlos creyó no deber dejar a la condesa sola el cuidado de la enferma, y la pidió permiso de velar con ella, cuando vio que era inútil intentar persuadirla a que le confiase a él su asistencia.

De esta manera, encontráronse por toda una noche a la cabecera de una mujer enferma, y unidos en cierta manera por un mismo cuidado y un mismo interés.

Hallábase él algún tanto embarazado al verse en semejante posición. Casi le parecía mentira que veía a la más brillante mujer de Madrid constituida con él en enfermera, y pensaba, a pesar de toda la amistad que Catalina podía profesar a Elvira, se encontraría violenta y como fuera de su elemento.

Hacia la media noche la doliente pareció más agitada, y la condesa, que hasta entonces no había hecho más que espiar sus más leves movimientos, con muda y pasiva atención, tomó entonces también actividad. Carlos se admiró al ver el desembarazo y esmero con que atendía, multiplicándose –por decirlo así–, a todo lo que podía ser provechoso a su amiga. Ella variaba su posición, mullía sus almohadas, preparaba y la ofrecía las medicinas, adivinaba lo que quería, evitándola cualquier molestia con infatigable esmero. Carlos deseaba ayudarla siempre tarde. Catalina lo preveía todo y todo lo ejecutaba, con una vivacidad sin aturdimiento y una vigilancia sin afectación.

Al verla con un sencillo peinador de indiana y su gorro de punto, ponerse de rodillas para calentar los pies de la enferma, o atizar por sí misma la lumbre en que se calentaban las bebidas, en fi, descender a todas las molestias que trae consigo la asistencia de un enfermo. Carlos no reconocía a la bella condesa de S.***, de quien hasta entonces había evitado cuidadosamente la amistad, y comenzó a sospechar que no era juzgada con justicia, y que él mismo era culpable por la dureza con que la había tratado. Conmovíale la ternura que mostraba su amiga, y durante las largas horas de aquella penosa noche, más de una vez fijó en ella sus ojos con una expresión de benevolencia que no había usado hasta entonces.

La agitación de la enferma crecía por momentos, y comenzó a delirar. Catalina multiplicaba sus cuidados y Carlos, que se veía inútil, limitábase a sostener en sus brazos la cabeza de Elvira, que parecía hallarse mejor de aquel modo. En su delirio no la abandonaba su locuacidad natural. Hablaba de bailes, de trajes, de sus compañeras de placeres, y seguidamente, y sin ningún género de transición ni ligamento, de sus hijas, de su enfermedad, y de la muerte que se pronosticaba.

Carlos intentaba en vano hacerla callar.

—Déjeme usted, caballero —decía ella fijando sus ojos, ardientes con la fiebre, en el rostro de Carlos—, déjeme usted ¿Quién es usted para venir a dar órdenes en mi casa? ¿No puedo ya ni aun hablar de mis hijas? ¡Mis hijas que van a quedar huérfanas! Porque yo muero... ¡No hay remedio: yo muero! Que venga catalina: que vayan a traerla al momento. Estará en su casa o en el paseo... No importa: Vendrá, estoy cierta. Quiero recomendarle a mis hijas. ¿No sabe usted, caballero, que ella es su madre más que yo? Sí, señor, porque ellas y yo estábamos arruinadas... Los acreedores llovían y no había remedio. ¡Estábamos arruinadas!...

—Por Dios, Elvira —dijo interrumpiéndola la condesa y asiendo entre las suyas una de las manos de la enferma. Calla, tranquilízate.

—Pues bien, que traigan a Catalina. ¿No le he dicho ya, caballero? —proseguía la delirante—. ¿No fue ella quien salvó a mis hijas de la ruina? ¿No fue ella quien pagó muchas de mis deudas, quien me perdonó las que tenía mi marido con el suyo, quien administró mis bienes hasta entregármelos libres, aumentados...? ¿No es ella quien ha sido constantemente mi bienhechora, mi consuelo, mi apoyo...?

—¡Elvira! ¡Elvira! —exclamó la condesa—: Aquí estoy, aquí, a tu lado, pero si no callas me marcharé traspasada de dolor.

—Déjela usted hablar —dijo Carlos con emoción—, déjela usted hablar. Lo que acaba de revelar en su delirio responde victoriosamente a todas las viles imputaciones de sus enemigos de usted y de ella. ¡Señora! Yo debía también oírla para saber apreciar a usted y arrepentirse de mis ligeros juicios.

A la agitación de Elvira sucedió una gran debilidad y un abundante sudor, que fue para su mal una feliz crisis. Sobre la madrugada quedose profundamente dormida, y la condesa, fatigada, se sentó en una banquetita a los pies de su cama.

—El peligro ha pasado, a mi entender —la dijo Carlos, que acababa de tomar el pulso a la doliente—. Procure usted también descansar; ha tenido usted una noche cruel.

—Ciertamente —respondió Catalina—, es cosa cruel ver sufrir a quien se ama sin tener el poder de participar en sus dolores.

—¡Ah! —dijo Carlos—, tiene usted buen corazón.

—Hable usted más bajo, por Dios —dijo ella con inquietud—. ¡Está dormida y ha padecido tanto!

Carlos se calló, pero se colocó de manera que pudiera ver el rostro de la condesa, que había reclinado la la cabeza en el borde del lecho de su amiga.

La débil claridad del día, que comenzaba apenas, penetraba por las junturas de los balcones y se debilitaba al través de as cortinas que cerraban las puertas de cristal del aposento. La luz del quinqué, que ardía aún sobre una mesa, estaba también cubierta por un espeso velo de crespón verde, para que no ofendiese los ojos de Elvira; y en la claridad leve de la estancia resaltaba sobre la colcha carmesí de la cama, el blanco y pálido rostro de Catalina, que sucumbiendo a la fatiga se había dormido.

Carlos observó la incómoda postura en que se hallaba, vaciló un momento, y, por fin, se decidió a aprovechar su sueño para proporcionarla mayor comodidad. Acercó unos cojines, que puso en torno de la condesa, y, advirtiendo que tenía los brazos y la espalda descubiertos, la abrigó cuidadosamente con su capa. Despertó ella algo asustada:

—¡Ah! ¿Es usted, señor de Silva?

—Catalina —respondió él (y era la primera vez que la llamaba por su nombre de bautismo)—: Está usted muy molesta, la ruego que me permita acercarla un sillón en el cual puede descansar mejor.

Ella consintió y Carlos la ayudó a acomodarse en un sillón que rodeó con los cojines de seda, cubriéndola otra vez con su capa, y se sentó en un taburete junto a ella, apoyando también su cabeza en el respaldo del sillón. Ella volvió en breve a dormirse. Carlos sentía en la frente su respiración un poco fatigada, y tenía clavados los ojos en sus soberbios ojos, dulcemente cerrados.

—Más hermosa está así —pensaba él— que cuando se presenta deslumbrante y radiosa en medio del círculo de sus adoradores.

Poco después añadía:

—No es Luisa más hermosa: ¿cómo no lo he notado hasta ahora?

Continuaba mirándola y casi respirando su aliento, y comenzó a sentirse agitado. Esta vez su boca pronunció claramente y sin el consentimiento de su voluntad el pensamiento que le ocupaba.

—Ningún corazón libre —dijo— podrá conocerla impunemente.

Y se apartó de Catalina descontento de sí mismo, aunque sin darse cuenta de lo que sentía a su lado.

Salió de la sala y se paseó algún tiempo con un extraño apresuramiento, atusando maquinalmente los profusos rizos de sus cabellos negros. Pensaba en lo que había hablado Elvira en su delirio, y gozábase en tener un motivo para estimar a la condesa, de cuyo buen corazón no podía ya dudar. Después de dar veinte vueltas alrededor de la sala volvió al aposento de la enferma, y halló a Catalina todavía dormida. Estuvo contemplándola un momento y repitió involuntariamente:

—Es imposible que no sea buena, siendo tan hermosa.

En aquel instante volvió a despertar Catalina.

—¿Ha hablado Elvira? —preguntó con inquietud.

—No, sosiéguese usted, he sido yo.

—¡usted!

—Sí, pero no volveré a interrumpir su sosiego de usted

—No, ya es de día y me marcho, señor de Silva...

—¿Por qué no me llama usted Carlos como Elvira?, ¿no somos también parientes, Catalina?

—Pues bien, Carlos, ruego a usted que se recoja a descansar. Haré venir ahora mismo a las criadas de Elvira. Está mejor, y si tuviese alguna novedad me avisarán al momento. Descanse usted para que esta noche podamos cumplir nuestro deber cerca de nuestra querida prima.

—¡Se marcha usted ya!...

—Hasta la tarde.

—A Dios, Catalina.

Ella le alargó la mano. Esta vez Carlos la llevó a sus labios. Ella no se ofendió, pero al salir se detuvo un momento a la puerta, y, poniendo la mano sobre su corazón, pareció querer sepultar en él la emoción que, a pesar suyo, revelaba su semblante. Carlos la vio alejarse y se sentó pensativo en el sitio que ella había ocupado. Entraron poco después las criadas de Elvira, y se marchó a su aposento, saliendo de aquel en que había pasado la noche con pensamientos bien diferentes de los que le acompañaron al entrar en él.

XI

Elvira estaba fuera de peligro, pero su situación era, según la opinión de los médicos, tan delicada que exigía un incesante cuidado. Por lo tanto, aquella noche, como la anterior, Catalina quiso velar a su lado y Carlos, como es de suponer, se presentó para acompañarla.

Las horas pasadas en aquella habitación la noche última habían establecido entre ellos una cierta confianza, que años enteros de amistad en medio del bullicio del mundo no hubieran acaso producido.

Volvieron a verse aquella segunda noche con el placer de dos compañeros de trabajos o peligros que se hubiesen separado por largos años, y se instalaron cerca de la enferma con la franqueza que inspira la seguridad de ser mutuamente agradables. Como Elvira descansaba tranquilamente, Catalina se apartó de junto a ella yendo a colocarse en un sillón al extremo opuesto del aposento, y dijo a Carlos con dulce familiaridad:

—Puesto que hemos de velar y que por ahora no necesita Elvira, mientras ella duerme podremos hablar en voz baja.

—Venga usted, Carlos, deseo que me refiera usted su historia. Hace algunos días que hubiera manifestado mi curiosidad, si el obstinado desvío de usted no me lo hubiera impedido.

—¡Mi historia! —dijo Carlos, sentándose en una banquetita a sus pies— ¿Cree usted acaso que será larga y divertida?

—Por lo menos será hermosa y pura como su alma de usted, como su vida. Le creo a usted feliz, y es tan rara la felicidad en el mundo que mi corazón se recrea al respirar ese perfume divino que exhala una vida dichosa e inocente.

—No se engaña usted ciertamente en creer que soy feliz —dijo Carlos—, pero mi historia y mi felicidad están referidas en dos palabras: amo y soy amado.

—Sin embargo —dijo Catalina—, Elvira me ha dicho que el matrimonio de usted fue obra de un convenio de familias, y como en tales enlaces es rarísima la felicidad...

—Acaso sea exacta su observación de usted —contestó Carlos—, pero yo tuve la dicha singular de que la esposa que me estaba destinada desde mi infancia, fuese la misma que yo hubiera elegido entre todas las mujeres del globo. Nos amamos de niños como tiernos hermanos, nos separamos, Catalina, y cuando volvimos a vernos, ya jóvenes y en la edad del amor, nos amamos también como amantes, ¡como esposos!

Yo reconocí en ella la mitad de su alma, ella me dio toda la suya. Jamás dos hermanos se han querido tan tiernamente, ni dos esposos se han comprendido mejor y se han hecho mutuamente tan felices. Análogos en edades y en sentimientos, su carácter tiene la dulzura y mansedumbre que falta al mío, y acaso hay en mi alma la fortaleza y el vigor que necesitaba por apoyo su débil y delicada existencia. Ambos nos necesitamos para completar un alma, una vida, una felicidad. El cielo nos ha juntado, y por estrechos y santos que sean los vínculos con que la religión nos liga, los son más —sin duda alguna— aquéllos con que se han unido para siempre nuestros corazones. Ésta es mi historia, eso es todo, Catalina. ¿Está usted satisfecha? ¿Acaso hallará ridículo mi entusiasmo conyugal?

—Es usted, en efecto, dichoso —dijo la condesa, que había escuchado estas palabras con suma emoción. Esa felicidad que usted ha obtenido ¿por qué no la concede el cielo a todas las almas capaces de apreciarla? Y, si no debía concederla sino a los seres privilegiados por su amor, ¿por qué al menos no dotó a los otros a quienes privara de la dicha, de una aridez de corazón, que les preservase de necesitarla? ¡Carlos, Carlos! Felices aquéllos a quienes cupo el destino de amar y ser amados, y ¡felices también los que no sienten la estéril y devorante necesidad de una ventura que les fue rehusada!

Mientras hablaba así la condesa, Carlos se había aproximado a ella, y, observando la profunda tristeza que se pintaba en su rostro, sintiose enternecido y asió involuntariamente una de sus dos manos.

Pues qué la dijo con interés:

—¿Acaso usted no ha conocido esa ventura? No puedo creerlo, Catalina: digan lo que digan los enemigos de usted y los espíritus ligeros que juzgan sin comprender, yo no puedo persuadirme que usted encierre un corazón frío, solo sensible a las frívolas y efímeras sensaciones de la vanidad. No, Catalina, usted mismo no podrá arrancarme la opinión que estas horas pasadas junto a usted me han hecho formar de la excelencia de su alma y de la exquisita sensibilidad de su corazón.

—Yo agradezco a usted esa opinión —contestó ella—, aunque creo que me hace justicia solamente; pero es tan rara la justicia que debemos estimarla como un favor. Sí, mucho me obliga ese juicio favorable que usted expresa, porque, aunque no dé importancia por lo común al concepto que de mí formen las gentes, soy muy sensible a la aprobación o desaprobación de mis amigos... Y deseo, Carlos —añadió con alguna turbación—, deseo contar a usted en este número.

—Sí —dijo él con vivacidad—, de hoy más quiero yo también merecer un lugar entre las personas a quienes usted honra con su amistad. Y, acaso, Catalina, acaso no seré el último en saber apreciarla, aunque haya sido el último en obtenerla.

—Lo creo —repuso ella—, porque acaso también me conozca usted mejor que mucho de aquéllos que me han tratado años enteros. Creo que usted me puede comprender fácilmente.

—Y, por eso, porque comprendo ahora su corazón de usted, comprendo menos que antes cómo puede vivir contenta en esa agitada atmósfera de frívolos placeres, de los que se muestra tan ávida. Perdone usted mi franqueza, señora, pero no puedo menos de confesarla que cuanto más me enseñe usted a estimarla, más severamente juzgaré su conducta, y que lo que acaso perdonaría a la coqueta fría y vanidosa, hará culpable, muy culpable a mis ojos, a la mujer de talento y de corazón.

—¿Y por qué? —preguntó ella con una sonrisa en que se mezclaban la ironía y la amargura— ¿Sería culpable el que, abrumado de un inútil fardo que pesase sobre él, le arrojase algunos momentos para poder respirar? ¡El talento! ¡El corazón! ¿Contraen algunas obligaciones con el mundo los que recibieron estos fatales dones? Si así es, ciertamente que no serán estas obligaciones las de ir divulgando por él los dolores y amarguras que esos mismos dones les atraen; no serán las de maldecirle porque es impotente para darles todo lo que le piden; no serán las de turbar la felicidad de los otros con el espectáculo de su profunda desventura. ¿Qué más pueden hacer que sofocar sus gemidos, endurecer su corazón, y admitir la vida tal cual se les da, olvidando cómo la han concebido?

Carlos se desvió de ella sin poder reprimir un movimiento de despecho. ¡Pues qué, señora! —exclamó fijando en ella una mirada severa— ¿La bondad divina solo habrá dado al hombre para su martirio los dones preciosos que más le aproximan a su inteligencia suprema? La facultad de sentir y de pensar deberá considerarse como un inagotable raudal de dolores, y podremos suponer que la mayor perfección moral del hombre solo sirva para hacerle más desventurado?

—Cuestión es ésa —dijo Catalina—, que yo no me atreveré jamás a resolver, y no porque dude que a la mayor facultad de sentir sea inherente la mayor facultad de padecer, sino porque creo en la ley eterna de las compensaciones, y el que es capaz de padecer mucho, puede también gozar mucho. En cuanto a mí, solo sé decir que no quisiera haber tenido por dote al nacer una imaginación que me devora, y un corazón que va gastándose a sí mismo por no encontrar alimento a su insaciable necesidad. No sé si son felices todos los hombres de corazones vulgares: su felicidad, por lo menos, no me bastaría. Pero cuando usted me dice que es dichoso, cuando veo posible para otros esa aventura suspirada de amar y ser amados con entusiasmo y pureza, entonces me siento indignada contra el destino, y le pregunto: «¿Por qué delito he merecido el ser privada de esa suprema ventura?».

La voz de la condesa al pronunciar estas últimas palabras revelaba la más viva emoción, y Carlos tornó a su lado, serena otra vez su frente que por un momento se había oscurecido.

—Es usted una mujer extraordinaria —la dijo—, y cuanto más me empeño en conciliar las contradicciones que observo en usted, menos lo consigo. Si le basta a usted esa felicidad del amor casto, del amor intenso, ¿cómo la desprecia usted? ¿Cómo si su corazón tiene sed de ventura puede usted embriagarle con el humo de esos goces ficticios, vacíos de verdad y que nada valen para el sentimiento? Ésta será mi eterna interpelación, porque ésta será siempre mi duda. usted no es feliz en esa vida brillante y tumultuosa de la que parece enamorada. Pero, ¿por qué la he elegido usted? ¿Por qué ha sacrificado a ella esa felicidad que su corazón anhela?

—Nada he sacrificado —contestó la condesa—. Nada tenía que sacrificar. Esa vida no ha sido una elección, sino una necesidad. Cuando se padecen agudos dolores se suele tomar opio, no para mitigar su intensidad sino para entorpecer la facultad de sentirlos. También hay opio para el corazón y para el espíritu, y ese opio es la disipación. ¿Los que son felices harían mal en tomarle, pero no debe concedérsele a los desgraciados?

—¿Y es usted desgraciada, Catalina?

—Lo soy.

—¿Por qué?, ¿por qué es usted desgraciada? —repuso Carlos tomando su mano con visible emoción.

—Porque no soy feliz —respondió ella—. No extrañe usted esta contestación: creo que hay personas que sin ser felices se consideran desgraciadas, personas que no se quejan cuando no experimentan positivos y materiales infortunios. Yo no soy de ese número, y solo puedo explicar mi desventura diciendo que la siento en mi alma.

—Pero, ¿qué le falta a usted para ser dichosa?

—Me falta todo, puesto que no los soy.

—Pero, ¿cree usted que pudiera serlo con un destino igual al mío, al de Luisa?

—¡Ah! ¡Sí, lo sería! —exclamó ella sin pensar— Sería completamente feliz, lo creo en este instante, con el destino de Luisa... y con el de usted, Carlos —añadió ruborizada de las palabras que acababa de proferir.

—¿No ha sido usted amada de su esposo?, ¿no le ha amado usted, Catalina?

—No.

—¿No ha amado usted nunca?

—No lo sé. Creo en este momento que no: No he amado nunca como usted ama a Luisa, como adivino que ella le ama a usted No he amado nunca con ese amor que debe hacer la felicidad de toda la vida.

—Y, sin embargo, su corazón de usted es apasionado. Sin duda no ha sido impotencia suya el no haber gozado de esa felicidad. Acaso no ha hallado usted en ningún hombre el amor que necesitaba.

—Si he de ser sincera con usted y si debo descubrirle mi corazón todo entero, aun a riesgo de que le juzgue ingrato y caprichoso, confesaré que he conocido hombres que han mostrado por mí una violenta pasión, y que no han rehusado ningún género de sacrificios para convencerme de ella. Si es crimen del corazón el no obedecer al mandato de la voluntad, el mío es culpable, porque por desgracia no quiso amar cuando mi razón se lo aconsejaba. Hubo una época en mi vida en la que dando todo mi aprecio a las cualidades del corazón, creí que ellas solas bastarían a cautivarme eternamente, pero bien pronto conocí que me engañaba, y que la más perfecta bondad de un hombre y la más inalterable ternura, si carece de las cualidades aventajadas de la inteligencia y del carácter, no bastan a asegurarle el corazón de una mujer que necesita admirar, respetar y aun temer al hombre a quien ama. Saliendo de un error pude caer en otro: puede dar a la superioridad de inteligencia de un hombre más influencia de la que realmente tiene en la felicidad de la vida de la mujer que le ame. Esta superioridad si no va acompañada de la del corazón es más de temer que de amar. Hay algo de monstruoso en la reunión de una vasta inteligencia y de un mezquino o duro corazón. La influencia que por solo su talento adquiere un hombre sobre el corazón de una mujer sensible, pesa como la tiranía y no tarda en hacérsele odiosa. Solo al amor concede el derecho de esclavizarle. Y si el amor que carece del apoyo del talento, no siempre lo consigue, nunca lo obtiene el mayor talento cuando no es auxiliado por el amor. En su sexo de usted, Carlos, se teme encontrar en la mujer a quien se ame una inteligencia superior, pero en el nuestro sucede lo contrario. La mujer, que por su debilidad busca y requiere un apoyo, necesita en el objeto que elija una superioridad que la inspire confianza. Por grande que sea el talento de una mujer, y por elevado y aun altivo que sea su carácter, desea encontrar en su amante un talento que domine al suyo; y si una mujer superior llega a amar verdaderamente a un hombre de menos luces, puede asegurarse que hay en aquel hombre un gran carácter que supla y compense el defecto del talento, y que le dé la superioridad e que carece por otro lado. Pero, por difícil que yo crea que una mujer no vulgar pueda apasionarse de un hombre que en todos conceptos sea moralmente inferior a ella, aún me parece más raro que sea larga la ilusión que un hombre inspire por las solas cualidades del entendimiento y aun del carácter. La mujer busca antes de todo el corazón; quiere admirar sin ser deslumbrada; quiere ser dominada sin tiranía; quiere y necesita ser amada; y solo aprecia la superioridad del hombre porque la eleva, porque la engrandece a ella misma. Pero esta superioridad cuando no nos engrandece nos humilla; y siempre nos humillará si el amor que inspiramos no es bastante poderoso para que cerca de nosotros la deponga el hombre.

—Pero usted, Catalina —observó Carlos—, usted que posee cualidades de espíritu tan sobresalientes, ¿podría considerarse humillada por las que poseyese su amante?, ¿necesitaría usted que él las depusiese cerca de usted?

—No sé —contestó ella—, si he de decir verdad, si he reconocido sinceramente en algún hombre una superioridad moral sobre mí, puedo asegurar que sí, que he deseado encontrarla. Y, sin embargo, cuando he observado que el gran talento o el gran carácter de un hombre, muchas veces le dan medios de dominación independientes de los del amor, he cobrado una especie de horror a esas mismas cualidades; y creo, si he de juzgar por mí, que la mujer perdonará siempre más fácilmente la falta de inteligencia que la de corazón.

Así, pues —dijo Carlos—, usted no ha amado nunca porque no ha podido encontrar esa rara reunión de inteligencia y bondad, de fuerza y dulzura, de dignidad y de amor. En efecto, difícil es encontrar esa perfección, acaso imposible, y sería muy temerario el hombre que osase esperar satisfacer la ambición de su corazón de usted

—¿Perfección ha dicho usted? —repuso ella— usted no me ha comprendido o yo no me he acercado a explicarme. Dudo mucho que un hombre perfecto me inspirase pasión. Hay defectos que yo no perdonaría fácilmente, mejor diré, que yo amaría con locura. Otros hay empero que me alejarían para siempre de un amante. La frialdad o dureza del corazón, y la bajeza del carácter, son defectos que aborrezco. Al mayor talento y al más noble carácter respetaría sin amarles, si carecían de bondad y ternura: la crueldad me horroriza, y eso que llaman los hombres bravura suele parecerme ferocidad. Yo no amaría jamás a un hombre sanguinario, aunque el mundo le llamase héroe; ni a un hombre henchido únicamente de ambición y destituido de afectos, aunque el mundo le llamase genio. Mas tampoco amaría a un cobarde ni a un estúpido, por bueno y tierno que fuese su corazón. Por lo demás creo muy posible que yo amase a un hombre que tuviese muchos defectos: a un gran carácter perdono fácilmente la altivez y aun alguna sequedad aparente; a un brillante talento no le pido cuenta de sus extravíos, y aun pudiera gustar de sus inconsecuencias. En fi, Carlos, si encontrase un hombre que poseyese con un doble carácter y una clara inteligencia, un apasionado corazón..., a ese nombre no le pediría más. Defectos pudiera tener, y aun virtudes, que me inspiren temor, pero le temería sin amarle menos, y por mucho que a las veces pudiese padecer sería feliz. usted será tachado por algunos de demasiada tenacidad en sus opiniones, y esa impetuosidad de su carácter, que con frecuencia le hace faltar a las conveniencias sociales, y que los hombres de salón llamarían falta de finura, pudiera desagradar a muchas mujeres, que tal vez no le perdonarían sino a favor de su hermosa figura. Yo misma le reprendería a usted con justicia de la poca indulgencia con que me ha juzgado al principio, y hallaría acaso demasiado orgullo en la manera con que se ha reconciliado conmigo. Pero ni la severidad y obstinación de sus creencias de usted, ni su brusca franqueza, ni ese orgullo y rigidez que apenas puede dominar algunas veces la bondad de su corazón, serán obstáculos, estoy cierta, a la felicidad de su esposa.

—¡Ah! —contestó él, suspirando a tan dulce recuerdo— Mi esposa, catalina, es un ser único. Estoy cierto de que nunca ha preguntado ella a su corazón por qué ama, ni si mis defectos deben o no influir en su felicidad. Ella, el ángel adorado, no piensa sino en la mía: su felicidad consiste en aquélla que me da, y debe ser, por lo tanto, perfecta. Además, los defectos que usted me nota, ¿qué pudieran contra ella? ¿No tengo indulgencia? Ella no la necesita. ¿Mis opiniones son tenaces y severas? Ella las respeta y las participa. ¿Carezco de finura? En el feliz aislamiento en que vivimos no tenemos censores, y mi carácter impetuoso está siempre dominado por la serenidad celestial de su mirada. ¡Oh, Catalina! ¡Que no conozca usted a mi Luisa! La amaría usted mucho más que yo.

La condesa se levantó impetuosamente y se alejó algunos pasos de Carlos sin saber lo que hacía. El joven la miró con sorpresa, y ella dominándose al momento volvió a sentarse diciendo con fingida calma:

—Creí que había llamado Elvira, pero me engañé, está dormida.

No se le ocurrió a Carlos el dudar de aquella explicación, y prosiguió volviendo a asir entre las suyas la mano de la condesa.

—Creo también, Catalina, que ella es capaz de comprender a usted, y de amarla, porque estoy persuadido de que usted posee cualidades distinguidas de corazón y de carácter. A ella quizá dispensaría usted una confianza más completa que a mí, y cuando usted descubra toda su alma, estoy cierto que será preciso estimarla.

—¡Mi alma! —repitió la condesa— Acaso valga mucho, en efecto, y aun mi corazón es mejor de lo que convendría a mi felicidad. Pero usted, ¿qué habla de completa confianza?, ¿desea usted la mía? ¿hallaría yo en su corazón esa indulgencia que necesito? Por qué por desgracia no soy como esa Luisa cuya resplandeciente ventura no ha sido jamás oscurecida. Yo he sido desgraciada y debo parecer a usted culpable.

—¡Culpable!... No, Catalina, no puede usted serlo nunca en tanto grado que no absuelva a usted mi corazón. La vergüenza de confesar una falta, ¿no es expiarla?

La condesa levantó la cabeza con altivez.

—No sé a qué llamará usted faltas —dijo—, pero yo nunca me avergonzaré, ni haré un penoso esfuerzo al confesar errores de la imaginación que han podido hacerme infeliz. Nada bajo ni mezquino puede encontrar en mi alma y en mi vida la observación más escrupulosa, y si usted, dudando de ello, ha podido decir que me estimaba, o ha mentido o es usted lo que yo creía.

—No, nada indigno de un noble corazón he podido sospechar en usted después que la he tratado, Catalina: ¿pero no pueden cometer faltas también los nobles corazones? usted que me llama severo, ¿querrá obligarme a hacer la defensa de errores que puedo condenar sin despreciar al que haya sido víctima de ellos?

—¡Condenar los errores! —repitió Catalina— Es usted severo hasta en su indulgencia. Si se condenan los errores, ¿dónde está el mortal exento de faltas...? Si existiese, yo no podría estimarle: El que nunca se engaña debe ser desde que nació malvado. En cuanto a mí, confieso que me he engañado muchas veces, y que aún no me creo exenta de grandes errores. ¿Quiere usted juzgar por sí mismo si son imperdonables? Pues bien, escúcheme usted

Carlos la escuchaba, en efecto, con vivísimo interés, y ella prosiguió, co una serenidad que fue perdiendo a medida que hablaba.

—A la edad de dieciséis años me sacó mi madre del colegio en que me había educado para casarme con el conde de S.***. Se me habló del matrimonio como de un contrato por el cual una mujer daba a su persona a un hombre, en cambio de una posición social que recibía de él, y esta posición que se me ofrecía era brillante. Mi padre había muerto en los aciagos días de la revolución, mártir de la causa de su rey, y su viuda nada poseía. El conde era muy rico en España, y vivía en París con ostentación deslumbrante. Su enemistad particular con el favorito de Carlos IV le hizo desagradable su permanencia en la corte de España, y como habiéndose educado en Francia conservó siempre un gran afecto a aquella nación, determinó vivir en París mientras no variase la situación política de su patria. La época en que llevó a cabo este proyecto, era poca para que se aplaudiese de su cumplimiento. El emperador acababa de celebrar la paz de Tisilt, y con ella parecían consolidarse para siempre la nueva dinastía, los nuevos principios, y la grandeza y la prosperidad de la Francia. Cuando el conde llegó a París, la capital toda no tenía más que una voz para celebrar la gloria de las armas francesas, y el genio del grande hombre que dirigía sus destinos; y las fiestas que se sucedían sin intermisión hacían la ciudad más alegre de la capital de la nación más poderosa del globo.

El conde, que ninguna parte activa tomaba en las cuestiones políticas, se halló bien en París y, olvidando a España, pareció querer fijarse para siempre en su nueva patria, tomando en ella una esposa.

A principios del año 1811 me conoció y pocos días después pidió mi mano, que le fue concedida.

Aunque tan joven y tan ignorante de las pasiones, no dejé de observar que no se contentaba para nada con el amor en aquel contrato que él solo debiera sancionar, pero se me advirtió que solo las que debieron a la suerte un nacimiento humilde tenían el derecho de no consultar más que a su corazón al elegirse un dueño por toda la vida; más yo, miembro de una noble familia, no era libre en mi elección. El orgullo y la vanidad debían hacerla y la hicieron. Usted sabrá que su pariente, el conde de S.***, no era ya joven cuando me dio su mano, pero, a pesar de sus cuarenta años, conservaba una figura hermosa, aunque marchita, y la exquisita elegancia de sus modales le prestaba aún bastante atractivo. Creo que hubiera podido hacerse amar si hubiese amado, pero el conde, aunque dotado de un talento brillante, tuvo siempre un corazón de hielo. Había tenido, además, una juventud disipada, y, no extraviado por vehementes pasiones ni subyugado por un temperamento fogoso, su libertinaje había sido mero efecto de una juventud ociosa, de grandes riquezas y del contagio de una sociedad corrompida. Así era, que nada había dispendiado su corazón, y su marchita existencia era tanto más desagradable cuanto que no llevaba el sello que un alma de fuego imprime sobre el rostro de sus víctimas. Cuando vemos un corazón desgastado pensamos cuánto habrá amado y padecido... iy se perdona tanto al que ha sido desgraciado! iy se adivinan tantos dolores en una existencia devorada por terribles pasiones! Pero la enervación y el cansancio de un hombre frío, presentan la huella del vicio en toda su cínica desnudez. Mi marido, que nunca había amado, decía que estaba cansado de amor. Así, pues, yo encontré en él un amigo fino y obsequioso, y un compañero amable y complaciente, pero, en vano, le hubiera pedido el entusiasmo de un amante, ni la ternura celosa del marido. Había sido libertino por sistema y por sistema se había casado, cuando se reconoció inepto para sostener el papel de brillante calavera. ¿No es verdad, Carlos, que era bien triste la suerte de una niña que en la edad del amor y de las ilusiones veía ligada su pura y florida existencia con la existencia árida y seca de aquel hombre de corazón frío y de sensaciones gastadas?

—Pero usted, Catalina —respondió secamente—, usted, que se había vendido por una posición social; usted, que a los dieciséis años especuló con el vínculo más dulce y santo, ¿podía esperar ni merecía otra suerte?

—Cruel es esa observación —dijo la condesa—, pero usted olvida que a los dieciséis años no tiene una mujer voluntad; usted olvida que yo no conocía el amor, y que al salir del colegio me presentaron como una suerte envidiable aquel espantoso destino. En efecto, envidiable me pareció en un principio, aun a mí misma. Las riquezas de mi marido me permitían todos los goces que embriagan a un corazón tan joven e ignorante como el mío. Coches, lacayos, bailes, paseos, teatros, reuniones, todo lo que satisface la vanidad me fue prodigado. En mi casa se reunía una de las más elegantes sociedades de París. Las funciones que yo daba eran citadas como las más brillantes, mis trajes servían de modelo, y yo misma era reputada una de las mujeres más amables. En efecto, mi marido se complacía en adornarme de los talentos y habilidades que él poseía, y este estudio y los placeres ocuparon dos años de mi vida, durante los cuales siempre estuve tan distraída que no tuve tiempo para preguntar a mi corazón si era feliz.

—Le bastaba a usted esa vida de tumulto y brillantez —dijo Carlos con algún enfado—. ¡Ah! ¡Catalina! Mucho temo que se engañe usted a sí mismo cuando la llama insuficiente.

—¡Pluguiese al cielo que su temor de usted fuese fundado! —respondió la condesa— Pero no, Carlos, no me bastó aquella vida, aunque tan llena de todo lo que no es amor ni felicidad. Presto mi ardiente imaginación se cansó de aquellas impresiones y mi vanidad saciada dejó hablar al corazón. Entonces concebí que debía existir una felicidad superior a la que el rango y las riquezas pueden darnos. Extremada en todo, pasé en poco tiempo de la más loca disipación al más severo retiro. Todos mis placeres y dolores han provenido siempre de una sensibilidad tan viva como delicada, que no recibe nunca débiles impresiones, y de una imaginación que todo lo engrandece o la disminuye hasta el exceso.

La situación que me había embriagado, que me había pintado mi imaginación durante dos años como el supremo bien, llegó casi de repente a parecerme odiosa. El mágico pincel que la había embellecido fue el mismo que la tiñó de colores más sombríos. Los caracteres exaltados rara vez se detienen en los intermedios, y no conocen compensaciones. De mí sé decir que pocas situaciones me parecen meramente gratas o desagradables: Yo gozo o padezco, soy feliz o completamente desgraciada.

Así, cuando mi existencia, vacía de afectos y llena de insuficientes placeres, dejó de enloquecerme, fue para inspirarme y el tedio más invencible. En vano mi marido y mis amigas intentaron retenerme en ella: me hubiera muerto de fastidio en medio de los placeres y de la alegría. Obtuve, pues, del conde que fuésemos a pasar un verano a una pequeña ciudad del mediodía de la Francia, y pasé allí algunos meses en un retiro absoluto. En París se hicieron extraños comentarios de mi ausencia y de mi melancolía. Quien suponía que mi marido estaba arruinado, quien que yo alimentaba una pasión novelesca, y no faltó persona que solo viese en mi conducta un rasgo de refinada coquetería, con el objeto de proporcionarme al volver alegre y brillante al círculo elegante que abandonaba todo el atractivo de la novedad. Lo cierto nadie lo sospechó: a nadie se le ocurrió pensar que yo había sentido, por fin, el vacío de mi corazón. Sin embargo, la soledad, la vida ociosa y contemplativa que adopté me hacía más daño que la disipación de que había huido. Bajo el hermoso cielo de Provenza, en medio de los campos que había elegido para mi domicilio, la vida se me revelaba, la vida del amor que yo estaba condenada a no conocer. Para evitarme el fastidio, que mi marido creía inseparable de la soledad, me daba libros que él llamaba divertidos. ¡Eran novelas! ¡Era la Julia de J. J. Rousseau! ¡El Werter de Goethe! ¡Páginas de fuego que me presentaba su mano fría y que devoraban mis ojos en las horas de devorante insomnio! Muchas veces arrojando el libro con desesperación salíame como loca por el campo, y me embriagaba de las brisas de la noche suaves como una esperanza de amor, y me prosternaba delante de la Luna, que de todo lo alto del cielo parecía un faro divino allí colocado para alumbrar la ventura misteriosa de los amantes, y escuchaba trémula el silencio de los campos. Aquel silencio cuya voz es el susurro de una hoja o la respiración de un pájaro y en él creía distinguir un reclamo mudo del amor que me ofrecía el reposo negado a mi corazón, y cuando mis cabellos empapados por el rocío dejaban traspasar la humedad la humedad a mi cerebro, entonces parecíame que las lágrimas del cielo venían a consolarme de mi abandono, y yo lloraba también, y pedía ansiosamente amor y felicidad. Aquella fiebre de la imaginación era seguida comúnmente de largas horas de dolorosa postración. Y, poco a poco, tal género de vida acabó por destruir mi salud, y aun acaso por turbar mi razón. La soledad que tanto halaga en teoría a las almas tiernas y a las imaginaciones ardientes, y que siendo breve despliega en ellas tan profundas y melancólicas impresiones, es peligrosa y temible si se prolonga demasiado. La soledad solo puede convenir a las almas resignadas o a las imaginaciones frías, pero nunca a la juventud del corazón, en la fuerza del pensamiento y de las sensaciones. Entonces, Carlos, lo sé por experiencia, la soledad es devorante y terrible. El estudio de sí mismo puede hacer mucho mal al corazón. Si el espectáculo del mundo puede despojar de muchas ilusiones y sofocar muchos nobles instintos, la vida solitaria produce forzosamente opiniones erróneas y entusiasmos peligrosos, y en una imaginación vigorosa acaso también culpables extravíos. Volvimos a París en el invierno de 1814 a ser testigos de la caída del coloso imperial.

Parecía que la consternación dominaba todos los ánimos, con aquel trastorno que debía mudar el destino de Europa; y esta situación general y el mal estado en que se hallaba ya la salud de mi marido, me autorizaban a separarme absolutamente de la sociedad; por manera que en los cuatro meses que aún estuvimos en París, apenas salí de su aposento. Creyendo recobrar su salud con influencia del clima natal, resolvió el conde venirse a España, y en el mes de mayo pisé por primera vez el suelo en que habían nacido mi madre y mi marido, y hacia el cual tuve siempre un particular cariño. Pero el aire patrio no tuvo en la salud del conde la favorable influencia que había esperado: experimenté el pesar de perderle pocos meses después de su llegada a Madrid. Sí, Carlos, tuve un sincero pesar, pero pasados los primeros meses de mi viudez no pude pensar sin secreta alegría que ya era libre, y podía lanzarme al porvenir de felicidad que tanto tiempo soñaba. Dos años pasé de esperanzas, ilusiones, errores y desengaños; dos años durante los cuales mi corazón, ávido de emociones, abrasado de deseos de ventura, se asía a cada objeto que por un momento le fascinaba. Dividí aquellos dos años entre París y España; presenteme en todas partes con aquella cándida credulidad de la juventud, con aquella imprudente confianza de corazón noble y bueno. Nada me parecía más fácil que hallar en todas partes amigos tiernos y sinceros, amantes y apasionados y llenos de atractivo. Joven, hermosa, rica, entusiasta y generosa, me lanzaba con una temeridad y un abandono, sublimes de inocencia, en busca de un ídolo a cuyos pies pudiera tributar los tesoros vírgenes que llevaba en mi alma.

¡Oh! ¡Qué peligroso es para una mujer de viva imaginación ese período de la vida en que necesita y busca, y espera ser protector y querido a quien entregar su alma, su porvenir, su existencia entera! ¡Cuánto debe engañarse a sí misma! ¿Y cómo evitar esta desgracia forzosa? Si pudiese referir a usted hasta qué punto llegaron en los primeros años de mi libertad, las extravagantes prevenciones de mi novelesca imaginación, se reiría usted de mi simplicidad y se conmovería de mi entusiasmo. Un hombre a quien veía por primera vez era a veces el objeto de todos mis pensamientos durante muchas semanas. Bastaba para hacer tan viva impresión en mi fantasía que tuviese un noble aspecto, un aire distraído y melancólico, que yo calificase como revelador de grandes y profundos pensamientos; así como una tez pálida o unos cabellos prematuramente encanecidos, eran para mí el anuncio cierto de algún bello y poético infortunio. En todas partes buscaba y creía encontrar elevados caracteres, ardientes pasiones, nobles desventuras: mi imaginación inagotable poetizaba todos los objetos, y de ninguno podía juzgar con exactitud, hasta que se disipase el prisma color de rosa al través del cual les miraba. Pero, por una rara combinación de entusiasmo y justicia, nadie se apasiona más vivamente que yo por las personas que le agradan, y nadie tampoco descubre sus defectos con más prontitud. El espíritu de análisis instintivo, involuntario, al cual somete mi juicio aun los afectos más tiernos de mi corazón, han sido un soplo de hielo sobre todos mis entusiasmos. Sin embargo, he llegado a tener amigos y he querido sinceramente a algunos, a pesar de conocer sus defectos; pero en el amor que solo vive de entusiasmos y de ilusiones, no he encontrado un solo hombre que no perdiese por ser conocido lo que ganaba en ser imaginado. Porque la amistad es, permítaseme la expresión, un lujo de felicidad para el alma, pero el amor es una necesidad. Nos basta poder estimar al amigo, pero necesitamos poder amar tanto como estimar al amante. A la amistad no le pedimos nunca la dicha, nos basta que sepa consolarnos de carecer de ella; al amor le pedimos la felicidad y nada vale si no puede dárnosla.

Sin embargo, la misma amistad solo ha existido para mí después que dejó de ser una pasión. Mientras la concedí entusiasmo, solo obtuve decepciones. Ahora que conozco la vida y los hombres, he sabido apreciar ese dulce sentimiento y lo he comprendido tal cual es, como únicamente puede ser; pero en aquel tiempo en que solo conocía la vida por mis sensaciones, y en que de nada podía juzgar sino por instinto, el amor y la amistad, me eran igualmente imposibles de encontrar. Yo buscaba en todo la realización de un sueño, el cuerpo de un fantasma..., buscaba la felicidad, que más tarde he dudado pudiese dar el amor mismo.

Con tales disposiciones puede usted imaginar cuántas falsas creencias, cuántos absurdos entusiasmos debía ofrecerme la vida, y cuántos rápidos y fríos desengaños debieron seguir a mis brillantes errores. La amiga en cuyo afecto descansaba con más abandono, la que yo elevaba a la esfera más alta de mi estimación, jugaba algún tiempo con mi corazón, explotaba sus tesoros, y luego se burlaba de mi ciega confianza, abusaba de mi inocente candor, y ¡feliz yo si también no aprovechaba la imprudente vivacidad de mi apasionado carácter para calumniar mi conducta y mi corazón! El amante en quien yo había creído entrever mi idealismo, se convertía repentinamente en un ser vulgar, odioso y mezquino. A veces encontraba al libertino marchito y corrompido en el que creía hallar un noble infortunado, la estupidez y frialdad de alma aparecía bajo la exterioridad en que yo había leído la bondad y la virtud, la frivolidad y la tontería en la figura elegante y graciosa que me había anunciado a primera vista la reunión de todo lo más amable y atractivo, la ridiculez de una vanidad insoportable en el fondo de ciertos caracteres que me habían parecido grandes y originales, la debilidad y el apocamiento en otros que yo había creído dulces y tiernos, la dureza y la ferocidad en muchos que por algunos rasgos aislados se me presentaron como enérgicos y noblemente poderosos. Carlos, lo repito, para el que conoce ya a los hombres existen muchos en quines puede encontrar cualidades muy hermosas y dignas de estima, pero para la fogosidad y ciega juventud, que parece aún acordarse del cielo y que pide tanto a la tierra, la realizad es siempre muy mezquina. Lo imaginado supera siempre a lo real, y solo la experiencia nos hace indulgentes.

En aquellos dos años hice un costoso y triste aprendizaje. Mis afectos fueron decepciones, mis esperanzas locuras, mis mismas virtudes llegaron a serme fatales. La experiencia de cada día, de cada hora, me mostraba que todo lo bueno, grande y bello que había en mi alma, era un obstáculo para mi ventura: que mi entusiasmo me extraviaba, que mi credulidad me hacía el juguete de las gentes llamadas sagaces, que mi sublime imprudencia me atraía la censura de personas que hacían gala de sensatez y aplomo, que mi incapacidad de mentir era llamada indiscreción, mi ambición de afectos coquetería insaciable... En fin, Carlos, mi misma inteligencia, ese inapreciable don que nos acerca a la divinidad, era para los espíritus medianos una cualidad peligrosa, que tarde o temprano debía perderme.

Con el corazón desgarrado me retiré por segunda vez de esa sociedad que empezaba a comprender, pero a quien no podía todavía despreciar. Cuanto más pobre hallaba al mundo y más injusto, más sentía la necesidad de un ser noble y sensible que me compadeciese y me amase, y protegiera mi existencia frágil y aislada. Pero, ¡ay de mí!, en vano le buscaba aún.

Cuando el amar era para mí un crimen, creía que nada era tan fácil como amar: libre mi corazón parecía impotente para dar aquello mismo de que estaba exuberante.

Yo no encontraba nunca lo que buscaba con afán, y llegué a culparme a mí misma.

A falta de pasión y entusiasmo, que ningún hombre me inspiraba después de conocido, creí que podía hallar la felicidad en uno de aquellos sentimientos tan dulces y serenos, que llenan la vida de muchas mujeres. Pero no son de mi naturaleza los sentimientos templados.

Lord Byron hace notar que en ciertos climas no se conoce la dulce tibieza del crepúsculo, la melancólica vaguedad de las medias tintas. El Sol no se acerca lentamente al ocaso cansado de su carrera, sino que lleno de fuerza y de luz desaparece súbitamente, como si su poderosa actividad no pudiera someterse a una declinación progresiva. ¿No sucede lo mismo con las almas ardientes y poderosas? La pasión en ellas no permite nuca ese estado de sentimientos templados: aman o aborrecen, admiran o desprecian, van muy lejos o se quedan muy atrás.

Bien pronto se apoderó de mí el desaliento, aquella poderosa imaginación se cansó de engañarme y solo conocí la extensión de mi desventura cuando sentí que el manto de hielo de la duda cubría rápidamente todas las nobles creencias de mi juventud. Queriendo sacudir a toda costa aquel germen de muerte que brotaba en mi corazón, busqué en la inteligencia lo que en vano había perdido al sentimiento: yo había visto al hombre en el mundo y quise estudiarlo en los libros. Persuadime que iluminada por la experiencia y los talentos de grandes moralistas, acaso mis ideas alcanzarían modificaciones ventajosas, y que libre ya del entusiasmo que impide la exactitud del juicio, podría encontrar preservativos contra el desaliento en las lecciones luminosas de la filosofía. Esperaba encontrar, si no la felicidad de las ilusiones de la calma, de las convicciones, y que la antorcha de la verdad me guiaría al través de ese oscuro océano de las pasiones humanas.

He pasado muchas noches leyendo las obras de los grandes moralistas y filósofos antiguos y modernos: he respirado, he querido palpitar —por decirlo así— la poesía de Platón, le he seguido en su República ideal y sublime en delirios; he meditado en mis insomnios los sueños de Rousseau,

107

con él me he lanzado ardiente y vida al mundo de las teorías, y como él he caído desfallecida desde la cumbre de la inteligencia hasta el abismo de la inconsecuencia humana. Así, después de desvelarme en el examen de las grandes cuestiones y embriagarme con el perfume de las santas teorías, he visto perseguirme con mayor tenacidad los pálidos espectros de la duda, y a fuerza de querer comprenderlo todo llegué a desconocerme a mí misma. Lo justo y lo injusto, el mal y el bien, todo se confundió para mí, y en la soledad del corazón comencé a sentir desarrollarse rápidamente el coloso de hierro del egoísmo; porque cuando analizaba las virtudes hallaba siempre al interés personal, origen y base de ellas. Me espanté de mí misma y volví a lanzare en el mundo, no ya para pedirle amor, felicidad, justicia, verdad, sino un opio de placeres y de riquezas que me adormeciera. Volví a él para oscurecer entre el vapor de sus pantanos el funesto destello de mi inteligencia, para quebrantar en su frente de bronce el dardo punzante de mi sensibilidad.

Desde entonces el mundo que me asesta sus tiros por la espalda, viene a verter rosas a mis pies; desde entonces no soy víctima porque puedo ser verdugo, desde entonces nadie me compadece porque algunos me envidian. Nadie me desprecia porque muchos me odian. No tengo desengaños porque en nada creo. Engo enemigos que me calumnian y a los cuales mi indiferencia quita el poder de ser felices mortificándome. Tengo amigos que me quieren porque soy indulgente con sus defectos y les doy el placer de censurarme los míos. ¿Quiere usted saber lo que es para mí la sociedad? Lo que para vosotros, hombres, una cortesana. La buscáis; la prodigáis mentidos y pasajeros halagos; la pagáis caro los suyos, efímeros y mentirosos como los vuestros; y la dejáis despreciándola.

La sociedad es para mí un mal necesario. Yo que no puedo aceptar su código no me revelo contra él, porque yo soy un ser fuerte y débil a la vez, que ni puede ajustar su talla a esa medida estrecha de la hipocresía social, ni tiene bastante rico el corazón para privarse de los goces aturdidores de sus brillantes placeres. ¿Y qué otra cosa puedo desear ni esperar? Cuando se llega a este estado, Carlos, en el cual las ilusiones del amor y de la felicidad se nos han desvanecido, el hombre encuentra acierto delante de sí el camino de la ambición. Pero, ¡la mujer!, ¿qué recurso le queda cuando ha perdido su único bien, su único destino: el amor? Ella tiene que luchar cuerpo a cuerpo, indefensa y débil, contra los fantasmas helados del tedio y la inanición. ¡Oh! Cuando se siente todavía fecundo el pensamiento, el alma sedienta, y el corazón no nos da ya lo que necesitamos, entonces es muy bella la ambición. Entonces es preciso ser guerrero o político, es preciso crearse un combate, una victoria, una ruina. El entusiasmo de la gloria, la agitación del peligro, la ansiedad y el temor del éxito, todas y aquellas vivas emociones del orgullo, del valor, de la esperanza y el miedo... Todo eso es una vida que no comprendo. Sí, momentos hay de mi existencia en que concibo el placer de las batallas, la embriaguez del olor de la pólvora, la voz de los cañones; momentos en que penetro en el tortuoso camino del hombre político, y descubro las flores que en el poder de la gloria presentan para él las espinas que hacen su posición más apetecible... Pero, ¡la pobre mujer sin más que un destino en el mundo!, ¿qué hará, qué será cuando no puede ser lo que únicamente le está permitido?

Hará lo que yo hago, y como yo será desventurada, sin que su desventura pueda ser confiada ni comprendida. ¡Ah! Si alguien la comprendiera me compadecería... Y mi orgullo rechaza la compasión. Necesito parecer feliz porque no puedo serlo.

La condesa calló y Carlos permaneció inmóvil sin acertar a apartar de él sus miradas de aquel rostro expresivo en el cual se pintaba una tristeza desdeñosa.

Era rara y terrible aquella amalgama de pasión y juicio, de actividad y cansancio, de ligereza y profundidad, de indiferencia y orgullo. Catalina le inspiraba un sentimiento de admiración dolorosa, una de aquellas impresiones que solemos experimentar a la vista de una gran torre que se desploma, o de un vasto incendio que devora grandes edificios. Catalina no era ya para él la coqueta ligera y fría, ni tampoco la interesante calumniada que había creído ver un momento antes. Aquella mujer se había transformado a sus ojos en una terrible desventura, en un drama viviente que a la vez excita la piedad y el terror en un misterioso emblema de la vida con sus dos fases: una de oro y otra de hierro. Sin embargo, atreviose a hacer una observación a la condesa.

—Sin duda —la dijo— en las brillantes sociedades de las grandes poblaciones, pueden encontrarse vicios y maldades que no se conocen en aquéllas donde la vida individual es más conocida, y la civilización ha introducido

109

menos elementos de corrupción. Pero no puedo persuadirme, señora, que en ninguna parte la generalidad de los hombres pierda todo sentimiento de bondad. No puedo hacer a la especie humana el agravio de creerla tan mala que sea una desgracia y una excepción el poseer nobles y elevados sentimientos. En fin, no comprenderé jamás que el desprecio hecho de la sociedad pueda ser justificado por las imperfecciones que haya en ella, ni que debamos vivir sin estimar ni querer a nadie por temor a ser engañados.

La condesa se sonrió.

—Le creo a usted, Carlos —dijo con voz dulce y melancólico acento—. Para usted, joven y puro corazón de corazón de veintiún años, que aún no ha padecido, que aún no ha hecho padecer a nadie, la voz dolorosa de una existencia herida debe parecer una blasfemia de rabia y no un grito de dolor. ¡Presérveme el cielo de culparle a usted por su noble confianza, por su generosa creencia! Pero usted se engaña al pensar que yo juzgo al hombre por la sociedad. Se engaña también en suponer que desprecie al hombre o le aborrezca. No, por el contrario creo que no existe uno solo que sea completamente malo. Creo que en el fondo de la existencia más corrompida o culpable aún podemos hallar nobles y grandes cualidades, y que no hay crimen ni bajeza que, examinada por la causa y las circunstancias, no pueda presentar un fuerte apoyo de defensa. Los acontecimientos, más que los instintos, hacen al hombre malvado. El germen del bien como el del mal existe en el secreto de todas las almas, y yo no admito fácilmente la hipótesis terrible de una bondad o de una maldad innata. Esto sería un ultraje a la justicia del criador. Porque conozco al hombre no le aborrezco, y porque le conozco soy indulgente con sus defectos. Lo repito, solo la juventud que aún no ha vivido ni juzgado es severa y exigente en este punto. El hombre que se conoce y conoce a los demás perdona muchas cosas. ¿Cree usted que no encuentro yo bellas cualidades en hombres llenos de defectos o que sus defectos pesen más para mí que sus virtudes? No, Carlos, ya he dicho a usted antes que hay defectos que pueden contribuir a hacer a un hombre amable; y añadiré que ninguno existe tan feo y odioso que me preocupe hasta el punto de juzgarle completamente despreciable. Pero si soy indulgente es porque ya no soy entusiasta, si no desprecio es porque ya no admiro, si no pido a la humanidad virtudes sublimes es porque sé que no las posee, y que solo en la primera juventud puede el corazón del hombre dar ese perfume de poesía que bien presto la vida arrebata entre sus turbiones.

El mundo, como dice Shakespeare en Hamlet, es un campo inculto y árido que solo abunda en frutos groseros y amargos. Cada hombre aisladamente puede, estudiándosele, presentar algunas virtudes más o menos raras, y defectos proporcionados a ellas; y aun no dudo que existan seres dotados de buena organización y favorecidos por felices circunstancias, en los que hallaremos una bondad inepta para ejecutar el mal.

En el hogar doméstico acaso veamos un padre de familia que ama a su esposa y a sus hijos, y que es bueno, puesto que es amado. Pero busquemos a ese hombre en la masa común llamada sociedad, y posible es que le veamos intrigar para perder a un rival que sirve de obstáculo a su engrandecimiento. Observaremos a un joven en quien hallamos muchos sentimientos de honor, que se sonrojaría si dudásemos de que es incapaz de una vileza, y en la sociedad le veremos hacer gala de sus vicios, burlarse de la credulidad de un corazón inocente, mancillar con lengua inmunda el nombre de una madre de familia. La mujer que posea en el fondo más dulzura, más amabilidad de carácter, y aun tal vez cualidades más bellas, despedazará a una rival a quien acaso estime en secreto, y se abatirá a la mentira y a la hipocresía para engañar a un marido, y usará de arterías miserables para vengarse de un enemigo, y de astucias para libertarse de un censor.

A la sociedad nadie va a lucir sus virtudes. Los buenos sentimientos se guardan para la vida privada, para la intimidad, para la confianza. A la sociedad del hombre va armado de la desconfianza que le defiende y de la malicia que le venga. La sociedad, sobre todo en las ciudades civilizadas y corrompidas, es la cloaca en que se vierten todas las inmundicias del corazón humano; la roca cóncava en que hallan eco todas las mentiras; la fragua en que se forjan todos los puñales que deben herir al corazón sin que se vea el amago. Yo prefiero los crímenes a las bajezas. En el hombre aislado hallaréis acaso el crimen; a la sociedad el crimen no llega, porque el crimen es grande y necesita espacio, pero veréis agitarse las pasiones mezquinas, los intereses encontrados, las sordas venganzas, las rastreras maquinaciones, las viles intrigas. A favor de su código salvaréis las apariencias, y si tenéis habilidad para dar un barniz brillante a vuestras acciones más feas, no se os pedirá cuenta de ellas.

—Pero señora —repuso Carlos—, ¿cómo conociendo esa sociedad puede usted vivir en ella? Y si cree que existen hombres no indignos de aprecio, ¿por qué no goza usted en el reducido círculo de los amigos elegidos por usted una sociedad más amena y menos peligrosa?

La condesa se sonrió.

—Donde quiera que se reúnan tres personas —dijo— ya pueden dividirla intereses opuestos, ya serían un fragmento de la gran sociedad y vendría contagiado de vicios. Pero doy por concedido que yo reuniese un número de amigos, y que ellos y yo nos aislásemos de la masa general y nos hiciésemos indiferentes y extraños para todo lo que no fuera nuestro círculo estrecho; y aun doy por posible que nada nos dividiese y que uno mismo fuese el interés de todos. ¿Sería felicidad aquella monótona existencia formada por el egoísmo? ¡Carlos! Solo el amor puede llenar la vida, y cuando él no la llena es preciso el mundo entero que nos aturda con su ruido, que nos indigne con sus bajezas, que nos conmueva con sus desventuras, que nos murmure, que nos adule, que nos acaricie y nos maltrate, para darnos aún algunas emociones.

Yo me había resignado a este destino hace algún tiempo, pero usted me ha hecho un mal, un gran mal. usted ha venido a gritarme que existe la felicidad, que existe el amor, que existe la virtud. ¡Carlos! Desde que le conozco a usted hallo mi vida bien miserable, y créame usted.., cuando llegue para mí el día de la vejez y de la soledad, no tendré de mis días de placer más que un recuerdo grato: el recuerdo de estos momentos pasados con usted

Al pronunciar estas últimas palabras la voz de la condesa temblaba entre sus labios, y sus ojos se fijaron en Carlos con una melancolía profunda. Parecía que una lágrima templaba el fuego apasionado de sus grandes ojos, y Carlos se sintió tan hondamente conmovido que tomando su mano la llevó con ternura a sus labios.

Elvira se incorporó en la cama en aquel momento. Catalina corrió a su lado, y Carlos permaneció absorto en sus reflexiones hasta el momento en que se acercó a él la condesa para decirle a Dios.

—Me marcho, Carlos —le dijo—, es ya de día y Elvira no tiene novedad. Creo que habrá sido ésta la última noche en que habremos velado juntos en este sitio. Aun le veré a usted algunos días aquí, pero Elvira se pondrá buena y entonces...

—Entonces —dijo él con viveza—, espero que me será permitido ir a pasar algunos momentos cerca de usted, en su casa.

—Deseábalo —dijo ella—, pero no me atrevía a pedirlo. Sin embargo, Carlos, ¿por qué me privaría usted de este placer? Nada arriesga usted en concedérmelo y yo —añadió poniéndose encendida, yo creo que respetaré siempre la felicidad de usted

Salió ella y Carlos se encerró en su cuarto en el cual, sin embargo, no buscó el descanso de dos noches de desvelo. Paseábase por él a largos pasos, recordando cuánto había oído a la condesa. Estudiaba el alma y la vida de aquella mujer singular, en lo que ella le había revelado, conmovíase de su sencillez y su franqueza, encantábase con su talento y la magia de su conversación, y espantábase de la insaciabilidad de su alma de fuego, y del frío y desolante raciocinio de su implacable razón.

—Debe ser verdad todo lo que me dice —pensaba él—. Nunca podrá amar, nunca hallará un hombre que domine a la vez su apasionado corazón y su brillante y poderosa imaginación. ¡Pero si llegase a amar!... ¡Qué orgullo, qué satisfacción comparable a la de hacer feliz a esa criatura tan brillantemente desventurada.

Sin embargo, ¿pudiera ser durable ninguna impresión en semejante carácter? Esa exaltación febril —continuó—, paroxismo del alma, ¿puede conocer jamás la dicha tranquila de un amor recíproco y consolado? No, sin duda, Catalina no hará nunca feliz a un esposo, pero concibo muy fácil que haga delirar a un amante. Vale más que continúe su frívolo y despreciable papel de coqueta..., vale más. Catalina, tal cual la he visto esta noche, es una mujer terrible. Una mujer que si no puede dar la felicidad ni recibirla, puede abrir para ella y para el que la ame un infierno de dolores y de crímenes... ¡de crímenes! —repitió espantado—, ¿y por qué?... Sin duda que no amará ella a un hombre que no sea libre, y ninguno que lo sea será criminal en amarla. Podrá ser desgraciado, pero..., no habrá una especie de dicha en serlo por ella y con ella.

Su criado entreabrió la puerta en aquel momento y viéndole aún levantado le dijo:

113

—Quería recordar a usted, señor, que hoy es día de correo para Andalucía, y que si ha de acostarse bueno sería me diese ahora las cartas que he de llevar.

Carlos se estremeció. Era la vez primera que sus cartas para Luisa no estaban escritas desde la víspera de su salida, y esta vez aun había olvidado que era día de correo.

Despidió al criado y se puso a escribir. No sabemos si su carta fue tan larga como las anteriores, mas podemos asegurar que fue todavía tierna y sincera.

XII

—Y bien, ¿qué tal sigue usted con Catalina? —preguntaba una mañana Elvira a su primo—. Parece que durante mi enfermedad se han hecho Uds. amigos. Carlos, que estaba sentado a alguna distancia del sofá en que se hallaba tendida la convaleciente, se levantó y fue a colocarse a su lado.

—La condesa —dijo— tendrá tantos amigos como personas tengan la dicha de tratarla.

—Según eso —repuso Elvira sonriendo—, su opinión de usted respecto a ella ha cambiado mucho. Veinte días hace, un mes a lo más, que usted me aseguraba que jamás podría querer ni estimar a semejante mujer.

Carlos se enfadó de que le recordase Elvira su prevención en contra de la condesa, y respondió con bastante sequedad:

—Eso solo prueba que si fui entonces sobrado ligero en mis juicios, soy siempre bastante sincero para no querer pasar por consecuentes a expensas de la justicia.

—Ya le había dicho yo a usted —añadió Elvira—, que Catalina era una mujer irresistible, y me alegro mucho que, por fin, estén en buena armonía las dos personas que en Madrid me son más allegados.

En aquel momento llegó la condesa. Ocho días hacía que se hallaba de convaleciente Elvira, y en todos ellos su amiga la había visitado con la exactitud de un médico y con la esmerada y natural afectuosidad de una hermana. Desde las doce del día hasta las cuatro de la tarde, no salía un momento del aposento de la convaleciente, a la que entretenía con su variada conversación o con amenas y ligeras lecturas. Leía admirablemente: los versos, sobre todo, eran una música verdadera entonados por su voz cadenciosa y armónica. Como poseía con igual perfección las lenguas francesa y castellana, y traducía y hablaba más que medianamente el inglés, el italiano y el alemán; no le era extraño ningún escritor de mérito. Comprendía igualmente a Corneille, a Schiller, a Shakespeare y al Dante, y traducíalos con igualable talento y facilidad. Su agradable voz expresaba con tanta dulzura y gracia las ideas de Chenier como las de Garcilaso, y Racine como Calderón hubiéranse complacido en oír sus hermosos diálogos en aquella boca hechicera, que le prestaba nuevas galas.

Carlos, que se hallaba siempre presente a las lecturas y conversaciones de las dos amigas, admiraba cada día más el universal talento de la condesa, y su vasta y —sin embargo— modesta erudición. Como él poseía también varios idiomas, podía conocer mejor que Elvira todo el mérito que encerraban aquellas bellas e improvisadas traducciones que solía hacer de los poetas extranjeros, sin dar a este trabajo difícil y arduo la menor importancia. No menos le encantaba oírla recitar los más bellos versos de los grandes poetas franceses y españoles con exquisita sensibilidad y comprensión, y cuando discutía con lla sobre el mérito de unos y otros, sorprendíase siempre de la rapidez de su análisis y de la justicia y exactitud de sus decisiones. Reunía la condesa a la ardiente y poética imaginación de una española toda la sagacidad y finura de una parisiense. Analizaba como filósofo y como poeta, tenían sus pensamientos el vigor y la independencia de un hombre, y expresábalos con todo el encanto de la fantasía de una mujer, y aun con un poco de su amable versatilidad.

Era, en fin, un compuesto singular, una amalgama difícil de analizar; mas cualquiera que fuese el fondo del carácter que resultase de aquella combinación de cualidades opuestas. Había indudablemente una picante originalidad y un atractivo siempre nuevo en sus exterioridades, o por decirlo así, en su fisionomía, porque también hay fisonomía en los caracteres, y, a veces, más engañosa que la que presenta el rostro.

Catalina, condesa de S.***, era lo que suele llamarse en el mundo un carácter vivo y amable, pero el que observase las desigualdades que encubría aquel carácter bajo su aparente alegría, el que notase que aquella mujer era a la vez demasiado fría y demasiado ardiente, que había en ella como una contradicción perpetua entre el corazón y la cabeza, no podría menos que estudiarla con curiosidad y acaso con miedo. Hay en algunas naturalezas tempestuosas y contradictorias, una especie de influencia amenazante. Ciertas organizaciones son de una complicación tan dificultosa que no podemos analizarlas por temor de descomponerlas.

Carlos, sin embargo, estaba cada día más cautivado por la amenidad del trato de la condesa, y formaba un juicio más ventajoso de su corazón a medida que creía conocerla mejor. No salía apenas de casa de Elvira: levantábase temprano y esperaba con vivísima impaciencia la hora en que acostumbraba ir a Catalina. Cuando aquella hora sonaba el ruido de cada coche hacía palpitar su corazón, y cuando por fin se presentaba la condesa Carlos se admiraba de la alegría que su sola vista le causaba. Junto a ella hallábase ebrio en cierto modo. Junto a ella solo podía admirarla, aplaudirla, gozar ávidamente de los momentos de dicha que su talento y su dulzura le proporcionaban, y felicitarse a sí mismo de poseer la amistad de una mujer tan distinguida y amable. Pero en el momento en que se marchaba Catalina se encontraba agitado y descontento. No podía pensar en ella sin una especie de dolorosa desconfianza, temía examinar aquella misma felicidad que gozaba junto a ella, y, aunque impaciente por volver a verla, sentía una especie de zozobra, que se aumentaba a medida que el momento en que debía llegar se aproximaba.

Sin embargo, no se le había pasado por el pensamiento al esposo de Luisa la más leve sospecha de estar enamorado. El sentimiento que le inspiraba la condesa no era ni podía ser amor: así por lo menos lo creía Carlos.

Aun siendo libre no hubiera elegido por su compañera a aquella brillante notabilidad de la corte, aun siendo libre no hubiera creído posible ser amado de la que era el objeto de tantas adoraciones.

Catalina no le inspiraba sino sentimientos de admiración y, a veces, timidez, y, aunque se fuese aumentando su estimación hacia ella a medida que la trataba, sucedíale que se aumentaba al mismo tiempo su desconfianza. Creíala buena, generosa, sincera, exaltada, pero en vano quería persuadirse algunas veces de que podía poseer al mismo tiempo las cualidades apacibles y las virtudes modestas que prometen la felicidad y justifican la confianza. Así es que era un admirador entusiasta de la condesa, él se excedía hasta calificarse como su más apasionado amigo, pero no comprendía que se pudiese desear el ser su esposo, y compadecía, aunque no condenaba, a los que se mostraban sus amantes. Carlos, pues, no quería confesarse que había peligro para él en aquella intimidad.

Por lo que hace a Catalina, que en ocho días no había pensado en otra cosa que en Elvira y Carlos, que no había tenido otra distracción que el estar con ellos, y que veía con disgusto que muy pronto tendría que volver a su vida de placeres, gozaba con una especie de avaricia de aquellas horas de dulce intimidad que tanto sabía hermosear, y no se cuidaba de evitar el trato frecuente con un joven que harto sentía no le era indiferente. Conocía que si bien había sido el despecho de la vanidad herida el primer móvil de su empeño en cautivar a Carlos, hacía ya muchos días que causaba en su corazón una impresión extraña. Sorprendíase muchas veces junto a él embebida en contemplar sus grandes ojos negros de mirada altiva y ardiente, y su frente tan noble y tan pura como la del Adán de Milton. Cuando él hablaba ella contenía su respiración y le oía con un interés que no procuraba ocultar. Su talento y su timidez, y su orgullo, su ignorancia de la vida y del mundo, y su perfecto conocimiento de sus deberes, la natural bondad de su corazón y la severidad de sus principios. En fin, el encanto nunca agotado que ella encontraba en estudiar aquella alma activa y aquella cabeza meridional, todavía jóvenes y poderosas, siempre empero dominadas por una enérgica voluntad; lo nuevo que era para ella el tener que conquistar a fuerza de verdaderas y apreciables cualidades de corazón, un homenaje que siempre había obtenido por solo su talento y su hermosura, todo esto la aficionaba más y más a Carlos. Cada día se hallaba más preocupada, a cada momento pasado junto a él se aumentaba la impresión vivísima y profunda que causaba en su corazón.

Pero lejos de huirle se daba prisa en tratarle, en estudiarle, en comprenderle y en abrevarse —por decirlo así—, en la ponzoña de sus miradas: miradas que tenían un poder indecible sobre aquella mujer singular. Y no se crea que Catalina procediese así por falta de prudencia, ni que se hubiese propuesto conquistar a cualquier precio el corazón de Carlos. Su conducta era precisamente el efecto de un deseo contrario y de un prudente cálculo. Sabía ella que sus ilusiones no resistían jamás al análisis, sabía que ningún hombre era para ella conocido lo que había sido imaginado: confiaba en su inconstancia, en su delicada sensibilidad tan fácil de lastimar, en la percepción admirable que había en ella para con los defectos... En fin, Catalina hacía con el amor lo que se debe hacer con el terror pánico. Sabía que el miedo no se disipa huyendo del objeto que nos le inspira, porque la imaginación le dará formas más colosales y medrosas a medida que menos le veamos con los ojos del cuerpo, y el mejor remedio es acercarse, palpar, descomponer, si es preciso, el objeto desconocido que nos ha atemorizado.

118

Regularmente dicho objeto luego que es examinado inspira desprecio, y nos reímos de nuestro pasado temor.

Éste era, pues, ni más ni menos lo que la condesa esperaba. Se conocía lo bastante para saber que huyendo solo haría más fuerte a su enemigo, y como mujer que comprende las pasiones y que se apoya en su talento, quiso combatir cuerpo a cuerpo, persuadida que acaso hallaría una sombra en lo que su imaginación le presentaba como un formidable gigante.

Tal era su cálculo, y se admiraba de que en ocho días de un trato casi continuo y de un examen severo, no se hubiese entibiado en manera alguna su entusiasmo.

Cuando Elvira se halló completamente buena y declaró que iba a volver a su antiguo régimen de vida, Carlos y Catalina se estremecieron. Miráronse al mismo tiempo con igual expresión, y cada uno de ellos comprendió que el pensamiento de dejar de verse todos los días era ya insoportable para el otro.

—¡Acaso me ama! —se dijo a sí misma Catalina con imprudente e involuntaria alegría.

—¡Acaso me ama! —se atrevió a pensar por primera vez Carlos. Y se estremeció de espanto y acaso también de orgullo.

Cada uno de ellos juzgaba los sentimientos del otro, y no examinaba los suyos. ¿Por qué? Catalina porque empezaba a temerlos, Carlos porque aún no los conocía.

XIII

Eran las dos de la tarde de un bello y templado día del mes de abril cuando Carlos entraba por la segunda vez de su vida en casa de Catalina de S.***. Tres días hacía que no la veía. Elvira, restituida a su antiguo método de vida, no estaba casi nunca en su casa, y Carlos, que no se había determinado a presentarse en la de la condesa, había pasado aquellos tres días en una casi absoluta soledad, aunque ocupado en sus asuntos no dejó de pensar con sobrada frecuencia en Catalina.

—Sin duda —decía—, habrá vuelto con placer a esa agitada atmósfera en que vive, y en el tumulto de los placeres que la cercan bien pronto se borrarán de su memoria estos quince días de amistad y recíproca expansión que hemos pasado juntos. Quizá en este momento en que yo aún creo aspirar en estos sitios el perfume de sus cabellos, ella en medio del círculo de sus elegantes admiradores, olvida hasta la existencia del joven modesto y sin brillo, a quien ha tratado en horas de soledad y tristeza junto al lecho de una enferma. Mis recuerdos estarán asociados en su memoria con los de las enojosas circunstancias que motivaron nuestro conocimiento, ¿y quién me asegura que si fuese yo bastante atrevido para ir a arrojarme en medio de sus triunfos, para reclamar la amistad que me ofreció en la soledad de la noche a la cabecera de un lecho de dolor, no sería tratado por ella como un loco o un estúpido?...

Pero no me quejo —añadía apretando maquinalmente a su pecho el relicario de la virgen, que le dio su esposa en la despedida—. Debo alegrarme de que la impresión que estos días han podido dejar en su corazón sea tan efímera como ha parecido viva y verdadera. Sin duda ella no mentía, no era una ficción su complacencia cuando estábamos juntos, su tristeza al separarnos, sus miradas llenas de ternura y de dolor cuando me decía: «Carlos, ya acabaron para nosotros estas dulces horas de intimidad y confianza». No, no era ficción nada de esto, porque no se puede fingir así, porque ella es demasiado sincera y buena para burlarse infamemente de la credulidad de un corazón noble. Pero aquellos sentimientos no pueden ser durables. Son sensaciones fugaces nacidas de una imaginación ardiente y exaltada, y que pasarán sin dejar ninguna huella. Esto es una felicidad. ¿Qué ganaría yo con ser amado de ella?, ¡amado de ella!... ¡Qué locura...! Es imposible por dicha mía. ¡Amado de ella...!, ¡no lo quisiera el cielo jamás! Y no lo temería si solo mi felicidad peligrase... ¡Pero Luisa! ¡Mi Luisa!

Y el joven besaba el escapulario de la virgen, y recordando las palabras de su esposa al colocarlo en su seno, as repetía con una especie de supersticioso fervor.

—Ella te proteja.

Pero pasados tres días en continua melancolía y en una mal comprimida agitación, resolviose a ir a visitar a la condesa, pareciéndole que no podía eximirse de esta atención sin incurrir en la nota de grosero y de ingrato.

Fue, pues, y al llegar a la casa de la condesa sintiose tan agitado que estuvo a punto de volverse sin entrar. Pero en el momento en que iba a realizar su intención apareció Elvira que salía de casa de la condesa, y que al verle le dijo con viveza:

—Gracias a Dios que, por fin, quiera usted una vez en su vida ser atento y cortés con sus amigos. La pobre Catalina está bien mala, y hubiera usted venido a informarse personalmente de su salud.

—¡Está mala! —exclamó Carlos, pero Elvira estaba ya a veinte pasos de distancia, y el portero fue quien contestó:

—Sí, señor, está algo mala la señora condesa, pero no ha guardado cama. Su indisposición, según me ha dicho su doncella esta mañana, más es tristeza que otra cosa.

Carlos no oyó más. Subió corriendo las escaleras y apenas dio tiempo de que le anunciasen, tal fue la impaciencia con que se lanzó al gabinete en que le dijeron estaba la condesa. Toda su turbación y su timidez habían desaparecido al saber que Catalina padecía. Esperaba hallarla contenta, resplandeciente, triunfante, y las palabras «está mala», «está triste», operaron un trastorno completo en sus ideas y sentimientos.

Catalina estaba reclinada con languidez en su elegante sofá, cuyo elástico asiento cedía muellemente al ligero peso de su delicado cuerpo. Tenía un peinador blanco con el cual competía su tez extremadamente pálida aquel día, y sus cabellos, recogidos con negligencia hacia atrás, dejaban enteramente despejada su hermosísima frente y sus grandes y brillantes ojos.

Al oír el nombre de Silva se incorporó con un movimiento de sorpresa y duda, pero al verle animose súbitamente su melancólico rostro y brilló en sus ojos la más viva alegría.

—¡Carlos!, ¡Carlos! —exclamó con acento capaz de volverle loco— ¡Por fin le vuelvo a ver a usted!

—Catalina —dijo él tomando con un estremecimiento de placer la mano que ella le alargaba a Catalina—, yo ignoraba que usted estuviese mala.

—Es decir —repuso ella con melancólica y hechicera sonrisa—, que solo debo a mi indisposición...

—No —la interrumpió él sentándose a su lado—, pero yo temía... Perdone usted, Catalina, temía encontrar a usted en el círculo de sus adoradores, en la atmósfera de placer que la rodea en esa brillante sociedad a la cual soy extraño. Temía que mi presencia fuese a usted importuna..., que no me fuese posible ver a usted sin disgusto cercada de sus numerosos amigos, y que acaso mi... egoísmo —si usted quiere darle este nombre— me hiciese parecer ridículo.

—¡Ingrato! —dijo ella, y enseguida continuó esforzándose por tomar un tono tranquilo y amistoso— Es una injusticia de usted el suponerme tan frívola, tan inconsecuente, que olvidase por los placeres de una amistad que con tanto orgullo había aceptado y con tanta ternura correspondido. No, no pudo usted pensar jamás que me sería importuno, y si es cierto que usted lo pensó, no debía decírmelo, porque con eso me quita una ilusión: la de creer que usted había conocido mi corazón. Pero, en fin, ya le veo a usted después de tres mortales días en que he padecido cruelmente.

Concluidas estas últimas palabras escapadas a su natural sinceridad, conoció que había dicho demasiado y añadió con muy poca pretensión de ser creída:

—He estado mala.

—¡Y bien!, ¿qué tiene usted?, ¿qué ha tenido? —preguntó Carlos con inquietud.

Catalina pareció consultar la respuesta consigo misma, y buscar en el número de las enfermedades de comodín alguna que viniese al caso, pero como su viva imaginación le ofreciese en el instante una porción de males acomodables, no se detuvo en elegir y contestó después de un breve instante de reflexión.

—Jaqueca, ataques de nervios, un fuerte constipado, vapores... Algo de bilis seguramente.

Lo cierto era que su mal no había sido otro que el despecho y la pena de haber esperado a cada hora durante tres días una visita que no había tenido, y que su tez pálida, sus ojeras, su tristeza, no tenían otro origen que el poco dormir, y la inapetencia, y el disgusto continuo que le causaba al verse despreciada por un hombre de cuyo amor se había lisonjeado tres días antes, y del cual, a pesar suyo, se sentía locamente apasionada.

Carlos manifestó su pesar al oír la enumeración de todos los males que en tres días habían agobiado a su amiga, y enseguida se mostró sorprendido de no encontrar junto a la bella doliente ninguno de sus numerosos amantes y amigos.

—Eso consiste —dijo la condesa—, en que me he negado ayer y hoy a todo el mundo. No me hallaba capaz de disimular mi enfado, y además quería probar si a fuerza de entregarme a un solo pensamiento lograba hacerle menos tenaz.

—¿Y cuál es ese pensamiento? —la dijo Carlos, fijando en los de Catalina sus soberbios ojos árabes, que parecía querer llegar hasta el fondo de su alma.

—¿Cuál...? —y ella también le fijó con su mirada fascinadora— ¿Quiere usted saberlo?

—¡Sí!... ¡Sí!

Y al decir este «sí» ya casi adivinaba lo que preguntaba, ya se lo decía su corazón y la mirada apasionada de Catalina. Pero él no estaba en su entero juicio, y arrastrado por un loco deseo de oír lo que no ignoraba, repetía apretando la mano de la condesa:

—Sí quiero saberlo.

—Pues bien —dijo ella—. Carlos, pensaba en que soy muy infeliz..., en que no me convenía haber conocido a usted

Carlos no halló palabras para responder a aquella imprudente manifestación, pero no fue ya dueño de sus acciones y cayó a los pies de la condesa.

Aquella acción y la expresión de su rostro lleno de pasión y de dolor al mismo tiempo, sacaron de su peligroso abandono a la condesa.

—¡Carlos! —le dijo, procurando aparentar una tranquilidad que no tenía—, créalo usted pues se lo aseguro: no me convenía haber conocido a usted porque su felicidad me hace recordar sin cesar que yo carezco de ella. Pero si usted puede, si usted quiere ser mi amigo... mi hermano..., ¿consiente usted? Entonces aún podré encontrar dulce mi destino.

—¿Su amigo de usted?, ¿su hermano? —exclamó él con una mezcla de miedo y de esperanza— ¿Y qué otro título puedo desear?, ¿qué otro vínculo puede existir entre los dos? ¡Su hermano de usted!... Sí, yo lo quiero ser, Catalina. Fuerza es que usted me haga su hermano porque nada más puedo ni debo ser para usted, porque si usted quisiese inspirarme otros sentimientos llegaría un día en que se arrepintiese de ello, un día en que desearía y no podría volverme la felicidad que me había robado, y en que pesaría sobre usted un remordimiento terrible: el de haber hecho criminal a un hombre honrado y desventurada a una inocente niña; porque lo que para usted acaso sería un capricho, un pasatiempo, para mí sería una pasión, un delirio, un infortunio, ¡un crimen!

—¡Ah, Carlos!, calle usted, calle usted —exclamó la condesa cubriéndose la cara con ambas manos.

Carlos percibió un ahogado sollozo, y más que nunca conmovido y más que nunca trastornado por aquella posición inesperada en que se veía, apartó las manos con que cubría la condesa su semblante y, al verla bañada en lágrimas y hermoseada por una especie de terror que se pintaba en sus facciones, apretó sus manos sobre su corazón y la dio los más dulces nombres rogándola que se calmase.

En aquel momento un criado anunció desde la puerta a Elvira, y apenas Carlos tuvo tiempo de levantarse de los pies de la condesa cuando entró su prima.

Catalina se quejó de un fuerte dolor de cabeza que explicaba la alteración de su rostro y la humedad de sus ojos. Elvira la condujo a la cama declarando que pasaría a su lado todo el día, y Carlos se marchó tan agitado, tan fuera de sí, que anduvo a todo Madrid antes de acertar a ir a su casa.

La escena en que acababa de ser actor le daba una funesta luz sobre sus sentimientos. Conocía por primera vez que estaba enamorado de la condesa, que junto a ella no podía responder de sí mismo. Creía también que era amado con más pasión, con más entusiasmo que lo había sido hasta entonces... Y, sin embargo, su cariño por su esposa lejos de haberse disminuido parecía tomar mayor vigor de sus remordimientos, y al conocerse culpable Luisa se hizo mucho más interesante para su corazón.

—¡Pobre ángel! —decía paseándose precipitadamente por su aposento— ¡Si supiera que su marido ha sentido a los pies de otra un delirio tal que le ha faltado poco para ofrecer un corazón que solo ella debe pertenecer!... ¡Si lo supiera!... ¡Ah!, me perdonaría, estoy cierto, porque su alma divina solo fue formada para querer y perdonar, y su voz angelical no puede pronunciar sino bendiciones y plegarias. Pero ella, la inocente y apacible criatura, no comprendería nunca una pasión loca, frenética... ¡Ella no me hubiese amado si como Catalina no pudiese amarme sin crimen!

Y él, todavía virtuoso pero ya ingrato e injusto esposo, casi deseaba hallar en la virtud de su mujer un motivo que excusase su pasión criminal por otra, y al decir —ella no hubiera sido capaz de ser culpable por mí— creyó que se deducía naturalmente esta consecuencia: Luego ella no me ama tanto como Catalina. Y, por consiguiente, esta conclusión: Excusable es mi infidelidad.

Tal es la lógica de las pasiones, y tal será siempre por más que al contemplarse a sangre fría comprendamos y denunciemos sus sofismas.

Carlos pasó una tarde agitada y una noche peor. Elvira, que había vuelto a las once de casa de la condesa, habíale dicho que la dejaba con alguna calentura, y su imaginación le exageraba el padecimiento y el peligro. El infeliz no durmió en toda la noche, y, sin embargo, sueños febriles y devorantes le impidieron en todas aquellas largas horas un momento de reflexión.

¿Qué mortal que haya amado y padecido desconoce estos terribles ensueños del insomnio, durante los cuales en vano estaban abiertos los ojos y el cuerpo erguido? La razón no por eso está despierta, ni el corazón exento de pesadillas. La imaginación divaga sin darle tiempo para pedirle cuenta de sus extravíos, y víctima suya el corazón cede palpitando al fatal y ciego poder que le esclaviza.

A un hombre le será siempre más fácil responder de sus acciones que de sus pensamientos, y ciertamente no habría mayor locura que pedirle cuenta de ellos.

XIV

Carlos supo por Elvira al día siguiente que la condesa estaba muy mejorada, y por la noche que había dejado la cama.

Resolvió visitarla a la siguiente mañana, y se proponía para justificar consigo mismo esta segunda y peligrosa visita, manifestar a la condesa una tan noble, tan pura y tierna amistad, que bajo la égida de tan santo nombre no se atreviese a compadecer jamás una pasión culpable. Confiaba todavía en sus fuerzas que había reunido para que le sostuviesen en su virtuosa resolución, y confiaba también en la misma Catalina, que no dudaba procuraría combatir una inclinación desgraciada.

Pero pasó el día sin que tuviese un momento de bastante serenidad y aplomo para juzgarse en la disposición necesaria para ir a ver a Catalina, y era ya bastante entrada la noche cuando salió con dirección a la casa de ésta.

Dos días antes había llegado a su puerta turbado con el temor de hallarla contenta, brillante, olvidada de él y toda consagrada a sus placeres y triunfos, y esta vez agitábale un temor de otro género. Acaso la hallaría más pálida y débil que en su última visita, acaso iba a tener que hallarse con ella en una peligrosa soledad... En fin, presentía con espanto que si tales pruebas le estaban reservadas su victoria era asaz incierta.

Subió temblando la escalera. No puso atención en que toda la casa estaba perfectamente alumbrada, y solo cuando llegó a la antesala oyó el murmullo de varias voces. En la extrema agitación en que se hallaba un horrible pensamiento se le presentó en aquel instante, y dijo golpeándose la frente:

—Está muy mala: ¡Dios mío!, ¡está muy mala!

Su aparición fue un verdadero golpe teatral, y para que nada faltase a la naturalidad cómica de aquella escena, apenas se presentó pálido, azorado, trémulo en medio de la lucida sociedad que la condesa reunía en su casa aquella noche, quedose inmóvil, estático, tan encendido como pálido había estado un momento antes, y con un aire casi estúpido.

Un sordo murmullo circuló por toda la sala.

—¿Quién es? —preguntaban unos.

—¿Está loco el primo de Elvira de Sotomayor? —decían otros.

—Ésta ha sido una sorpresa —repetían algunas maliciosas—, una travesura de la condesa para divertirse a expensas de ese pobre tonto.

—¡Y qué guapo es!... —observaban las más jóvenes.

—Sin embargo, es un necio, ¿qué hace allí inmóvil como el convidado de piedra en el festín de don Juan?

En efecto, la sorpresa, la confusión, la vergüenza y el despecho de Carlos, habíanle dejado estático por algunos momentos, y cuando advirtió el ridículo papel que estaba haciendo en aquel salón resplandeciente, lanzose fuera de él con la misma impetuosidad con que había entrado, sin saludar a nadie ni saber lo que hacía.

En cualquiera otra circunstancia este extraño episodio de la fiesta hubiera sido celebrado con unánimes risas y burletas; pero la extrema palidez que se extendió por el rostro de la condesa, la ansiedad con que sus miradas siguieron a Carlos, y la visible emoción que la obligó a sentarse cuando al parecer quiso seguirle, todo esto que no se escapó a las perspicaces personas que la rodeaban, dieron otro colorido muy diferente al cuadro. Cada cual sospechó una amorosa aventura, una escena novelesca, en lo que pronto parecía una casualidad insignificante y risible o una torpeza de cortesano novicio, y nadie se atrevió a ridiculizarla. Por el contrario, hacíanse en voz baja mil diversos comentarios: los hombres concebían celos de la emoción que la sola vista de Carlos causaba en la condesa, y las mujeres, que veían allí sin poderlo dudar una imprudencia de amor cometida por un joven de interesantísima figura, envidiaban en secreto a la mujer que podía quejarse de ella.

Mientras tanto, Carlos bajaba las escaleras como un loco, y hallándose al momento en la calle echó a andar desatinado y sin saber a dónde.

Tenía el necesario amor propio para sentirse avergonzado y casi furioso del ridículo que acababa de echar sobre sí delante de la condesa; y como si ésta hubiera debido preverlo, como si fuese culpa suya, indignábase contra ella y casi la aborrecía.

Acordábase haberla visto hermosa y adornada en medio de sus adoradores, en el momento en que él se presentó como un loco creyendo hallarla acaso moribunda... Dudó de su amor, dudó de su voluntad. Ocurriósele al insensato que acaso se burlaría ella misma con sus amantes del raro espectáculo que acababa de ofrecerles, y en su arrebatamiento de cólera, de despecho y de dolor, estuvo a punto de volver a casa de la condesa para abrumarla de injurias en presencia de toda su tertulia.

En aquel momento volvía a ser para él la coqueta sagaz, fría, implacable. En aquel momento no pensaba en Luisa, ni en nadie, sino en aquella mujer a quien aborrecía, y a quien se proponía sin embargo despreciar.

Hallose en el Prado sin haber tenido intención de ir a él. El fresco bastante penetrante de una noche de abril, la soledad y el silencio de aquel sitio en aquella hora, y sobre todo algunos minutos de reflexión que pasó allí, calmaron el ardor de su sangre y la ira de su corazón. Examinando bien lo ocurrido no pudo menos de conocer que ninguna culpa tenía la condesa en lo que solo era efecto de su propia imprudencia, y cuando a las doce de la noche regresó a su casa, si bien profundamente pensativo, estaba sin duda alguna más calmado.

Encerrose en su aposento y procuró dormir. No le fue fácil, pero lo logró al fin, y en su sueño se le representó que veía volar a su esposa entre un coro de ángeles, que venían a custodiarle y que se interponían entre él y la condesa, a la que le presentaba el sueño en la misma sala de baile, y tan adornada y tan hermosa y tan pérfida como le había parecido aquella noche.

Despertose muy tarde al otro día: eran las doce cuando su criado entró a servirle el almuerzo y a rogarle de parte de Elvira que antes de salir pasase a su alcoba.

Fue, en efecto. Estaba en cama todavía, se quejó de no sentirse muy buena y le mandó se sentase en una silla que estaba junto a su cama.

—Deseaba hablar usted para que me explicase su conducta de anoche —le dijo después sonriendo.

—¡Pues qué!, ¿estaba usted allí?

—Ciertamente.

—¿Y cómo no me había dicho nada de esa fiesta?, ¿por qué se me hizo un misterio de ella?

— No sé qué especie de misterio sea ése —respondió Elvira—, en cuanto a no haber dicho a usted que tenía reunión anoche la condesa. Culpa es de usted que en todo el día no salió de su cuarto excusándose hasta de acompañarme en la mesa. Además, como sabía que usted no había de ir, como solo una visita ha hecho a Catalina y ella, por otra parte, antes de ayer me apreció poco dispuesta a oír de usted.. Francamente, Carlos, creí que estaban Uds. otra vez enemistados.

—Yo no seré nunca ni amigo ni enemigo de la condesa —respondió Carlos con viveza—. Soy poca cosa, señora, para lo uno y para lo otro.

Elvira le miró con más sagacidad de la que tenía de costumbre.

—¡Y bien! —le dijo— Yo lo que deseo es que usted me explique su conducta de anoche.

Carlos dijo la verdad, aunque sin entrar en detalles, y atribuyó a la sorpresa de hallarse con una reunión cuando creía encontrar enferma a la condesa, todo el desconcierto con que se presentó.

Se disponía Elvira a reconvenirle dulcemente por su poco disimulo, por su falta de serenidad. En fin, por no haber sabido dominarse y hacer de la necesidad virtud, aparentando que iba prevenido a la tertulia, cuando la puerta de la alcoba se abrió de pronto y entró la condesa con traje negro y mantilla, y con una cara verdaderamente enfermiza.

Al ver a Carlos se conmovió tanto que apenas acertó a saludarle, y él por su parte quedose turbado sin saber si debía salir o quedarse. Sentose la condesa en la misma cama de Elvira diciendo que solo estaría un momento y entonces Carlos determinó permanecer y procuró mostrarse todo lo sereno e indiferente que le fuese posible.

—¡Qué lindo aderezo estrenaste anoche! —dijo Elvira—, ¡qué hermosa estabas! ¿Sabes que el marqués de *** te se enamoró anoche muy de veras? ¿Y el coronel de A.?... ¿Sabes que hiciste su conquista?

Catalina no atendió a estas palabras y dijo a Carlos, con voz un poco trémula:

—¿Por qué no permaneció usted, puesto que había entrado?

—Señora —respondió secamente—, no iba dispuesto para una reunión.

—Pero —repuso ella—, ¿por qué al menos no esperó usted un instante? Después... yo hubiera salido, hubiera dado usted las gracias...

—¿De qué, señora? —preguntó él con prontitud.

—Del interés que mi salud le inspiraba.

—¡Luego sabía usted que yo la creía enferma, que entraba en aquella sala devorado de inquietud, agitado de mil temores!...

—Lo adiviné, Carlos, su acción de usted me lo explicó todo.

—Y debí parecer a usted un loco..., un ente ridículo —dijo Carlos con forzada sonrisa.

—¡A mí! —exclamó ella con una expresión inimitable.

—Ciertamente, señora, pero yo celebro —prosiguió él dándose un aire afectado de jovialidad—, yo celebro que a costa de un pequeño sacrificio de la vanidad haya yo podido dar a usted un testimonio indudable de mi amistad, del interés que él me inspira.

La condesa se inclinó un poco y con voz muy baja:

—¿Es verdad, Carlos? —le dijo—, ¿deberé creerlo? ¿Será usted siempre mi amigo?

—¡Quién lo duda! —respondió con una ironía, la más impertinente; pero, por desgracia, bastante graciosa.

Enseguida su rostro, que sabía a las veces tomar un gesto severo y dominante, cambió repentinamente de expresión, y poniéndose en pie y despejando, como por distracción, su hermosa frente, cuya azulada vena se señalaba enérgicamente en aquel momento, añadió mirando con frío orgullo a la turbada Catalina:

—Mi amistad, señora, debe valer bien poco para una persona que tiene tantos amigos como hombres la han visto. Mi amistad, por otra arte, no pudiera ser ni aun comprendida por el brillante talento de usted

Yo agradezco de que usted tenga la bondad de manifestar que la desea, pero, persuadido de que no puede existir entre usted y yo ningún género de simpatía, renuncio a un honor que pudiera serme muy difícil de conservar.

Al concluir estas palabras se puso a hojear un libro que tomó de la mesa, y la condesa, que le había escuchado sin pestañear, se levantó en silencio y se salió del aposento.

—¿Adónde va Catalina? —dijo incorporándose Elvira— Carlos, corra usted, no la deje usted que se vaya..., tengo que hablarla..., corra usted

Carlos salió bastante despacio, a pesar de las instancias de Elvira, y sin dejar de hojear el libro que llevaba en la mano, como si le interesase extraordinariamente el contar de sus páginas. Encontrose Catalina de pie junto a una mesa en la que apoyaba sus dos manos. Acercose lentamente y la dijo:

—Señora, su prima de usted desea hablarla.

Levantó ella la cabeza y vio él que tenía los ojos y las mejillas inundadas de lágrimas. Un corazón de veinte y un años no ve jamás fríamente el llanto de una mujer hermosa, aun cuando no la ame. Carlos se sintió súbitamente desarmado, y cambió de rostro y de lenguaje:

—¡Catalina! ¡Catalina! —la dijo asiéndola de la mano—, ¿por qué llora usted? ¿Es de compasión o de cólera? ¿Es llanto de arrepentimiento o de despecho?

—Es de dolor —respondió ella—, de dolor es, Carlos. Y no porque crea que soy a usted tan extraña como ha querido fingir, no porque deje de conocer que es el resentimiento y no el corazón quien le dicta a usted las crueles palabras que acababa de pronunciar, sino porque ese resentimiento me prueba que soy cruelmente juzgada.

—Catalina —dijo él—, yo no acuso a usted ni tengo derecho para quejarme, pero séame permitido huir de la mujer que solo se me presenta sensible y tierna para trastornar mi razón, para arrebatarme el sosiego, y que vuelve a ser feliz insensible y coqueta cuando se le antoja, para añadir a mi remordimiento la vergüenza de haber sido indignamente burlado.

—Cuando usted me vio sensible y tierna —respondió ella— no me había detenido un momento en el pensamiento de que su felicidad de usted y la de otra estaban en peligro. Creía yo que solo arriesgaban la mía. Más, ¡lo confesaré todo!... Sí, esperaba que los sentimientos a los cuales imprudentemente me abandonaba, no serían de una gran influencia ni en su suerte de usted ni en la mía. Pero desde aquel día, desde aquel momento en que le vi a usted a mis pies, en que usted me recordó cuán inmensa responsabilidad caería sobre mí... ¡Carlos! Desde que conocí por mi dolor profundo la extensión de mi amor, y por sus palabras de usted la grandeza de mi falta... Desde entonces no he debido, ni deseado, alimentar una esperanza insensata. Desde entonces me juré a mí misma respetar su felicidad de usted y la de una mujer que le es tan cara, y por difícil que me fuera lograrlo intentar combatir mi fatal compasión y devolver a usted, aun a precio de su amistad y estimación, el concepto errado que de mí concibió en un principio. Pero era un heroísmo superior a mis fuerzas, Carlos. Conozco en este instante que me será menos amarga que la sola idea de ser por usted despreciada.

El llanto daba una expresión irresistible al rostro de Catalina, y la vehemencia con que había hablado fatigola tanto que su flexible talle se dobló como un junto, cayendo desplomada en una silla.

Carlos, tan trémulo como ella, la ciñó con sus brazos.

—¡Luego es cierto que usted de ama! —exclamó con una especie de doloroso placer.

Ella no respondió, pero su cabeza se apoyó en el pecho de Carlos, y un débil gemido reveló más que su acción la fuerza y vehemencia del sentimiento que la dominaba.

Carlos no estaba en su juicio. Apretábala frenético contra su seno y como poseído de un vértigo pronunciaba palabras incoherentes.

La voz de Elvira sacó a ambos de tan peligroso delirio. Sonaba la campanilla de su alcoba y ella gritaba llamando a sus criadas.

Carlos huyó de la condesa y fue desatinado a encerrarse en su cuarto.

Catalina quiso levantarse y volvió a caer en su silla. La doncella de Elvira, al verla, acudió en su auxilio.

—Mariana —la dijo la condesa—, excúseme usted con su señora de no entrar a decirle adiós: me he puesto súbitamente mala... Ayúdeme usted a ir a encontrar mi coche.

La doncella la condujo casi en sus brazos, y cuando entró a ver a su señora la refirió lo que la había dicho la condesa y el estado en que la había encontrado.

Elvira saltó del lecho haciendo un gesto de cólera y pesar.

—¡Oh Dios mío! ¡Dios mío! —exclamó sin cuidarse de ser comprendida por Mariana— Si tal fuese la causa jamás perdonaría a ese hombre.

¡Bárbaro!, ¡imbécil! —añadió dando un golpe en el suelo con su pulido pie todavía descalzo— ¡Será capaz de no comprender su dicha!

La doncella ayudó a vestir a Elvira que se fue a comer con su amiga sin procurar ver a Carlos, ni dejarle un recado de atención como acostumbraba.

—Señor don Carlos, señor don Carlos —dijo la conocida voz de su criado, golpeando suavemente en la puerta del gabinete en que nuestro héroe se había encerrado.

Con voz terriblemente alterada y con acento de mal humor se oyó responder:

—¿Qué quieres Baldomero?

El cartero acaba de dejar las cartas que han venido para V. S. por el correo de Sevilla.

La puerta se abrió y Carlos alargó una mano trémula para recibir las cartas. La letra de Luisa que conoció a la primera ojeada en el sobre de una de ellas, le dejó tan confuso cual si hubiese visto delante súbitamente a la misma Luisa pidiéndole cuenta de sus pensamientos.

La carta se le escapó de la mano y dos minutos transcurrieron antes de que tuviese bastante resolución para levantarla y abrirla. Apenas la hubo desplegado una cosa de más peso que un papel cayó a sus pies, y era tan fuerte la afección nerviosa que le agitaba, que tuvo miedo de buscarla, como si presintiese que en ella había de encontrar nuevos motivos de pesar y remordimientos.

«Mi amado Carlos: (decía la pobre niña) Me ha dado lástima la profunda tristeza que se descubre en tu última carta, y conozco que padeces tanto como yo en esta cruel ausencia».

Él se golpeó la frente repitiendo:

—¡Ah! ¡Sí, cruel! ¡Bien cruel, pues harto infeliz puede hacerme! —y continuó leyendo.

«Creo que si esta separación se prolongo nos hará mucho mal a los dos, nos hará muy infelices».

—¡Muy infelices! ¡Sí! —volvió a exclamar— ¡A ti también, pobre ángel!... ¡Ah! ¡No, no! No lo consentiré.

Y temblándole las manos y oscurecida la vista por las lágrimas, que se agolpaban a sus ojos, continuó leyendo.

«¡Si vieras cuán mudad estoy! Ya no soy bonita, esposo mío, porque las lágrimas y los pesares me han enflaquecido, y las que tú llamabas rosas de inocencia y de juventud han desaparecido de mis mejillas. Pero tú me las devolverás pronto, ¿no es verdad? Tú me volverás con la felicidad la hermosura y la salud, porque conozco que estás tan impaciente como yo por dejar esa maldita corte en la que tanto te aburres. Mamá quiere persuadirme de que no estarás tan fastidiado como yo creo, pero bien sé que no hay para ti placeres ni distracciones lejos de tu Luisa».

—¡Cándida y sublime confianza! —exclamó él— ¡Desgracia y oprobio al hombre bastante vil para burlarla!

Y después de dos vueltas en derredor de la sala, volvió a tomar la carta.

«El vestido que me has enviado es muy lindo, pero solo lo estrenaré el día en que vuelvas. Sin embargo, para darte una prueba de cuánto agradezco tu regalo, te lo pago con otro, que ya habrás visto al leer estas líneas. ¿No es verdad que vale más que tu vestido? Dale muchos besos, amigo mío, y guárdalo en tu pecho hasta que pueda quitártelo de él tu esposa».

Carlos levantó precipitadamente del suelo el objeto que al abrir la carta había caído. Era un marfil con un retrato en miniatura. ¡El retrato de Luisa! Carlos le contempló con una mirada vacilante y ardiente. ¡Era ella tan joven, tan apacible, tan linda! ¡Ella, con sus ojos azules implorando ternura, inspirando virtud! Ella, con su boca de rosa naciente, que parecía formada expresamente para rezar y bendecir, con su modesto seno cubierto con triple gasa, y sus cabellos de oro jamás profanados por la mano ni el hierro de un peluquero. Era ella, su amiga, su hermana, su esposa, la mujer elegida por su corazón, adivinada por su pensamiento... Y, sin embargo, él la veía con una especie de disgusto, él la tenía en su mano sin llegarla a su pecho ni a sus labios. El sentimiento de su falta le prestaba en aquel momento una timidez que pudiera equivocarse con la frialdad.

Parecíale que aquella boca muda le reconvenía, que aquella mirada fija penetraba hasta el fondo de su conciencia, y arrojó la desventurada imagen con un involuntario movimiento de terror.

Cubriose el rostro con las manos y lloró como un niño.

Luego se levantó, alzó el retrato, pidiole perdón con una mirada triste y humilde, besole respetuosamente y le guardó con más serenidad, porque ya había tomado una resolución: una resolución más decidida, inmutable, la única que podía reconciliarle consigo mismo, y cuyo cumplimiento debía realizar muy pronto.

Esta resolución la conocerá en breve el lector, pues, por ahora, queremos volverle un instante al lado de Catalina y hacerle conocer lo que pasaba en el corazón de aquella mujer, hacia la cual nos lisonjeamos de haberle inspirado algún interés, de curiosidad por lo menos.

La condesa de S.*** recibió a su amiga en su tocador. En aquel santuario misterioso de la coquetería, en el cual todo lo que se veía denotaba el lujo y la molicie de una sultana. Hallábase, entonces, echada en un sofá descompuesta y en un completo descuido la brillante extranjera, cuyo rostro revelaba una profunda meditación.

—Catalina —pronunció a media voz Elvira.

La condesa levantó la cabeza y no pudo reprimir un gesto de disgusto al ver a su amiga.

—¿Eres tú, Elvira? —dijo, sin embargo, con forzada sonrisa.

Elvira se sentó junto a ella sin esperar que la invitase, y dijo tomando un tono serio y triste, que parecí impropio a su risueña y casi infantil fisonomía.

—Catalina, estás muy mudada hace algunos días.

—¿Lo crees así? —contestó la condesa con un tono que quiso hacer burlesco.

—Sí, así lo creo —prosiguió Elvira—, y lo que me aflige más es que adivino el motivo.

Catalina se inmutó y lanzó sobre su amiga la mirada de reina que sabía tomar siempre que intentaba desconcertar a un atrevido. Pero Elvira no se intimidó.

—Sí, Catalina, he conocido que tú, la mujer más obsequiada de Madrid, la que puede hacer gala de mayores triunfos, de conquistas más gloriosas, de homenajes más sumisos; tú, la fría, la indómita hermosura que se burla de las pasiones que inspira, te has dejado dominar por el capricho de vencer la selvática virtud de un pobre muchacho de provincia, sin mundo, sin brillo, sin otro atractivo que una hermosura que él mismo ignora.

La condesa se sonreía irónicamente mientras hablaba Elvira, como persona que se ve juzgada por juez incompetente, pero en su interior hacia esta reflexión.

—Muy visible y notable debe ser mi pasión cuando una mujer tan irreflexiva y ligera la ha conocido.

Elvira, que se había detenido un momento como para coordinar sus ideas, que, a pesar suyo no eran nunca muy unidas y consiguientes, prosiguió:

—Y tu orgullo sufre mucho al ver que todos tus ataques se estrellan en la dura corteza de esa rústica fidelidad conyugal.

La condesa se incorporó con viveza, y tomó un tono frío e irónico.

—¡Pues qué! ¿Supones que yo trato de combatir esa fidelidad, que soy el ángel malo que viene a tentar a la virtud?... ¿Supones, además, que mis criminales esfuerzos son infructuosos y que solo saco de ellos la humillación de una derrota?

—No, creo solamente que quisieras castigar a un joven necio que no ha rendido homenaje a tu mérito, obligándole a que te ame, sin duda para luego despreciarle. No he querido decir otra cosa. Pero ese joven sabes tú que no es libre, que tiene una esposa, que su amor sería para ti una injuria y no un homenaje.

—¿Me crees capaz de tomar por pasatiempo la desunión de un matrimonio? ¿Crees que atacaría a la felicidad de dos personas para satisfacer un ruin impulso de vanidad, aun en el caso de que semejante conquista pudiese lisonjearme?

—Pero —observó Elvira, que empezaba a hallarse embarazada—, como tú observas una conducta con él que pudiera interpretarse...

—¡Y bien! —dijo con impetuosidad la condesa— Creí un deber de mi amistad decirte que haces mal en obrar de ese modo.

—¿Conque eso es todo? —dijo sonriendo Catalina, pero sin poder disimular, no obstante, su artificiosa jovialidad el despecho que la agitaba. ¿Tú quieres, a fuer de amiga prudente y concienzuda, advertirme que hago mal en atacar la virtud de tu primo y que ésta es invulnerable?

—Sé que ama tiernamente a su esposa, que no tiene bastante mundo para comprender tu conducta respecto a él, y que puede interpretarla de una manera que te agravie.

—¿Te ha dicho algo respecto a eso? —preguntó vivamente la condesa.

—No, pero hace días que le noto descontento, de mal humor, y hoy mismo me ha hablado de ti con poquísima estimación.

—En ese caso —dijo la condesa con movimiento irreprimible de cólera—, eres muy necia, Elvira, en reconvenirme por mi conducta hacia él. Si no me estima, fuerza es que me desprecie, y yo... Escucha —añadió con una mirada iracunda y feroz—, yo no perdono nunca el desprecio de aquéllos a quienes no puedo devolverlo.

Elvira casi tuvo miedo. Nunca había visto aquella mirada ni oído aquel acento en Catalina. Entonces, por primera vez en su vida, conoció, como por instinto, que en el alma de aquella mujer dormían pasiones violentas, que aquella criatura frívola, alegre e inofensiva, no podía comprender.

La condesa procuró calmarse y la preguntó:

—¿Cuándo has hablado de mí con Carlos en este día?

—Antes de que tú fueses a mi casa.

—¡Ah! —dijo Catalina.

Y ese «¡Ah!» que no comprendió Elvira, encerraba todo un triunfo del orgullo, toda una satisfacción del corazón. Era cuando estaba ofendido, celoso, cuando Carlos había hablado con dureza de ella. Era antes de la escena que le había dado la certeza de ser amado.

—¿Y después...? —dijo.

—Después no lo he visto. Siento un principio de odio contra ese hombre —respondió con sencillez Elvira.

—¿Y crees que le amo?... —dijo Catalina mirándola con una especie de curiosidad inquieta.

—No, creo solamente que quisieras que él te amase.

—Y eso en tu concepto es imposible.

—No sé, pero en mi concepto eso sería un triunfo bien mezquino para ti y una gran desgracia para él.

—¡Una gran desgracia para él! —repitió Catalina, y quedose un momento pensativa. Luego levantó la cabeza y su bello rostro apareció tan despejado y tan pálido como de costumbre.

—Te agradezco cuanto me has dicho, amiga mía —dijo levantándose y tomando por el brazo a Elvira—. Has tenido mala elección en las palabras, pero descubro la bondad de tu intención. Yo te aseguro que no será desgraciado por causa mía... ¡Te lo juro! Ven, quiero vestirme para ir contigo a paseo. Esta noche estamos convidadas a un baile en casa de la duquesa de R., mi rival, la nueva conquista del marqués. Ya conoces que es preciso eclipsarla.

Elvira abrazó a la condesa llorando de alegría. Acababa de recobrar a su amiga. Veíala otra vez brillante, coqueta, feliz, y se decía con orgullo:

—Esto es obra mía.

Siguiola saltando como un niño a quien promete su madre un bonito juguete, y Catalina la miró con la misma tierna indulgencia de una madre, que se hace pueril también para ser mejor comprendida.

XV

Carlos volvió a su casa ya muy próxima la noche. Estaba serio y tranquilo. Venía de tomar un asiento en la diligencia —muy recientemente establecida en España en aquella época—, que debía salir al amanecer para Sevilla. Dio algunos pasos por su cuarto. Enseguida llamó y dijo a su criado:

—Baldomero, ¿mi prima está visible?

—No está en casa, señor, ha comido con la señora condesa y ahora mismo acaba de venir y de llevarse su doncella y uno de sus mejores trajes, pues creo se vestirá en casa de la señora condesa para ir juntas a un baile.

—Bien, es decir, que no volverá hasta mañana: tanto mejor. Baldomero, un acontecimiento imprevisto me obliga a marcharme al amanecer para Sevilla, y como mi prima se afectaría con esta noticia, conviene que no se sepa nada hasta que vuelva del baile.

Ruégote que me arregles esa maleta mientras yo escribo dos cartas de despedida. La una se la darás mañana a tu señora, la otra la llevarás después a casa de la señora condesa.

Sentose y escribió rápidamente algunas líneas en la que, pretextando una carta de su padre que le llamaba con precipitación a Sevilla, se excusaba con su prima de no poder esperar su vuelta para despedirse verbalmente, y concluía con los cumplimientos de costumbre en tales casos.

Después tomó otro pliego de papel y meditó largo rato antes de comenzar a escribir. La serenidad de su frente se turbó algún tanto, y su mano no parecía muy segura cuando principió a trazar las primeras líneas. Varias veces suspendió su tarea y se paseó agitado por el cuarto; varias veces también se acercó a una ventana como si necesitase respirar el ambiente fresco de la noche. Por fin, el reloj sonaba las doce cuando concluía esta carta, que dirá mejor que todas nuestras observaciones el estado de su alma durante aquellas horas:

«Voy a partir, Catalina, voy a dejar Madrid, sin despedirme de usted sin manifestarla toda la gratitud que sus bondades me inspiran.

»Si la viese a usted otra vez no tendría valor para consumar un sacrificio que me imponen imperiosamente el honor y el deber.

»¡Catalina! Cuando vínculos santos, que respeto, me unen para siempre a una joven inocente, buena, digna de ser adorada, solo siendo un malvado pudiera permanecer por más tiempo cerca de usted, la más seductora, la más irresistible, la más superior de las mujeres que existen. No sé si es compasión, capricho o una desgracia simpatía, el impulso que ha obligado a usted a pronunciar palabras que me han vuelto loco, palabras que me hubieran dado orgullo, gloria... Palabras que me hubieran elevado a la cumbre de la ventura humana si fuese libre y digno de usted, pero que me han hecho profundamente culpable y desventurado cuando he traído a la memoria mi estado, mis deberes, la muralla de hierro que nos separa. ¡Catalina! Hasta esta mañana no he conocido la naturaleza del sentimiento que usted me inspira. ¡Insensato! No me parecía posible amar más de una vez en la vida. Creía que un corazón otorgado a un objeto digno a la faz del cielo quedaba defendido por la protección de ese mismo cielo que autorizaba su juramento... ¡Catalina! Yo era un ignorante y no me conocía a mí mismo. ¡No, no sospechaba que pudiese mi corazón ser ingrato, perjuro, mudable!... ¿Y lo es acaso? ¡Ah! No, no lo crea usted, señora, no me desprecie usted como a un miserable. Yo amo y venero a la angélica mujer cuya posesión me ha hecho, durante más de un año, el hombre más feliz de la tierra. Yo he jurado hacer su dicha y antes sabré morir que faltar a esta sagrada promesa.

»Pero es fuerza huir de usted..., y huyo de usted porque su presencia me ha llegado a ser una necesidad de mi vida. Porque si usted no viese en mí más que un amigo, el menos brillante de los muchos que la rodean, padecería cruelmente sin tener el derecho de quejarme, y si usted me amase... ¡amarme usted! Catalina, ¿qué insensato renunciaría a semejante ventura...? Perdone usted, no sé lo que la digo. Si usted me amase huiría de usted con más fuerte motivo. Si ese amor es para usted un pasajero capricho, yo solo sería desgraciado; si era una pasión como la mía, ambos seríamos tan criminales como infelices. De todos modos, es fuerza separarnos, y ¡ojalá que nunca nos hubiésemos visto!

»Si esta resolución la causa a usted alguna pena, perdónemela usted, Catalina; pero no será así, no. En este momento, en que yo me despido de usted para siempre con agonías de mi corazón, usted baila, usted recoge adoraciones, usted es bella y amable para todo el mundo..., y todo el mundo vale mucho más que un pobre joven como yo, sin más tesoro que un corazón que ya le han quitado, que ya no puede ofrecer a nadie.

»¡Catalina! Todo debe ser pasajero en quien vive en esa agitada atmósfera de placeres. Pronto, muy pronto, borrará de la memoria de usted el débil recuerdo de su infeliz amigo. Pero yo, ¡ah!, plegue al cielo que encuentre en la satisfacción de haber llenado un deber sagrado la compensación de haber sacrificado una felicidad inmensa.

»¿Una felicidad?... ¡Yo deliro!... ¿Cuál es, ¿dónde está esa felicidad? ¿Puede existir en el crimen? ¡El crimen asociado a usted, Catalina! ¡El crimen en su amor! ¡Oh! Esto es imposible.

»Pero vuelan las horas... Aún hablo a usted, aún tengo la esperanza de que usted se ocupe de mí un momento. Dentro de algunas horas todo habrá concluido.

»Compadezca usted a su amigo, Catalina, pero sea usted feliz... Sí, sea usted feliz, y permítame por primera, por última vez, decirla que la amo, que quisiera ser libre... ¡que soy muy infeliz!».

Cerrada esta carta y entregadas ambas a Baldomero, Carlos, concluyó sus preparativos de marcha y esperó la hora con ansiedad dolorosa.

Eran apenas las dos cuando oyó parar a la puerta un coche, y poco después oyó subir a Elvira. Prestó atención temiendo que su criado la dijese algo respecto a su marcha, pero se sosegó oyendo decir a su prima:

—Mariana, no me esperaba usted tan pronto, ¿no es verdad? Catalina, que ha bailado como una loca, se sintió mala y se retiró, y cuando ella no está en una función ya no me divierto. Pero venga usted conmigo a mi alcoba, quiero acostarme al momento porque vengo con un sueño irresistible. Es natural porque no he dormido anoche y hoy me levanté muy temprano: ¡a las doce!

Elvira continuó a su aposento hablando con su doncella, y poco después el silencio profundo que reinaba en la casa advirtió Carlos que todos dormían.

—¡Ha bailado como una loca! —repitió varias veces, mientras que apoyado en su balcón seguía con los ojos algunas nubecillas que el viento arrebataba, y que interceptaban a intervalos la pálida claridad de la Luna.

—¡Todo pasa!... —añadía—, todo pasa rápidamente en ese corazón insaciable, tan rico de emociones, tan pobre de afectos. ¡Vale más que así sea! ¡Oh, Luisa! Tú no sabrás nunca decir tan bellas cosas del sentimiento, pero lo conocerás mejor. Tú no sabrás deslumbrar con el cuadro de una felicidad imposible, pero se lo harás gozar al hombre que amas. ¡Oh! Muy culpable he sido algunos momentos pensando que ella era más capaz que tú de una pasión delirante y profunda. Yo expiaré este error a fuerza de amor, de veneración, de culto.

Apartose de la ventana y se echó vestido en su cama, donde solo pudo permanecer algunos minutos. La quietud le era imposible. Volvió a levantarse, se paseó, se sentó, tomó un libro, le dejó para volver al balcón, y en esta continua agitación estuvo hasta que comenzó a aclarar un poco y Baldomero llegó a advertirle que iba a amanecer. Hízole cargar con su maleta, dio una larga y triste mirada hacia el aposento de su prima, que tantos recuerdos encerraba para él, y salió sin hacer ruido, con aquella emoción que siempre sentimos al dejar un sitio al cual no esperamos volver jamás.

Cuando llegó estaba ya la diligencia en disposición de partir. Su asiento era en la berlina y el mayoral le dijo que solo por él se aguardaba. Subió inmediatamente, embozose perfectamente en su capa, porque la madrugada era fría, como lo son regularmente en Madrid las del mes de abril, y se sepultó en su asiento sin decir una palabra a la única persona que tenía por vecina, y que a la escasa luz de la aurora naciente pudo distinguir era una señora.

La diligencia partió y Carlos respiró como aliviado de un peso enorme. La fatiga de varias noches de insomnio y agitación, el movimiento del carruaje, el monótono son de las campanillas, y la soñolienta humedad de la madrugada, le aletargaron muy pronto y quedose adormecido. Otro tanto debió suceder a su vecina, pues envuelta en un gran mantón de merino y cubierta la cabeza por una gorra de terciopelo, que sustituyó al sombrero para mayor comodidad, se dobló hacia delante, apoyó sus codos en sus rodillas y su cabeza en sus manos, y bien pronto pareció tan adormilada como Carlos.

El Sol estaba ya muy alto cuando despertó éste. Su vecina había mudado de posición y estaba casi caída en su hombro. Carlos no la rehusó el apoyo. Acercose para que la cabeza de la viajera descansase más fácilmente sobre su hombro, y como en esto no había más que un movimiento natural de la protección y piedad que todo hombre joven dispensa al sexo desvalido, enseguida inclinó él la cabeza hacia el otro lado, y entregose a sus cavilaciones. La diligencia se detuvo a mudar los caballos sin que se despertase su vecina, y para no molestarla no bajó él, como hicieron todos los viajeros.

Estaban ya muy próximos a Ocaña donde debían comer, y Carlos empezaba a sentirse molestado de la posición en que se encontraba y pensaba en el modo de libertarse del peso de la cabeza de su compañera de viaje, cuando ésta se agitó un poco como si empezase a despertar, y su voz murmuró algunas palabras entre las cuales creyó Carlos distinguir su nombre.

Despertó, en efecto, la señora. Incorporose y por un movimiento natural volvió los ojos hacia a aquél de cuyo hombro levantaba la cabeza.

Un grito se escapó al mismo tiempo del pecho de ambos.

—¡Carlos!

—¡Catalina!

XVI

La diligencia entraba ya en Ocaña y los dos viajeros de la berlina, que se devoraban con los ojos, aún no habían acertado a explicarse mutuamente por qué casualidad se encontraban juntos. Las primeras palabras que se dirigieron uno a otro nada decían, nada aclaraban.

—¿Usted aquí, Catalina?

—Carlos, ¿es usted?, ¿es usted realmente al que veo, o mi imaginación me engaña?

—¡Oh, Catalina! ¡Conque aún nos vemos, conque aún nos hablamos!

Y uno y otro callaron apretándose las manos con efusión. Hay sensaciones en la vida que ningún hombre puede comprender ni explicar en el momento en que las experimenta. Se gozan en silencio, se gozan sin examen: no se busca su origen, no se prevén sus consecuencias. Parece que al menor esfuerzo, al más leve contacto, por decirlo así, podemos destruir su encanto, y nos abandonamos a ellas sin intentar explicárnosla. La condesa y Carlos no se preguntaban nada, nada se decían. Se hallaban juntos, felices en aquel instante: poco les importaba conocer cómo y porqué.

Pero la diligencia se detenía delante del parador, y los viajeros se daban prisa a poner en libertad sus entumecidos miembros. Carlos bajó, tomó del brazo a la condesa y pidiendo una habitación sola entrose con ella, sin cuidar de lo que pensarían de aquella acción sus compañeros de viaje. Tenía una absoluta necesidad de estar solo con Catalina, de verla, de oírla, de saborear una dicha de la que media hora antes se creía para siempre privado.

Luego que estuvo solo con ella echose a sus pies.

—¡Catalina! ¡Catalina! ¿Es la casualidad, es el cielo o el infierno quien nos reúne? ¡Catalina! —repitió con arrebatos de placer y dolor, ¿me ha querido usted seguir?, ¿es su voluntad de usted, es su corazón quien arroja en mis brazos cuando yo huía, cuando yo me inmolaba a un deber tiránico? ¡Catalina! ¡Hable usted, hable usted por Dios!

—¡Usted me huía! —exclamó ella con un gesto de sorpresa— ¡Pues qué!, ¿no se hallaba usted en la diligencia por frustrar mi cruel resolución?, ¿no se descubrió usted mi viaje y sus motivos? ¡Carlos! Explíqueme usted esto. Nada comprendo ya.

—¡Ah, Catalina!... ¡Yo sí, sí! Empiezo a comprender... Y en tal caso vea usted el poder de un destino irresistible... ¡Oh, Dios mío! Esto me hará caer en un ciego fatalismo. ¡Catalina! Yo he dejado Madrid para huir de usted, ¡porque la amo!, ¡porque la amo locamente!, ¡y no tengo el derecho de ofrecer a usted mi corazón! Huía de usted porque era mi deber, y una carta que debían entregar a usted algunas horas después de mi marcha, la hubiera revelado la ejecución y la grandeza de mi sacrificio.

—Tiene usted razón —dijo ella después de un instante de silencio—, ¡hay un destino! Hay un poder de fatalidad más poderoso que la voluntad humana. ¡Carlos! Yo también he dejado en Madrid una carta para usted pero conservo su borrador... en esta cartera. Léala usted

Carlos tomó el papel que le presentaba y acercándose a una ventana le recorrió con ojos ansiosos, mientras la condesa reclinada en su sillón parecía rendida de cansancio o emoción. La carta contenía estas palabras:

«¡A Dios para siempre, Carlos! No puedo tener valor de destruir su felicidad de usted ni aun para conquistar la mía.

»Elvira ha pronunciado en este día una palabra que ha decidido de mi suerte. Al conocer que era amada todo lo olvidé, ¡todo! Hasta el obstáculo insuperable que nos divide. La voz de la amistad ha venido a despertarme de tan peligroso sueño gritándome: 'él es feliz y virtuoso, ¿quieres ser a la vez el asesino de su dicha y de su virtud?' ¡Ah, no! ¡Jamás! Carlos, quiero merecer su estimación de usted, ya que no me es permitido merecer su amor.

Tengo algunas posesiones en un pueblo de La Mancha y voy a pasar en ellas todo el tiempo que usted permanezca en Madrid. Deseo la soledad y de ella espero un reposo de espíritu que en vano pediría a la vida de las grandes ciudades. He intentado aturdir mi corazón con las fiestas y placeres a que hace cuatro años vivo entregada. He conocido que mi mal se aumenta con los remedios que empleo para curarle.

A nadie he dicho mi determinación, pero la tengo tomada desde esta mañana. Son ahora las tres de la madrugada y aún estoy en traje de baile. He oído repetir en tormo mío: '¡Qué feliz es! '; ¡cuando yo bailaba con la sonrisa en los labios y la muerte en el corazón! Porque la muerte para mí es no ver a usted Es renunciar para siempre... ¡Carlos! ¡Carlos! ¡A Dios! Sea usted feliz y si algún día oye usted decir que yo lo soy no lo niegue usted, pero conserve la convicción de que es imposible».

Acercose a ella cuando hubo leído esta carta y asiendo sus manos con una especie de desesperación:

—Ya usted lo ve —la dijo—, ambos hemos querido inmolarnos a la virtud y la virtud no ha aceptado nuestro sacrificio. Intentamos huir y nos hemos encontrado a pesar nuestro. ¡Catalina! Yo la amo a usted y aún estamos juntos. ¡La felicidad o la desgracia, la virtud o el crimen! Deme usted lo que quiera. Mi destino está en sus manos.

—¡Nos separaremos! —exclamó ella, haciendo sobre sí misma un doloroso esfuerzo— No podrá más que nosotros una casualidad caprichosa. Nos separaremos, Carlos, y no con el dolor de no habernos dicho un último y tierno adiós. Aún tendremos horas, dulces horas de intimidad y cariño. Viajaremos juntos como dos amigos, como dos hermanos.

—En La Mancha nos separaremos y el recuerdo de estos últimos momentos de dicha, debidos al acaso poblará por mucho tiempo mi soledad.

E inclinada hacia él, derramaba en sus manos abundantes lágrimas.

Carlos la contemplaba con la avidez de un amor comprimido. Había en su mirada como una mezcla extraña del delirio del amante y de la timidez del niño. Estaba hermoso en aquel combate interior que daba a su rostro una expresión particular, y en el cual cualquiera mujer hubiera leído que había aún para aquel corazón muchas sensaciones en la vida nuevas y desconocidas.

Si el dominio de un corazón fiero o experto lisonjea a una mujer, también se goza en la posesión de un alma joven y apasionada, que le arroja indiscretamente todos sus tesoros de ternura y de ilusiones. El amor de Carlos tenía estos dos atractivos, y debía lisonjear por ambas causas. Era un triunfo vencer a la vez su orgullo y su virtud, y aún se encontraba en su pasión ese encanto inexplicable, ese aroma divino de respeto, sumisión y pureza que con tanto dolor echan de menos las mujeres cuando son amadas de los que solemos llamar hombres de mundo.

Catalina respiraba con delicia aquel perfume de un amor tan puro, aunque culpable. Carlos estaba a su lado, la sostenía en sus brazos y no tocaba con sus labios ni aun las trenzas de sus cabellos que rozaban con su semblante. En aquel momento ella se sentía tan dichosa que no le pareció posible ser culpable.

—Carlos —le dijo fijándole de cerca con sus ojos fascinadores—, la virtud que condenase una felicidad tan pura sería una virtud feroz.

—¡Y bien! —respondió él con aquella resolución imprudente y apasionada de un corazón joven— ¡Si ella la condena castíguenos!, ¿no valen estos momentos toda una vida de expiación?

—¿Y por qué, por qué injuriar nuestros corazones creyéndoles incapaces de sentimientos nobles y santos? —dijo Catalina— ¿Qué es el amor?, ¿no es la más involuntaria y la más bella de las pasiones del hombre? El adulterio, dicen, es un crimen, pero no hay adulterio para el corazón. El hombre puede ser responsable de sus acciones, mas de no de sus sentimientos. ¿Por qué sería un crimen en usted el amarme?, ¿no podría sentir por mí sino un amor adúltero y criminal?, ¿no podría usted amarme como no se ama a una esposa, como no se ama a una querida, sino con aquel amor casto, intenso, purificado por los sacrificios, con aquel amor con que se deben amar las almas en el cielo?, ¿no podría usted, Carlos?

—¡Ah, sí! —respondió él con entusiasmo—. Pasaría mi vida a sus pies de usted embriagándome de una mirada, de un acento, de una sonrisa. Velaría protegiendo su sueño cuando usted durmiese en mis brazos, y al despertarse en ellos estaría tan pura como la luz del día, que comenzase. Sí, Catalina, sí, deme usted sin crimen la felicidad de vivir a su lado y nada más pediré, y seré feliz. ¡Feliz con toda la felicidad posible en la tierra!

—¡Y yo lo sería también, Carlos! ¡Ah! No, nunca pediría a usted mi corazón el sacrificio de sus deberes. La felicidad que diese a su esposa aumentaría la mía, y cuanto más justa, más noble, más virtuosa fuese la conducta de usted, más justificado creería mi cariño. Las virtudes de usted, ¿le harían menos amable a mis ojos?

¡Ah! ¡Carlos! La más feliz, la más honrada con ellas, sería su mujer de usted, pero no la más honrada con ellas, sería su mujer de usted, pero no la más orgullosa. Su amiga de usted que no tendría el derecho de adornarse con esas virtudes, las adoraría en el secreto de su corazón, y le bastaría el placer de premiarlas con una mirada que solo usted comprendiese, que solo usted gozase.

—Calle, calle usted, por Dios —exclamó él apretando sus manos contra su palpitante corazón—. Calle usted porque me vuelvo loco. ¡Catalina! ¡Mujer adorada! Sí, el amor que tú sientes, que tú inspiras, no es un amor sujeto a leyes generales. Tu alma sublime le engrandece y le purifica. ¡Pues bien! No hables de separarnos. ¡Sé, mi amiga, mi hermana!, pero no me dejes nunca.

Una ronca voz gritó a la puerta.

—¡A la diligencia! ¡Señores! A la diligencia.

—¡Catalina!

—¡Carlos!

—¿Consientes?

—Te amo.

—Yo haré que no te arrepientas nunca.

—¡Señores, a la diligencia! ¡A la diligencia! —repetía el mayoral.

Carlos abrió la puerta.

—Mayoral, los dos viajeros que ocupábamos la berlina la dejamos libre y a disposición de usted Haga usted bajar nuestras maletas.

—¡Carlos!..., ¿y ahora?

—Ahora a Madrid, a Madrid, porque ya que soy feliz no estoy triste, no tengo remordimientos ni inquietudes, ni celos... Ahora gozaré en tus placeres, seguiré tu caro de triunfo, me confundiré entre tus adoradores. Brilla, goza, sé adorada, pero guarda para tu amigo esa mirada, esa sonrisa que deben ser su única felicidad sobre la tierra.

—Pero —dijo ella— ¿no podríamos ambos en La Mancha...?

Carlos la miró con una expresión que la hizo comprender lo que no osaba decirla.

—Es verdad —dijo entonces apretándole la mano—, vale más estar en Madrid. Pero en cualquier parte, en la soledad más profunda, amigo mío, yo sabría responder de tu corazón y el mío.

—Yo responderé siempre de mi corazón —la contestó él oprimiéndola en sus brazos—, pero no de mi razón, Catalina. Te he jurado ser digno de tu amor sublime y casto, déjame los medios de cumplirlo.

—Haz lo que quieras —dijo ella—, mi vida es tuya.

Fin del tomo segundo

Tomo III

XVII

—¡Tres meses! ¡Tres meses cumplen hoy que no lo veo! —decía la triste Luisa, apoyando su rubia cabeza sobre sus manos, sentada delante de un veladorcillo en el cual se veían esparcidas varias cartas de Carlos—. ¡Y no habla de volver! —prosiguió, dejando de repente su primera postura y buscando entre las cartas la última que había recibido—. ¡Nada! ¡Nada dice aquí que pueda darme esperanzas!

Y volvió a tomar la carta que comentaba a medida que leía:

«Querida Luisa: Lo que me dices del estado de nuestra respetable madre me causa el mayor dolor, y siento no poder compartir contigo los cuidados que prodigas a la querida enferma».

—¡Lo siente!, ¿y por qué no viene? ¡Dios mío! ¡Valen todas las riquezas de la tierra el dolor de estar tres meses separado de lo que se ama!

«Aún no he terminado completamente el negocio que me retiene en Madrid, porque las cuentas del difunto se hallaban tan embrolladas que toda mi actividad y la de los albaceas no han bastado aún para aclararlas».

—¡Y sin embargo hace un mes que me decía que muy pronto estaría todo terminado!

«En días pasados tomé la resolución de volverme a esa y se la comuniqué a los albaceas de mi tío, ofreciéndoles que apenas llegase diría a mi padre nombrase un apoderado más propio que yo para este negocio. Pero después de dos días de reflexión, conocí que no era racional abandonarle a manos mercenarias, después de haber venido y que acaso mi padre no lo aprobaría... En fin, volví a presentarme a los albaceas para decirles que había desistido de mi primera resolución».

—¡Oh, qué fácil le fue desistir!..., ¡pero el temor de disgustar a nuestro padre!... Y, sin embargo, ¡es tan bueno! Sí, él hubiera perdonado. Quiero hablarle hoy mismo de esto, quiero echarme a sus pies para suplicarle que permita a mi esposo volver a nuestro lado. Lo haré, estoy resuelta. ¡Pues qué!, ¿nunca he de tener valor para decir que soy desgraciada?

Y la pobre niña lloró por muchos minutos con amargos sollozos.

Fuese casualidad o intención, aquellos sollozos se aumentaron de tal modo en el instante en que don Francisco, saliendo del aposento de su hermana, atravesaba una galería contigua al gabinete en que se encontraba

Luisa, que, oyéndola el buen caballero, entró precipitado y llamándola con sobresalto:

—¡Luisa!, ¡Luisa!, ¿dónde estás?

—Aquí... —respondió balbuciente—. Aquí... estoy.

—¡Hija mía!, ¿qué tienes?, ¿qué te aflige? —exclamó su tío acercándose con paternal cariño y levantándola la cabeza, para contemplar su lindo rostro bañado en lágrimas.

—¿Qué me aflige?... —tartamudeó ella haciendo un gesto infantil con el cual quería decir—. ¡Bien lo sabe usted!

—¿Qué te escribe Carlos, hija mía?, ¿te ha dado algún motivo de queja? Habla, Luisita, es tu padre quien te lo suplica.

Y el anciano, sentándose junto a ella, la atraía sobre sus rodillas.

—¡Queja! No, no es de él de quien debo formar queja...

—¿Pues de quién, niña mía? ¿Quién te ha ofendido?, ¡quién ha podido ofenderte!

—Nadie..., pero él no puede venir sin orden de usted.. y usted no da esa orden... y ya hace tres meses que no lo veo: ¡tres meses!... ¡y pasarán otros tantos!, ¡pobre de mí!...

Y el llanto y los sollozos comenzaron de nuevo, y fue cosa imposible para el buen caballero hacerlos cesar, por más que prodigaba caricias y mimos.

—¡usted No me quiere! —le respondía Luisa a intervalos, y no salía de este tema.

Por fin, don Francisco acertó a tomar la carta que ella había leído por vigésima vez un momento antes, y al llegar al párrafo en que su hijo hablaba de no haber dejado la corte por el temor de disgustarle, el orgullo paternal le hizo olvidar por un momento las lágrimas de Luisa.

—¡Así!... —exclamó— ¡hizo muy bien! Esto prueba que no han sido perdidos mis desvelos. Carlos es un hijo respetuoso y sumiso, como hay pocos en el día. De eso debo tener orgullo. Por más que mi hermana porfíe en que si es bueno es por su índole natural y no por la educación que yo he sabido darle; siempre sostendré que ninguna tierra, por buena que sea, da los mejores frutos sin un esmerado cultivo.

—Pero si él es un buen hijo, usted no debe ser un padre cruel —dijo Luisa con un atrevimiento tan inusitado en ella que dejó parado a don Francisco.

—¡Yo padre cruel!... —exclamó después de un momento de silencio—. ¡Qué estás diciendo, Luisita!

Y la afligida niña se echó a sus pies pidiéndole perdón, con una humildad que lo enterneció.

—No sé lo que digo —repetía—; conozco que todo lo que hace usted debe ser bueno y justo, pero ¡padezco tanto! ¡Hace tanto tiempo que no le veo! Moriré muy pronto si esto sigue así.

Y apoyando la frente sobre las rodillas del anciano se abandonaba a su dolor.

Ya está conocido que don Francisco de Silva no era hombre que podía resistir mucho tiempo a los ruegos y a las lágrimas. Levantó a Luisa, besola en sus lindos ojos encendidos de llorar, pidió pluma y papel, y sobre el mismo veladorcillo en que estaban las cartas de su hijo trazó unas líneas.

«Carlos: Puedes venirte cuando quieras, pues yo daré mi poder a un sujeto más instruido que tú en esos embrollos. Tu esposa te espera con impaciencia, y tu padre está contento de ti y desea abrazarte».

Alargó el papel a Luisa, que al leerlo lloró de alegría tanto como había llorado de pesar. Abrazola el papá y dejola aconsejándola serenarse.

Luisa estaba loca de contento, pero no saltaba ni manifestaba su regocijo con los pueriles extremos propios de sus diez y siete años, sino que siempre tímida y religiosa se arrodilló para dar gracias a la virgen por aquel favor que, sin duda, le debía. Luego escribió una larga y hechicera carta a su marido, y cuando volvió al lado de su madre estuvo con ella más tierna, más humilde, más angelical que nunca, pues la felicidad era en aquella alma inocente y buena, como un perfume divino que se hacía sentir a cuantos la rodeaban.

XVIII

Nadie, excepto Elvira, tenía conocimiento en Madrid de la partida de la condesa y de Carlos, y de la vuelta de ambos. La misma Elvira no estaba perfectamente instruida de las circunstancias particulares de aquel repentino viaje y de aquella repentina vuelta; pero no era ya solamente ella la que conocía el amor de Catalina.

De vuelta a Madrid presentose con Carlos en teatros y paseos, sin hacer misterio de su afición. Aquella mujer extremada en todo y orgullosa hasta el punto de creerse con fuerzas bastantes para dominar o despreciar la opinión, no había sabido nunca, ni acaso había querido saber el arte del disimulo; y Carlos estaba demasiado aturdido todavía de su propia derrota para poder pensar en las conveniencias sociales. El gran paso para él estaba ya dado. Había ofrecido y aceptado un amor culpable; había faltado en su corazón a sus severos principios de virtud; había sido ingrato con su esposa y perjuro con Dios. Para no sentir remordimientos érale preciso no pensar en nada, y él mismo excitaba a la condesa y la conducía de fiesta en fiesta, procurando embriagarse hasta el punto de perder la facultad de pensar.

Catalina, imprudente y gloriosa de su triunfo, tanto como temerosa de perderle, se engañaba a sí misma con sus especiosos sofismas para persuadirse que no faltaba a la virtud, mientras no faltase al honor; y cuando más se esforzaba en merecer la estimación y el cariño de Carlos, creíase más justificada, como si no fuese el usurparle el corazón de su esposo el más terrible e irremediable daño que podía hacer a la desventurada Luisa.

Y, sin embargo, era naturalmente buena y compasiva. Su gran defecto consistía, como ella misma había dicho a Carlos, en que su poderosa imaginación todo lo engrandecía o disminuía hasta el exceso; y las más extravagantes teorías se hacían realizables para aquella mujer capaz de los esfuerzos más sublimes, como de las aberraciones más lamentables, pero para la que no existía ningún término medio.

Bien conocía que la avidez de Carlos por entregarse con ella a todas las distracciones del mundo, provenía del temor de encontrarse a solas consigo mismo. No se le ocultaba el poder que sobre su noble y recto corazón ejercían los deberes a que por ella faltaba, y recelosa siempre de un arrepentimiento que hubiera herido a la vez su orgullo y su corazón, secundaba diestramente los esfuerzos que hacía el culpable para olvidar su crimen.

Nunca había aparecido tan hermosa, tan magnífica y espléndida. Daba sin cesar funciones en las que ostentaba para Carlos todo su buen gusto, su elegancia y su riqueza. Embriagábale a menudo con la magia de sus talentos: su voz admirable era más dulce y más expresiva cuando cantaba con él o en su presencia. Cuando bailaba era una sílfida que parecía escaparse de la tierra para vagar por los aires. Cuando montaba a caballo y Carlos iba con ella al paseo, notaba que todos seguían con los ojos a la elegante amazona, que hacía tascar el freno a un soberbio caballo andaluz que parecía impaciente al verse dominado por la delicada mano de una mujer.

Si Carlos hablaba de pintura, Catalina pintaba ingeniosas alegorías y bellísimas cabezas que todas se parecían a él.

Si le oía celebrar las bellezas de la naturaleza, inventaba un paseo al campo, y con una escasa y escogida sociedad le llevaba a pasar días de dulce expansión, a los sitios más pintorescos.

En fin, si le sorprendía un momento como tímido y receloso de su cariño, probábale el exceso de él con mil apasionadas imprudencias. Si, por el contrario, sospechaba que empezaba a adormecerse en la confianza de su dicha, sabía despertar su inquietud con sagaces y finas coqueterías. Era dulce y tierna y sumisa cuando convenía; y altiva, vehemente y dominante cuando debía serlo. Era, en fin, la antítesis de la mujer que había hecho feliz a Carlos durante dieciocho meses, y la única que podía fascinarle hasta el punto de hacer que la olvidara.

Carlos, pues, había visto pasar dos meses desde el día en que regresó a Madrid con la condesa, sin que en este tiempo se le hubiese ocurrido un solo momento el pensamiento de dejarla. Hallábase como encadenado, a pesar suyo, al lado de Catalina. No concebía ya cómo era posible vivir sin ella: sin sus talentos que le fascinaban, sin sus placeres que le aturdían, sin su pasión imprudente que le volvía loco, y aun sin sus coqueterías que le hacían rabiar. Se necesitaban todas aquellas nuevas y variadas emociones para que Carlos no sintiese el vacío de aquella felicidad inocente que había perdido, y si aún no bastase criminal para desconocer su falta, harto débil era ya para desear espiarla.

Más de un mes hacía que había recibido de su padre el permiso de volver a Sevilla: no se atrevió ni aun hablar de ello a la condesa. Difería bajo diferentes pretextos su salida de Madrid, y cuando alguna carta de Luisa, tierna y quejosa, venía a recordarle que solo por su voluntad aún estaban separados, casi le parecía que era una crueldad de la pobre inocente el pedirle un sacrificio que tanto debía costarle.

Sus cartas eran ya menos largas, menos fáciles; todas reducidas a justificar con pueriles razones su permanencia en Madrid, y a dar seguridades de su felicidad, de su constancia, y del tierno amor que profesaba a su esposa.

Y la amaba, en efecto, sí, la amaba todavía, cual el hermano más tierno puede amar a su hermana. Pero, ¡ay!, no era ya ella la que poseía el secreto de su corazón. No era ya ella la que tenía el poder de hacerle delirar de amor, o enfurecer de celos. No era ya ella, en fin, la mujer de quien estaba enamorado.

XIX

La malignidad y la envidia que persiguen con preferencia a las personas elevadas y brillantes, así como, según observaba un poeta, el rayo busca siempre las torres; debían aplaudirse de la imprudencia de la condesa, que, justificando en cierto modo los juicios desventajosos que de ella se formaban, parecía renunciar a todo miedo de defensa y entregarse como una víctima resignada. Sin embargo, como nunca había sido más prodiga de sus riquezas, más franca y alegre que entonces, los mismos que destrozaban sin piedad su reputación, buscaban ansiosamente sus placeres, y, aunque se aumentaba cada día el número de sus enemigos, crecía también el de sus aduladores. La maledicencia es como un perro cobarde, que ladra de lejos al que se le acerca en ademán de desprecio y que se arroja y ensaña sobre el que le huye temeroso.

Elvira, a cuyos oídos llegaban cada día las hablillas que circulaban en descrédito de su amiga, no era mujer de un temple de alma bastante fuerte para poner un dique a la murmuración: su cobarde, aunque sincera amistad, se contentaba con herir por la espalda a los detractores, sin atreverse jamás a desmentirlos cara a cara. No olvidaba, empero, el informar a Carlos de todo lo que se decía, y aún a la misma Catalina se vio algunas veces a reprender tímidamente por el poco cuidado que se tomaba por el buen nombre: mas había en aquella mujer un no sé qué que intimidaba a Elvira, y era tan poderosa la influencia que ejercía sobre un frívolo y débil carácter, que aun los mismos extravíos de la condesa tenían algo de respetable a los ojos de su amiga. Parecía tan superior a la opinión pública que temía Elvira ridiculizarse si mostraba temerla, y concluyó por decirse a sí misma, que no debía tomarse la menor molestia por defender a la condesa contra un juez que ella declaraba incompetente.

No sucedía lo mismo a Carlos: padecía cruelmente al saber que el amor de la condesa por él daba nuevas armas contra ella, y su violenta indignación apenas podía ser reprimida por el temor de causarla un daño mayor, tomando a su cargo el vengarla. La loca embriaguez con que durante dos meses se había entregado a los placeres del mundo, en que veía brillar a su amada, iba disipándose rápidamente. Cuando la acompañaba a una reunión, érale imposible participar de la alegría y confianza con que ella se presentaba. Espiaba las miradas de cada uno de los que le cercaban, prestaba el oído con sobresalto a cualquiera conversación que se tenía junto a él, siempre receloso de descubrir en alguno la intención de injuriar a Catalina, y siempre interpretando siniestramente la menor demostración. Sin ser en manera alguna desconfiado sentíase cada día más suspicaz en cuanto podía tener relación con la condesa, y su amor y su orgullo se alarmaban igualmente a la idea de que no fuese por todos respetada la mujer que era ya señora de su vida.

Catalina veía declinar de día en día la alegría de Carlos. En vano prodigaba fiestas para distraerle, y en vano agotaba la magia de su elocuencia para infundirle el desprecio de la sociedad de que ella hacía ostentación. Carlos no podía participar de sus opiniones en este punto, y cuanto más la amaba, más sensible era al concepto que el mundo podía formar de ella. Pero si Catalina no logró inspirarle su indiferencia hacia la opinión, él sin pretenderlo la comunicó su tristeza.

—Carlos —le dijo una noche en que ambos iban a salir para un baile, y en el momento en que el disgusto de su amante se pintaba enérgicamente en su semblante—, creo que haremos bien en no asistir al baile.

—¡Lo deseabas tanto!... —respondió con triste sonrisa.

—Esperaba que te divertirías, pero ahora veo que me engañaba.

Y arrancando de sus cabellos su rica diadema de perlas, arrojola lejos de sí y dejose caer llorando sobre un sofá.

Carlos la miró un momento en silencio.

—¡Catalina! —la dijo luego—, yo soy un desventurado que solo ha aparecido en medio de tu florido camino para sembrarle espinas. Esa tu vida de triunfos era bien hermosa, sin duda, pero a pesar mío no puedo seguirte en ella.

—¡Carlos!... —exclamó ella fijándole con una mirada ansiosa—, ¿tendrás por ventura celos?... ¡Ah! Si es así dímelo, dímelo por tu vida, y quitarás de mi corazón un terrible peso.

—¡Celos!... ¡Sí, los tengo, los tendré sin duda! Celos de tu talento, de tu hermosura, de esa felicidad que no me debes a mí. Celos tengo sí, hasta del viento que agita tus cabellos, hasta del objeto inanimado en que fijes casualmente los ojos. Pero no es eso lo que me martiriza, lo que me hace aborrecer a los hombres y desear arrancarte de una sociedad que maldigo.

—¡Habla! ¡Habla, pues! —exclamó ella, extendiendo hacia él los brazos en ademán de súplica.

Carlos la asió entrambas manos, y con una mirada llena de pasión:

—¡Qué hermosa eres! —la dijo—, ¿cómo pudieras no excitar la envidia? ¡Oh! Si me fuese dado tomarte en mis brazos, apoyarte sobre mi corazón y presentarte diciendo: «Hela aquí, ¡es mi esposa, es la mujer adorada por mi corazón!»; entonces desafiaría al mundo, entonces sería feliz, porque tendría el derecho de adornarme con tu amor, de enorgullecerme con mi dicha. Pero, ¡desventurado! Mi estéril amor nada puede hacer por ti, y estoy condenado a no darte en cambio de tu ternura sino la persecución del mundo, acaso el descrédito y la vergüenza. ¡Oh, amada de mi corazón!, ¿puedes tú pedirme que sea feliz?

Al concluir estas palabras habíase sentado junto a ella, y ocultaba su rostro con las manos para que no viese dos lágrimas, que, a pesar suyo, habían corrido de sus ojos. Mas era tarde: ella las había ya devorado con su mirada. Era la primera vez que veía llorar a Carlos. ¿Y qué mujer desconoce el poder del llanto de un hombre cuando es amado? Se dice que las lágrimas de la mujer son omnipotentes, pero ¡cuánto más cierta es la omnipotencia del llanto del hombre! El llanto de la debilidad puede conmover, pero en la debilidad el llanto es natural, es fácil, es frecuente. Mas cuando una lágrima humedece un rostro varonil, cuando la fuerza y el orgullo pagan un momento de tributo a la sensibilidad y a la ternura, entonces la emoción que se experimenta es profunda, inexplicable. Hay en ella una mezcla de dolor y de placer, de temor y de confianza. El sentimiento que hace llorar a un hombre, es un sentimiento cuya grandeza intimida a la mujer que le contempla, pero su orgullo se goza del poder que tiene para producirle.

La condesa. Subyugada por esta emoción, estuvo próxima a echarse a los pies de su amante. Tomola él en sus brazos y la oprimió contra su corazón.

—Catalina —la dijo— fuerza es imponernos ambos un terrible sacrificio. Presentándome contigo en todas partes no hago más que dar pábulo a la malignidad que se enfurece contra ti. El disimulo, según empiezo a conocer, es el arte más necesario al que vive en el mundo, y solo las apariencias son las que constituyen en la sociedad la virtud o el crimen.

Pues bien, preciso es ser esclavos de ellas.

—¿Y qué me importa? —exclamó ella con impetuosidad—, ¿qué me importa la estimación o el desprecio de una sociedad, cuya inmensa mayoría la forman los tontos y los malvados? ¡Y qué!, ¿será preciso revestirse de una máscara hipócrita, degradar su carácter, envilecer sus sentimientos para merecer una mirada de ese mundo que despreciamos?

—¡Oh! —respondió él con amarga sonrisa—, no debemos despreciarle mientras tengamos necesidad de él.

—Pues bien, renunciémosle para siempre.

—¡Catalina!...

—Sí, es preciso. Desde hoy quiero emanciparme de él, quiero vivir una vida oscura y retirada. No ambiciono otros homenajes que los tuyos; no aprecio otro placer que el de mirarte; no concibo felicidad sino en ser amada de ti. ¡Carlos! Mientras esa felicidad me anime el mundo todo no tiene bastante poder para darme un solo instante de pena, y si la pierdo...

—¡Ah, calla! La felicidad no puedo dártela, ¡no! Y eso me atormenta aun en los momentos más dulces de mi vida. Pero mi amor tuyo es, tuyo mientras yo exista, tuyo si le aceptas, tuyo si le desprecias: ¡Tuyo siempre, amiga mía!

Y el insensato solemnizó con juramentos su perjurio, y más [...] la apasionada Catalina levantaba el edificio de su futura dicha sobre aquel carcomido cimiento.

Desde aquel día cesaron las reuniones en casa de la condesa. Su sociedad quedó reducida a un corto número de amigos, y ella y su amante estaban solos la mayor parte del día. Aquella nueva situación les encantaba en un principio. ¡Cuán largas e íntimas conversaciones!, ¡cuántas horas de deliciosa soledad! Eran el uno para el otro únicamente. No tenían un pensamiento que no fuera común. Adquirían aquella dulce confianza, que es el lazo más fuerte del amor, cuando no le asesina. Aquella costumbre de verse, de decírselo todo, que a veces sobrevive al amor, y que cuando se pierde deja un vacío más grande en el corazón que el del amor mismo.

Para Carlos era nueva aquella situación. Con la dulce y sencilla Luisa la vida íntima tenía más suavidad que encantos.

La condesa poseía aquel raro talento de dar variedad a la vida uniforme. Su conversación era más amena y seductora cuanto más franca y espontánea. Conocía el secreto de evitar el fastidio poniendo siempre en juego el talento o el corazón, y Carlos casi se impacientaba de que tuviese para aprisionarle tantos atractivos cuando él creía no tener otros recursos que su amor.

Y, sin embargo, engañábale su modestia. La condesa se apasionaba más y más cada día, y el exceso de su amor la espantaba. Carlos era un hombre que no se parecía a ninguno de cuantos la habían amado. No era ciertamente a los de corazón desgastado y teorías mezquinas, a quienes podía pedirles la pasión ardiente y entusiasta de aquella joven alma; ni tampoco había ninguna semejanza entre los insulsos galanteos de los héroes de salón y aquel homenaje continuo, aunque a veces silencioso, de un amor reprimido abundan.

No era ciertamente Carlos uno de tantos fatuos que abundan en todas partes, siempre gloriosos y confiados, ansiosos de triunfos de galanteos como único lauro a que pueden aspirar, ni era del número de aquellos enamorados infelices que se cuidan más de ostentarse amantes que amables, y que fastidian demasiado al presentarse para que sea posible sufrirles hasta que puedan darse a conocer.

Siempre sincero y digno, ora cediendo al sentimiento que le dominaba, ora combatiéndole con todo el poder de su razón, Carlos, sin estudio, era lo que debía ser para cautivar a la condesa.

Era irresistible en su delirio y respetable en su resistencia. Dejaba conocer todo el poder de su pasión, inspirando al mismo tiempo tan alta idea de su virtud que impedía una entera confianza en aquélla.

Amábale con delirio Catalina, amábale porque era digno y acaso también porque no debía amarle. Considerábase desgraciada en que su caprichoso destino le presentase ligado ya con otra por los más estrechos vínculos, al único hombre a quien había verdaderamente querido. La imposibilidad de ser feliz perteneciéndole legítimamente, envenenaba de continuo su corazón y se quejaba de su suerte. Pero engañábase a sí mismo atribuyendo a una fatal casualidad su desgracia. Si pudiera cada individuo juzgarse imparcialmente muchas veces se evitaría el trabajo de buscar fuera de sí mismo las causas de su infortunio.

Estaba en la naturaleza del carácter de Catalina que no pudiese gozar con entusiasmo de una dicha fácilmente adquirida, y que no se apegase sino a aquellos bienes de cuyo logro no pudiese tener una certeza, ni aun acaso una esperanza.

Una insaciable necesidad de emociones devoraba de continuo su alma de fuego. En los primeros años con sueños febriles de un amor que no conocía. Luego con los desengaños de un mundo y de una vida que nada le daban de cuanto ella las pedía, pero que la ofrecían en cambio las punzantes sensaciones de las esperanzas frustradas y de las ilusiones desvanecidas. Más tarde, los triunfos del amor propio, los planes de la coquetería, erigida en sistema y en necesidad, el orgullo de saber engañar a un mundo de quien había sido víctima, persuadiéndole de quien era feliz a pesar suyo; los beneficios que repartía como un perfume que solo ella respiraba; todo esto aún la dieron emociones que cada día, es verdad, se iban haciendo menos vivas y menos capaces de satisfacerla, pero que la preservaban de la calma de la inacción que era la muerte para aquella naturaleza eminentemente movible y tempestuosa.

La pasión, y la pasión desgraciada, vino, en fin, a darla nueva vida, y semejante pasión que la hacía profundamente infeliz, era sin embargo la que debía colocar a aquella mujer en su natural elemento, y contemplar por decir así su existencia. Aquella pasión siempre igual en su esencia, tenía todas las variadas faces que necesitaba una sensibilidad activa en demasía y propensa al cansancio. Las grandes pasiones son, como todo lo verdaderamente grande, inmutables en su naturaleza y variables en sus aspectos. Así como el cielo, ora azul y espléndido, ora cubierto de nubes; así como el mar, que aveces parece un monótono llano, a veces una escarpada montaña; la pasión tiene en sí misma su propio antítesis, y si su duración es larga, débelo, sin duda, a su continua variedad.

XX

Si el amor de la condesa era más vehemente cada día, también cada día era más infeliz. Aquella muer que gozaba con avidez de la felicidad de un instante, aquella cuya filosofía consistía en la imprevisión y en la imprudencia, hallose de súbito asaltada por un nuevo género de tormento, y en los instantes más dulces que tenía junto a Carlos, el pensamiento de aquella dicha no podía ser duradera, exaltaba su pasión destrozando al mismo tiempo su alma.

—¡No es libre! ¡Tiene una patria! ¡Una familia! ¡Una esposa! —decía Catalina a cada minuto del día—. Será forzoso que vuelva a ellas, ¡forzoso! Y yo... ¡Dios mío!, ¿qué haré cuando deje de verle?

Y muchas veces tomaba la resolución de seguirle a Sevilla, de vivir en la ciudad que él viviese, de renunciar a todo por él. Pero en el propio instante acordábase que en aquella ciudad, extraña para ella, a que le seguiría pisando su reputación y renunciando su vida libre y brillante, encontraría una rival adornada de un nombre sin mancilla: una rival joven, hermosa y pura, y que a ella pertenecería el hombre por el cual se iba a sacrificar, que ella sería la honrada con el título de esposa suya, y a la que él se haría un deber de proteger y amar, mientras que su desventurada amante solo tuviese por premio de inmensos sacrificios y de humillantes dolores, una palabra de ternura pronunciada en la soledad, y de la cual se acusaría como de un crimen. ¡Oh!, ¡qué distinta es siempre la práctica a la teoría! Cuando Catalina había pintado a Carlos la felicidad suprema que gozaría con solo amarle y ser amada en el secreto de sus corazones, cuando le aseguraba a su amante que sus virtudes domésticas y la dicha que diese a su esposa, le harían más amable a sus ojos y la servirían de gloria a ella misma; cuando se decía bastante generosa para dejar sin pena todo el honor a su rival, bastándola tan solo el premiar a su amante en secreto con una mirada o una sonrisa. ¿Mentía descaradamente o se engañaba a sí misma? Sí, se engañaba sin duda y ¿cuándo no se engañan todos aquellos que, dotados del fatal don del entusiasmo, pretenden realizar las brillantes teorías que eles inspiran sus delirantes sueños?

He aquí por qué rara vez se halla en los caracteres entusiastas la apreciable cualidad llamada consecuencia.

La condesa estaba muy lejos ya del heroísmo de que se creía capaz al principio de sus relaciones con Carlos. Temblaba sin cesar temiendo el anuncio de su partida, porque bien le siguiera, bien se quedase, creíase que aquel momento completaría la desgracia de su vida. Ni concebía la posibilidad de vivir sin Carlos, ni menos aún la de verle vivir con otra. El germen de la terrible pasión de los celos comenzaba a desenvolverse en su corazón, y había momentos en que la muerte se le presentaba como un bien apetecible.

No era ya la brillante condesa de S.***, no era ya siquiera la mujer de talento que inventaba recursos para retener al amante. Su tez alterada; su mirada, ora ardiente y casi febril, ora lánguida y apagada por el desaliento; la desigualdad de su humor; sus movimientos nerviosos; la continua abstracción en que se le veía siempre que no estaba Carlos a su lado; todo revelaba en ella aquel torcedor secreto que cada día la oprimía con más rigor.

Pero si ella padecía no era Carlos a la verdad más dichoso. Su pasión le devoraba: era un hombre y en vano quería olvidarlo. Si los remordimientos de su falta aún dormían a veces en su corazón, era porque los sufrimientos de la pasión contrariada le hacían tan infeliz que podía creer que estaba ya suficientemente expiada.

Arrastrado por su corazón al lado de la condesa, pasaban días y días en la más estrecha y peligrosa intimidad, y cada vez se retiraba de junto a ella más enamorado y más infeliz.

Cuando todos le juzgaban tranquilo poseedor de Catalina, era presa de todas las agonías de una pasión continuamente irritada y nunca satisfecha.

Su propia resistencia había sucumbido más de una vez junto a la condesa, pero parecía que la flaqueza del hombre vigorizaba el orgullo de la mujer.

Había algo de incomprensible para el mismo Carlos en la larga resistencia de aquella criatura tan imprudente y tan apasionada. No entendía cómo sacrificaba su dicha y reputación al amor para condenar a aquel mismo amor a una eterna lucha. La mayor parte de las mujeres son detenidas por el temor del desconcepto público; pero Catalina, ¿qué podía respetar cuando arrojaba a los pies del ídolo de su culpable amor todo cuanto su sexo aprecia más?

Ignoraba Carlos, al raciocinar así, el poder del orgullo, del grande orgullo que se basta a sí mismo y solo a sí mismo se respeta. Sí, el orgullo y el amor eran los solos defensores de la condesa. Sabía que su resistencia la engrandecía, y gozábase en comprar aquel heroísmo aparente a costa de la felicidad de ambos. Hubiera sucumbido si amase menos y si la estimación de Carlos no le fuese tan apreciable. Pero cuando le amaba bastante para sacrificarle sus triunfos, sus placeres, su reputación y su sosiego, cuando a fuerza de amor se hacía su esclava, tenía necesidad de ser admirada, respetada y querida. Gozábase en tributarle todos los sacrificios, excepto aquél que acaso pudiera parecer una felicidad para ella misma; y prefiriendo ver sufrir a su amante a verle tibio en su entusiasmo, había hallado el secreto de su virtud en un sentimiento de egoísmo; que, sin embargo, era un egoísmo del mejor género posible, y al cual pudieran darse otros nombres mucho más raros y sublimes.

No se engañaba en su esperanza: Carlos era infeliz —bien que acaso lo hubiera sido más siendo ella menos virtuosa— pero ni se quejaba, ni se atrevía a condenarla. Catalina era a sus ojos un ser excepcional a quien idolatraba más y más, y casi se complacía en hallarla tan grande y tan superior que le fuese imposible dejar de amarla.

En los sacrificios que una mujer hace vencida por el amor, se descubre siempre la flaqueza y es natural que inspire más lástima que admiración. Pero si una mujer que todo lo pospone a su pasión domina a esta misma pasión enrobustecida con sus sacrificios, por el solo poder de su voluntad, entonces la admiramos a la par que la compadecemos. Entonces no vemos la débil y ciega víctima de un amor insano: vemos a la mujer en toda su dignidad y en toda su abnegación.

¿Ignoraba esto Catalina?... No sabemos. Y si el lector se complace en creer pura virtud su resistencia, dejámosle en libertad para que así lo asegure. Pero si las personas que en todas las virtudes humanas buscan por origen y apoyo el egoísmo (por otro nombre: interés personal), se empeñasen en probarnos que a él y al orgullo debe nuestra heroína el no merecer el nombre de una mujer común, no nos creeremos tampoco obligado a contradecirles.

XXI

Era el 6 de julio. La mañana había sido calurosa y la tarde no lo era menos. Por consiguiente, apresurábanse las personas elegantes de Madrid a ir a tomar el polvo del Prado, diciendo que tomaban el fresco. Los coches formaban una larga hilera y en el salón lucíanse las perfumadas cabezas, cubiertas de trasparentes velos y los ligeros talles y los pulidos pies, pues entonces, era el año 1819, aún no habíamos adoptado la exótica moda de los vestidos arrastrando. En un ligero carruaje, e forma no común en España en aquella época, aparecieron ya cerca de anochecer la condesa de S.*** y su amiga Elvira de Sotomayor. Más de dos meses hacía que no se las veía en ningún paraje público.

—¿Quiénes son ésas? —preguntaba una marquesa a otra gran señora que iba con ella en su coche.

—Si no me engaño, la condesa de S.*** y su inseparable.

—¡Hola!, ¿vuele a darse a la luz la francesa?, ¿habrá dejado ya a su último adonis?

—Vendrá a caballo... Mas no, no le veo.

—Pero, amiga mía, si creo que te engañas, ésa no es Catalina de S.***

—Es ella, no lo dudes, pero está flaca que da miedo. ¿Qué se ha hecho de su ponderosa hermosura?

—Sin duda se ha gastado con su último amor.

Y las dos damas se sonrieron.

Diálogos parecidos a éste se suscitaron varios al ver a la condesa; pero ella no parecía cuidarse mucho del efecto que causaba su presencia, y en su rostro se veía una vivacidad triste y extraña, como la que produce la fiebre. Hablaba con Elvira sin echar una mirada entorno suyo.

—Sí, amiga mía, ésa es la causa de haber venido al Prado, y mañana daré un baile, y pasado mañana y siempre... ¡Quiero volver a la vida!

—¿Quieres volver a la vida? —observó con tristeza Elvira—, ¿y te estás dejando morir? ¡Si vieras qué pálida, qué desemblantada estás! Catalina, me das lástima.

—¡Lástima!...

Y sus labios hallaron todavía aquella su antigua sonrisa, desdeñosa e irónica; pero enseguida llenáronse de lágrimas sus ojos, y añadió con profunda amargura:

—¡La merezco, no hay duda!

—¡Eso te dijo el bárbaro!

—Sí, que su madre, es decir, la madre de... de esa mujer con quien le han casado, está muy enferma; que su padre le manda imperiosamente salir de Madrid... En fin, que se va y que yo... ¡Yo no debo acompañarle!

—Pues, qué querías.

—Sí, quería ir con él, como su hermana, como su amiga, como su dama, o como su esclava... quería.

—¡Dios mío! —exclamó Elvira mirando con terror a la condesa, que prosiguió:

—¡No sabes cuánto le amo! ¡No puedes concebir una pasión como la mía!

—Pero dime, ¿no le has visto hoy? Desde ayer no le veo..., acaso se ha marchado.

—¡Y bien!, ¿qué me importa?... ¿No le dije ayer que le aborrecía, que estaban rotos nuestros vínculos, que le iba a olvidar?

—¿Eso le dijiste, Catalina?

—¡Y qué!, ¿lo desapruebas?... ¿No sabes que me había arrodillado delante de él, bañada en llanto, rogándole no me abandonase?, ¿no sabes que dos veces me he desmayado a sus pies? Y el ingrato, ¡ah!, el ingrato me repetía: «¡No puedo!».

—Y entonces...

—Entonces le aborrecí... Le dije que le aborrecía y debo aborrecerle. ¿Le has visto hoy?

—No. Desde que no vive en mi casa no le veo con frecuencia.

—Acaso se ha ido ya... ¡Elvira! Es preciso saberlo... para... ¡para morir! Porque esto es imposible.

—¡Dios mío!, ¡qué tienes! ¡Catalina!... Cochero, a mi casa pronto.

La condesa sufría una terrible congoja. Elvira la apretaba las manos y el coche corría con dirección a su casa. Pero antes de llegar a ésta era preciso pasar por delante de aquélla en que vivía Carlos, y a pesar de su conturbación notolo Elvira y dijo:

—¡Y que haya venido a pasar este torpe cochero por aquí!

Oyolo la condesa y animose su rostro de una expresión extraña. Tiró del cordón mandando al mismo tiempo con imperio que parase el coche, y apenas lo hizo arrojose rápidamente si que Elvira tuviese valor ni tiempo para detenerla. En tal caso, todo lo que pudo hacer fue seguirla.

Entró en la casa que habitaba Carlos y subió precipitadamente la escalera, mas al llegar a la puerta de su cuarto detúvose fatigada y pálida, y hubiera caído a no llegar Elvira que la sostuvo en sus brazos.

Dos o tres minutos transcurrieron sin que Catalina pudiese o quisiese tirar del cordón de la campanilla, y acaso cediendo a las súplicas de su amiga hubiera consentido, por fin, en volverse al coche sin entrar, cuando la puerta se abrió de pronto y el criado de Carlos apareció en el umbral. Al conocer a la condesa exclamó:

—A casa de Vuestra Señoría iba yo ahora.

La condesa con indecible ansiedad le preguntó:

—¿A qué?, ¿a qué iba usted a mi casa?

—Señora, no lo lleve Vuestra Señoría a mal; es que, como estaba solo y el amo está tan malo que no me conoce, ni hace más que hablar disparates, y...

Elvira quiso en vano contener a la condesa, que se precipitó en la sala llamando a gritos a su amante. Cuando pudo alcanzarla hallola ya de rodillas junto a la cama de Carlos. Una fiebre violenta le tenía postrado, y el delirio se veía pintado en sus desencajadas facciones y en sus encendidos ojos. La condesa le besaba las manos y le llamaba con los más tiernos nombres. A su voz pareció calmarse la agitación del doliente, y su mirada buscó a Catalina, que le sostuvo en sus brazos.

—Yo soy, soy Catalina, tu amante, aquí estoy para vivir o morir contigo. ¡Carlos, Carlos mío!

Y besaba sus cabellos y su frente abrasada.

Carlos la conoció, pero sus palabras eran tan incoherentes que la condesa, traspasada de dolor, estuvo próxima a desmayarse.

Elvira, que en esta ocasión desplegó una presencia de ánimo de que no parecía capaz, logró hacer comprender a su amiga que el estado del enfermo requería cuidados y no lágrimas, y cuando la vio más dispuesta a proceder con prudencia mandó inmediatamente el coche de la condesa en busca de su médico, y procuró tomar informes del criado de Carlos relativos a la enfermedad de éste.

El criado dijo que hacía dos días que su amo había recibido de Sevilla una carta, que al parecer no le había sido grata: que le notó preocupado y pensativo desde entonces, y que la noche última había salido como loco olvidándose hasta el sombrero; que él corrió a llevársele, y que no le había alcanzado hasta cerca de la casa de la condesa de S.*** Que su amo volvió muy tarde, y que desde que le vio conoció que no venía bueno. Que toda la noche le oyó levantado, paseándose por su cuarto con extrema agitación y hablando solo algunas veces, hasta que por la madrugada le llamó quejándose de frío, y le vio tan demudado que le rogó se metiese en la cama, lo que ejecutó al momento.

Desde entonces, añadió el criado, la calentura se ha ido aumentando y me ha parecido que empeoraba rápidamente, por lo cual determiné avisar a la señora condesa, de quien mi amo hablaba sin cesar en su desvarío.

De rodillas junto al lecho de Carlos la condesa escuchaba estas palabras con una dolorosa expresión de placer.

—¡Me ama! —repetía besando delirante sus cabellos y sus manos ardientes con la fiebre—. ¡Me ama, a mí sola!, ¡solamente a mí!, ¡por mí padece!, ¡por mí muere!... Pues bien, ¡el sepulcro nos unirá con lazos más eternos que aquellos que los hombres tiránicamente nos imponen! ¡Carlos, Carlos! —añadía con exaltado amor—. La muerte sola podía hacerte mío, libertándote del yugo que en el mundo te esclaviza. Pues bien, venga en buena hora. Ambos debemos saludarla como un ángel libertador.

Elvira logró nuevamente calmarla, y la llegada del médico la obligó a disimular lo mejor que le era posible el exceso de su emoción.

Carlos comenzó a mejorar desde aquel instante, como si la presencia de su querida tuviese una influencia física sobre él, y después de una copiosa sangría, que se le hizo por mandato del médico, su cabeza pareció completamente despejada y su pulso perdió el vigor febril que había tenido durante el día.

Habló Elvira dándola gracias por su cuidado, y asiendo una mano de la condesa la dijo en voz baja:

—¿Por qué me conservas una vida que no puedo consagrarte?

Ella por única contestación le dio una de aquellas miradas que dejan sin armas a la razón y sin fuerzas a la resistencia.

En toda la noche las dos amigas no se apartaron ni un minuto de junto al lecho del doliente. Éste no les decía nada. Adormecíase a intervalos y, entonces, se le oían pronunciar alternativamente los nombres de Luisa y Catalina, pero cuando estaba despierto guardaba un silencio triste y parecía preocupado de algún pensamiento doloroso.

Al amanecer del día siguiente hallándose un momento solo con la condesa la dijo, asiéndola una mano:

—Me vuelves con la vida el sentimiento de mis deberes. Creía morir y estaba en paz en aquel momento con mi conciencia y con el mundo. Pero tú me lanzas de nuevo a esta lucha espantosa, de la cual saldrá mi corazón despedazado. Toma esta carta, léela, amiga mía, y dime si puedo olvidarla sin ser despreciable a tus propios ojos.

Tomó la carta la condesa y la leyó temblando. Decía así:

«Carlos: mi hermana se halla a las puertas del sepulcro. Cuando recibas ésta tu esposa será huérfana. La infeliz niña, sucumbiendo a los pesares que devora en silencio, desde el momento en que pudiendo estar a su lado permaneces voluntariamente lejos de ella, y a las fatigas y desvelos que sufre con la asistencia de su madre, se halla casi en tanto peligro como ésta. Padece hace días cruelmente, y hay momentos en que tiemblo por su razón, que parece a las veces próxima a abandonarla.

»La desolación ha entrado en esta casa, antes tan tranquila y tan dichosa, y a nombre de las lágrimas de tu esposa y con la autoridad de padre te mando salir de Madrid en el instante que recibas esta triste carta. Tu deber y mi voluntad te llaman a Sevilla, y si eres sordo al uno y a la otra... Pero no, ¡es imposible! Ven, hijo mío, ven si no quieres obligarme a maldecir el derecho que tengo para darte este nombre».

La condesa devolvió la carta a Carlos sin proferir palabra alguna.

—¡Y bien! —exclamó él—, ¿qué me aconsejas, Catalina?

—No es ahora tiempo —respondió ella—, tu estado hace imposible la obediencia a esa orden paternal. Luego que estés bueno... entonces... Entonces partirás, si puedes, si quieres... Si es preciso.

Enseguida hizo venir a Elvira que con la aprobación de arlos escribió las siguientes líneas a don Francisco de Silva:

«Primo mío: Por orden de Carlos participo a usted que no puede obedecer inmediatamente la orden de usted por hallarse enfermo, pero que saldrá para ésa tan pronto como se halle en estado de poderlo hacer sin peligro.

»Participamos del vivo dolor que experimenta por la situación desesperada en que usted le dice hallarse nuestra amada Leonor. Pido al cielo conceda a Uds. La resignación cristiana que en tal caso puede únicamente servirles de consuelo, y tengo el honor de repetirme, etc., etc.».

Esta carta fue despachada al correo y Carlos continuó mejorando rápidamente, aunque se notaba que con la salud parecía aumentarse su tristeza.

La condesa no se apartaba de junto a él, pero, ¡ah!, ¡cuánto más padecía ella misma que aquél por quien se inquietaba!... Las dos más terribles pasiones devoraban su alma de fuego: el amor y los celos.

Allí, a la cabecera de aquel lecho junto al cual ella velaba sin cesar prodigando ternura, allí sobre la cabeza del hombre que amaba, del hombre a cuyo amor inmolaría con placer su vida, allí estaba como un severo juez, como un dueño celoso, como un testigo eterno, el retrato de la otra. Catalina hubiera adivinado quién era el original, aun cuando hubiese visto aquel retrato en otra parte. Su corazón la decía que tan celestial imagen era la única que podía resistir por tanto tiempo al poder de su pasión. Miraba sin cesar aquel retrato que la causaba una emoción indecible, y la hermosura de Luisa, exagerada por su imaginación, le parecía tan irresistible que todo su orgullo, toda su pasión, toda su confianza en su propio mérito vacilaban y sucumbían al inquieto y temerosos sentimiento de los celos.

—¡Y qué! —pensaba ella—. ¡Habré de devolverlo a sus brazos!... ¡Consentiré en restituírselo a esa rival dichosa después de haber sacrificado a un loco amor el porvenir de mi vida!

Y al fijar de nuevo sus ojos en la angélica imagen, la expresión de una inocente sonrisa que aparecía en su boca la pareció un sarcasmo.

—¡Ella ríe! —se dijo apretando sus dientes de marfil sobre su labio inferior que quedó ensangrentado—. ¡Ella es feliz! ¡Es virtuosa!, ¡es pura!... Para ella el honor y la dicha, y para mí la vergüenza y la desesperación. ¡Ah!, ¡no! —

añadió levantándose con ímpetu de ira—. ¡No! Guarde ella la gloria de la virtud, yo acepto la infamia, pero quiero la dicha y la quiero a cualquier precio.

Carlos, que dormía, acababa de despertar agitado, y un nombre se escapó de sus labios:

—¡Luisa!

La condesa se puso pálida y seguidamente encendida como la grana. Acércose al lecho y sentándose junto a Carlos le miró con una expresión desusada. El terrible sentimiento que la animaba en aquel momento prestaba a su fisonomía un carácter de hermosura particular. Carlos la contempló un instante y se estremeció como si hubiese leído en su rostro la resolución desesperada que acababa de tomar en silencio. ¡Pero estaba tan bella!... Ciñola con sus brazos y la dijo:

—No, no tendré fuerzas para dejarte jamás si tú misma no me las das, Catalina. Si no me ocultas esa agitación, ese enérgico dolor que revelan tus facciones. Ten, pues, lástima de mi corazón...

—¡Ah! No sabes, no, ¡cuánto ha padecido!

—Esta separación que le destroza era ya necesaria, forzosa. La pasión que me consume la hace tan precisa como el deber que me llama a otra parte. Al menos, amiga mía, parto digno de ti; parto sin la vergüenza de haber maldecido como una cruel tiranía la virtud que te ha hecho superior a una pasión delirante. Pero esta lucha no podía prolongarse. El destino me aparta de ti en el momento en que mi extenuado valor daba el último aliento. ¡Oh, amada mía! Nuestro amor, que los hombres llamarán culpable, ha sido puro y santo como el de los ángeles..., pero yo no soy más que hombre y mi corazón hubiera pedido más al tuyo.

La condesa le miró fijamente con una pasión que hizo saltar en el pecho el corazón de Carlos.

—¡Y bien! —le dijo—, ¿temerías acaso ligarte a mí con más estrechos vínculos?... ¿La felicidad que te diese no bastaría a tu corazón?

Carlos la abrazó delirante.

—¡Ah!, sí —exclamó—. ¡Un momento de suprema ventura y en cambio una vida entera de expiación! Yo lo hubiera aceptado, Catalina: llamarte mía un momento y luego: ¡el infierno!, ¿qué me importa? No —prosiguió—, no sabes cuánto he padecido, porque no sabes que en este mismo instante tu mirada

me abrasa, tu aliento me enloquece y el contacto de tu mano me devora...
¡Catalina!, ¿por qué nos separamos sin haber conocido la felicidad?...

Y ella sin esquivarse ni ceder sus trasportes, clavándole su mirada de fuego, exclamó:

—¿Quieres que sea tuya?, ¿quieres que te consagre mi vida entera?, ¿quieres que olvidemos ambos, en brazos de la felicidad, al cielo, al mundo y a sus leyes?, ¿quieres...?

Él la abrumaba de ardientes caricias...

—Soy tuyo, sí, quiero que seas mía, quiero la dicha o la muerte —repetía.

—Pues la dicha para ambos —dijo ella— ¡la dicha! Mañana dejaremos para siempre este país y cualquier rincón del nuevo mundo nos dará un asilo. Soy rica, y los amantes dichosos muy poco necesitan. ¡Bien! Huyamos de esta sociedad que hace un crimen de los sentimientos que ella no autoriza, que ella no mide con su compás de hielo. Bajo el cielo de la joven América seremos libres, seremos virtuosos..., ¡viviremos oscuros e ignorados, pero viviremos! ¡Ah! No es vivir la eterna lucha de la naturaleza con las leyes humanas, Carlos, amigo mío, no hay, no puede haber crimen para el corazón sino en la falsedad y en la perfidia, no puede ser virtud la hipocresía. Arrojemos su máscara cobarde, y pues no hemos podido ser ángeles, sepamos al menos ser hombres. Amarnos es una desgracia, pero engañar sería una infamia. Tengo bastante amor para seguirte a donde quieras, a donde pueda vivir como tu esposa.

Carlos la escuchaba inmóvil. Su exaltación había cedido a la sorpresa, al espanto que tan inesperada proposición le causaba. La impresión que le dominaba no se escapó a la penetrante perspicacia de la condesa, y el movimiento de indignación y de celos que entonces sintió en su corazón contribuyó a hacer más ardiente y vigorosa su elocuencia.

—¡Y qué!..., ¿vacilas?... —exclamó con un gesto enérgico de dolor—. ¿Vacilas?... Temes acaso —añadió con amarga ironía— comprometer mi reputación, ¿que está perdida? ¿Temes parecer egoísta aceptando por compañera de tu vida a la mujer que es llamada públicamente tu querida? ¿O es acaso que vale para ti más que esa mujer, y más que tu propia dicha, un nombre y una posición cuyo sacrificio ella te pide: ¡ella que no se esperó a que le pidieses igual sacrificio para hacerlo con placer, con orgullo!

—¡Basta, por Dios! —exclamó Carlos a quien estas últimas palabras habían profundamente conmovido—. ¡Oh! No me pidas lo que solo podría ejecutar convirtiéndome en un monstruo. No, no puedo violar un juramento solemne que Dios y los hombres han oído y sancionado. No puedo inmolar al ángel que me ha sido confiado... ¡Harto culpable soy con no amarle como merece!... No puedo arrojar los dolores del infierno en aquella alma inocente formada para la beatitud del cielo...

—Acaba, ¡bárbaro! —exclamó con desesperación la condesa—. Acaba de pisotear a la desgraciada a quien su amor por ti ha encubierto de vergüenza.

Y cayó sofocada por el dolor y la cólera.

Carlos se echó fuera del lecho y la levantó con sus brazos.

—¡Catalina! —la decía—. Yo te amo, te adoro..., pero ¿qué quieres de mí? ¿Serías tú dichosa perdiéndote para siempre en la opinión del mundo?... Este amor infeliz que nos extravía, ¿bastaría siempre a tu corazón?...

Ella se desprendió de sus brazos.

—Para mí —dijo—, no hay más que esta alternativa. ¡Tu amor o la muerte! El uno o la otra te pido. Pero tu amor, mío, mío exclusivamente, ¡mío todo!... ¿Quieres que acabe de humillarme ante ti?, ¿quieres que descubra a tus ojos toda la flaqueza de mi corazón? ¡Pues bien! ¡Sábelo! ¡Tengo celos!, celos que me matan, que me vuelven loca. ¡Carlos, Carlos! ¡A qué estado me has reducido!

Y cayó a los pies pálida, suelto el cabello, inundada en llanto.

—¡Ya es demasiado! —gritó él apretándola en sus brazos—. ¡Catalina! ¡Tuyo soy! ¡Dispón de mí! Te seguiré donde quieras, cometeré mil crímenes si tu voz omnipotente en mi corazón me los dicta. ¡Ven! ¡Todo lo olvido! Dios, el mundo, el honor... ¡Ven! Y embríagame de amor y de placer, y seamos tan felices como somos culpables.

XXII

Las agitaciones de aquel día memorable volvieron a Carlos la fiebre con toda su primera violencia. La condesa le asistió, y cuando estuvo mejor se marchó con él a una casa que poseía a algunas millas de Madrid. Su encargado de negocios quedó ocupado de la venta de varias fincas de que juzgó oportuno deshacerse, y Carlos, triste, preocupado, pero resuelto a seguirla a cualquier parte, se abandonó enteramente a ella y a su amor, con aquella especie de desaliento con que sucumbimos a un destino contra el cual hemos luchado vanamente.

Mientras él se entregaba ciego y débil a su loca pasión, la condesa tomaba desde su retiro todas las disposiciones para poder realizar su partida tan pronto como se hallase Carlos completamente restablecido; y Elvira, que sin conocer sus proyectos empezaba a temer vagamente alguna gran imprudencia en su amiga, la escribía larguísimas cartas a las cuales no recibía otra contestación que ésta.

«Soy feliz: no me digas nada».

—¡Pobre Catalina! —decía Elvira llorando, y mirando al mismo tiempo en un espejo si la sentaban bien unos lazos de perlas que acababa de comprar—. Me tiene en la mayor inquietud y apenas podré divertirme en el baile de esta noche, al cual llevaré los ojos encendidos por las lágrimas.

Y herida de esta reflexión cesó de llorar y mojó presurosa una finísima toalla para refrescar sus bonitos ojos.

XXIII

Los asuntos de la condesa estaban en buen estado y todo dispuesto para su largo viaje, que era, sin embargo, un secreto para todos. Carlos, todavía débil y triste, encadenado a los pies de su apasionada querida, veía acercarse el día de su expatriación con una especie de indiferencia. No tenía ya bastante energía ni para el dolor ni para el placer. Creyó, sin embargo, necesario ir a Madrid para depositar los asuntos de su padre en manos de los amigos de éste, y escribirle largamente como también a Luisa, confesando su culpa, implorando el perdón y renunciando a favor de su esposa todos los bienes que poseía de su madre, y cuantos por muerte de su padre pudiera heredar.

La condesa a quien detenían en su quinta algunos negocios le dejó partir ofreciéndole ir a reunirse con él a fines de semana (era lunes). Carlos, al hallarse solo, al dejar de ver sus ojos que le fascinaban, y de oír su voz que llegaba siempre al alma, conoció al mismo tiempo lo imposible que le sería vivir sin ella, y el remordimiento de una acción cuya enormidad no veía sino cuando dejaba de ver a su amada.

No vaciló, sin embargo, y apenas llegó a Madrid visitó a las personas a quienes había resuelto dejar encargadas de los asuntos de su familia, y luego comenzó a escribir; primeramente a su esposa. Esta carta no fue escrita con serenidad, como bien puede presumir al lector.

¡Había amado tanto a la pobre niña!, ¡la quería aún con afecto tan tierno! No pocas veces mientras su mano trazaba las líneas que debían herir de muerte su corazón, espantado de la grandeza de su crimen tuvo impulsos de suicidarse, terminando con su vida la lucha atroz que destrozaba su alma.

Concluyose, sin embargo, la carta. Quebrantado, cayó enseguida sobre su cama, y un mar de lágrimas amargas y abrasadoras brotó de sus ojos, aliviando algún tanto su corazón. Había pasado la noche escribiendo. Era ya de día y, sucumbiendo a la fatiga, quedose un momento adormecido. En sus ensueños veía a Luisa pálida, flaca, cubierta de luto, llorando a la vez a la madre muerta y a su esposo infiel y fugitivo, y con la agitación que le causaba esta pesadilla despertó sobresaltado. Pero la visión de su sueño no había huido con él. ¡Allí estaba, tal cual se la había representado su imaginación: flaca, pálida, enlutada!... ¡Era ella, de pie junto a su lecho, fijándole con su dulce y misericordiosa mirada, tendiendo hacia él sus manos blancas e inocentes, como si implorase compasión.

Carlos lanzó un grito, y en su exaltación púsose de rodillas exclamando:

—¡Perdona, ángel ultrajado! ¡Ah! ¡Viva o muerta, perdóname!

—Carlos, esposo mío —respondió una voz musical que Carlos no había oído hacia siete meses—. Acabamos de llegar. He querido sorprenderte. Nuestro padre te espera en la fonda en que nos hemos hospedado. Temíamos hallarte enfermo. ¡Ah! Gracias a Dios supimos por Elvira que estás bueno. Aquí me tienes... ¡Cuánto he padecido!... Vengo a buscar a mi esposo... ¡No tengo ya madre!

Y le levantaba la inocente, abrazándole y vertiendo en su pecho abundantes lágrimas.

Carlos no sabía si dormía aún o si estaba despierto. Parecía completamente lelo.

—Ven —le repetía Luisa—, un coche nos espera a la puerta.

Y se le llevaba consigo sin que él hiciese resistencia.

Sin embargo, al atravesar la sala en la cual había algunos preparativos de su viaje, detúvose repentinamente y mirando con una especie de espanto a su mujer:

—Dímelo una vez más —exclamó—. ¿Es cierto que eres Luisa?..., ¿qué estás en Madrid?..., ¿a qué has venido?...

—¡Ingrato! —respondió ella con ternura—. Sabía que estabas malo ¿y me preguntas a qué he venido? ¿Te pesa, Carlos —añadió mirándole con una vaga inquietud—, te pesa por ventura mi venida?

Carlos se dio con la mano en la frente. Acababa ya de comprenderlo todo, de conocer la verdad.

—¡No! —dijo tomando la mano de Luisa y apartando de ella los ojos—. No, amiga mía. ¡Bienvenida seas!

Y la siguió en silencio.

XXIV

Cuando dos sentimientos poderosas luchan en el corazón, la victoria obtenida por uno de ellos vigoriza en vez de aniquilar al otro. En el amor sobre todo se observa con frecuencia esta especie de fenómeno. Si nos hallamos colocados entre esta tirana pasión y un deber sagrado, ella vence regularmente, pero todos los sacrificios que obtiene, todos los triunfos de que se adorna, como que debilitan al corazón que se los ha concedido. El deber habrá sido sacrificado, y como toda víctima inocente excitará la piedad a la par que el remordimiento, mientras que su altiva vencedora, oprimiendo al corazón que todo se le ha sometido, acaso acabará por fatigarle. Pero si en el momento mismo en que casi nos arrepentimos de ejecutar a favor de la pasión vencedora un inmenso sacrificio, un obstáculo independiente de nuestra voluntad llega súbitamente a impedirlo, entonces se verifica que en vez de regocijarnos del inesperado auxilio, nos indigna e irrita. El deber que como víctima había adquirido fortaleza, se nos representa ya como verdugo, y el amor que triunfante nos fatiga adquiere con la contrariedad una nueva energía que comunica a la voluntad.

¡Orgullo y pequeñez del corazón! Siempre le hallaréis así: Siempre le hallaréis así: en todos los climas, en todas las jerarquías, con corta diferencia el corazón humano es siempre el mismo. Veréisle sin cesar anhelando cederlo todo a la pasión que le domina y arrepintiéndose a proporción que da. Veréisle indómito a cuanto no sea su pasión para convertirse después en tirano de su propio ídolo. Toda su fuerza está en la contrariedad: dadle el poder de sacrificarlo todo y lo veréis muy pronto cansarse de ese mismo poder.

Si Carlos hubiera realizado su fuga con la condesa, acaso el valor de cuanto por ella sacrificaba hubiérase aumentado en su imaginación, y el arrepentimiento y el pesar vengarían suficientemente a la abandonada Luisa. Pero la repentina mudanza que acababa de verificar aquella mujer que se la aparecía sin ser llamada para volverle a la senda del deber que estaba próximo a abandonar, hizo enmudecer la voz interior que le hablaba todavía en favor de aquel mismo deber; y lo que en ejecución le pareciera un sacrificio doloroso, figurábasele, al verle deshecho, una felicidad destruida.

Hallábase en los brazos de su padre y su esposa, y en vano se esforzaba para corresponder a sus caricias. Un pensamiento, un objeto único le ocupaba: ¡Catalina! Era ella en aquel momento la verdadera víctima a sus ojos.

Al verse restituido, a pesar suyo, a una esposa ultrajada, conmoviole menos la cándida ignorancia de la ofendida que el dolor de la ofensora. Su imaginación le pintaba con vivos colores cuánto debía sufrir su apasionada y celosa amante al saber aquel acontecimiento imprevisto, ¡y el ingrato no pensaba en cuánto debía sufrir también la inocente Luisa si penetraba en aquel instante el culpable corazón de su esposo!

Felizmente no sucedió así. ¡Es tan ciego el amor! ¡Tan fecunda en ilusiones la inocencia! ¡Tan crédula la confianza! El desconcierto de Carlos no parecía a Luisa sino un natural efecto de placer y sorpresa. Era tan feliz en aquel momento que ninguna sospecha dolorosa podía caber en su alma.

Sentada sobre las rodillas de su tío y oprimiendo entre sus manos las manos de su marido mudo y confuso junto a ella, referíale con elocuente sencillez cuánto había padecido, cuánto había llorado. Revelábale, ruborizándose, los secretos de su puro corazón, secretos que pudieran escuchar los mismos ángeles. Ninguna sospecha, ninguna desconfianza se traslucía en las penas más ocultas de aquella alma tierna, ninguna reconvención se escapaba de aquellos labios tan dulces.

Carlos padecía. Sus ojos fijos en Luisa bajábanse con frecuencia preñados de lágrimas, pero su corazón, su culpable corazón ahogaba rápidamente los impulsos de un momentáneo arrepentimiento.

Y, sin embargo, al verla, al oírla, al recordar cuánto la había amado y al sentir cuánto era amado todavía parecíale en algunos instantes que había sido víctima de algún penoso sueño, y que todo lo acaecido en aquellos seis meses últimos no era más que una ilusión de su fantasía.

Abismado en confusos pensamientos permanecía junto a Luisa sin saber qué resolución tomar en aquella crisis de su destino, cuando un coche se detuvo ante la puerta y poco después se presentó Elvira. Su parentesco con los recién llegados, y la visita que éstos le habían hecho apenas dejaron la diligencia, la obligaban a corresponder con todo el empeño y atención posibles, pero advertíase a primera vista que cedía con cierta repugnancia a la imperiosa ley de las conveniencias sociales.

Carlos, al verla, sintiose tan turbado como si viese a la misma Catalina y Elvira le lanzó una mirada tan celosa como hubiera sido la de aquélla.

Enseguida, y mientras sostenía distraída una conversación lacónica e insignificante con don Francisco, en el cual no manifestó ni una sola vez su genial locuacidad, miraba frecuentemente a Luisa, y admirada y conmovida de su perfecta hermosura, volvía los ojos hacia Carlos con una expresión colérica y como si quisiese decirle: «usted Es indigno igualmente de su esposa y de mi amiga».

Carlos no pudo soportar largo tiempo la violenta posición en que se hallaba. Despidiose con un pretexto frívolo, y en vano la mirada de su mujer expresó una tímida queja. Salió precipitadamente de aquella casa cuya atmósfera le ahogaba. Tenía el aspecto de un loco, y nadie al verle hubiera podido desconocer que un terrible combate tenía lugar en su alma.

Apenas hubo vuelto a su casa despachó un correo a la condesa con una carta que solo contenía estas incohesas palabras:

«Mi esposa ha llegado, mi padre también. El rayo ha caído sobre mi cabeza. Estoy loco. Tranquilízate, Catalina: Yo te amo más que nunca... ¡Desventurado! ¡Más que nunca! No sé qué debo hacer, es terrible, es atroz la alternativa. Pero, ¿no te he jurado, al aceptar tus sacrificios, hacer por ti todos los que me exijas? Otro juramento había prestado antes, tú lo sabes, ¿será mi suerte el eterno perjurio? Y, sin embargo, soy más infeliz que culpable. Espero tus órdenes. Puedo morir por obedecerte y sería un bien para mí, para ti y para ella».

Despachada esta carta se sintió más agitado. ¿Qué resolución tomaría la condesa?, ¿pediríale nuevamente el abandono de su esposa, de su inocente esposa que venía huérfana y triste a apoyarse en su corazón? Esta idea le hacía estremecer; y, sin embargo, cuando pensaba en la posibilidad de que Catalina desistiese de su proyecto y acaso renunciase a su amor, experimentaba impulsos de ira y desesperación tan violentos que casi le hacían aborrecer la causa inocente de su desventura.

El día pasó sin que se hallase con valor para volver junto a su esposa. Tan prolongada ausencia comenzó a sorprender a don Francisco y a inquietar y a afligir a Luisa:

—¿Qué hace tu marido? —repetía el anciano caballero con notable disgusto.

Luisa no contestaba nada, pero su propio corazón la decía como su tío: «¿Qué hace tu marido?».

El Sol llegaba a su ocaso y no parecía Carlos. Don Francisco no pudo sufrir más y salió en su busca: Luisa al verse sola se deshizo en un mar de lágrimas. Sin embargo, nada sospechaba todavía. Su corazón oprimido por vagos e indeterminados temores no dejó escapar ni un solo impulso de desconfianza, y concibió todas las desgracias, excepto aquélla de que era realmente víctima.

Cuando don Francisco llegó a la casa en que habitaba su hijo, acababa éste de salir de ella y corría desatinado a ver a Luisa. Su correo había llegado dos minutos antes con estas líneas de la mano de la condesa:

«Te comprendo: el sacrificio que me ofreciste es para ti la muerte. No le acepto. Puedo cederte, jamás divertirte: ¡Te cedo! Todo concluye para mí. Sé dichoso».

La desesperación de Carlos no conoció límites. Habríase precipitado por el balcón si una rápida e instantánea reflexión no le hubiera contenido. Su muerte voluntaria acaso perdería a la condesa en la opinión del mundo: sobre ella recaería la odiosidad pública, y sobre ella las acusaciones de su familia.

Carlos, en su extremo delirio, concibió el pensamiento de confiar a Luisa todos sus secretos, de implorar de rodillas su perdón, no, sino el consentimiento para ser más culpable todavía.

El bárbaro no se acobardaba a la idea de arrancar a aquella alma tierna el voluntario sacrificio de toda su ventura.

Voló, pues, a la casa de Luisa, y subió precipitado y con aire decidido la escalera que conducía a su habitación. Hallola triste y sola, lánguidamente echada en un sofá. Habíase cansado de esperarle y la aflicción y el desaliento se pintaban en su hermoso rostro. Mas al presentarse Carlos incorporose con viveza, brillando en sus ojos un rayo de felicidad y le tendió sus brazos.

—¡Carlos!

Fue todo lo que pudo pronunciar, pero el sonido de su voz, su acento, su mirada, trastornaron en un momento el corazón del culpable y vacilaron sus resoluciones.

La expresión violenta, pero enérgica, que animaba su semblante, fue cubierta por una repentina nube de tristeza, y pálido y temblando dejose caer a los pies de su esposa, que se arrojó a su cuello con mortal sobresalto.

—Carlos, esposo mío, ¿qué tienes? —repetía con angustiado acento.

Y atrayéndole a su pecho sintió correr sus lágrimas.

—¡Oh, Dios mío! —exclamó temblando—. ¡Tú padeces! ¡Tú me ocultas algún secreto terrible! ¡Carlos! ¡Carlos! ¡Habla, por compasión!

Él se apartó de sus brazos con un movimiento convulsivo, y comenzó a pasearse maquinalmente por la sala con extrema agitación. Luisa le seguía toda trémula juntando sus blancas manos en ademán de súplica.

Detúvose de repente Carlos y, asiéndola del brazo con una especie de furor:

—Nada me preguntes —la dijo—. ¡Nada! Por Dios y por las cenizas de tu madre te lo suplico. Soy muy infeliz: ¡Eso es todo!

—¡Eres infeliz! —exclamó ella aterrada, y cayó en los pies como herida de un rayo.

Carlos la llevó en sus brazos al lecho, profundamente conmovido, y reanimada por sus caricias fijó Luisa sus ojos en él con inefable y tristísima ternura.

—¿Has dicho que eres infeliz, Carlos? —le dijo—. ¿No he oído mal?, ¿es cierto que eres infeliz? ¡Hoy! ¡El día de nuestra reunión!

Y pasando rápidamente por su pensamiento el recuerdo de la voluntaria permanencia de su marido en la corte, y las palabras que se habían escapado de sus labios en el primer momento de sorpresa que experimentara al verla, añadió con profundo terror:

—¡Carlos!, ¿no me amas ya?

—¡Siempre! —la dijo él—. Siempre serás mi hermana y la amiga de mi corazón. Siempre te amaré con toda la ternura de mi alma. Pero, ¿puedo hacerte feliz?, ¿puedo serlo yo mismo?... Tan imposible es ya como el devolverte tu libertad perdida. Los hombres nos han encadenado con vínculos eternos, y tú, pobre ángel, serás víctima como yo de sus tiránicas y absurdas instituciones.

Tales reflexiones jamás pudieron ocurrírsele a Luisa, pero, ¡ah!, aquellas insensatas palabras habían dado una luz funesta a su ciega inocencia. No tuvo palabras, no tuvo un gesto siquiera para expresar lo que en aquel momento sentía, lo que en aquel momento adivinaba. Doblose bajo la mano de hielo de su primer desengaño, como un arbusto humilde bajo las alas del cierzo.

Don Francisco volvió a las nueve de la noche cansado de buscar inútilmente a su hijo, y hallole junto a la cama de Luisa. La desventurada se encontraba rendida por una fiebre violenta, pero don Francisco no pudo sospechar la culpabilidad de Carlos. Sus cuidados por la enferma eran tan tiernos, tan viva su inquietud y tan verdadera, que el anciano caballero le perdonó su extraña conducta durante el día, y atribuyendo la indisposición de Luisa a las fatigas del viaje, retirose a su alcoba, muy convencido de que los dos esposos se amaban con la misma pasión que el día en que presenció sus juramentos en la catedral de Sevilla.

XXV

Tres días pasaron después de haber recibido y contestado la condesa la carta de su amante, sin que tuviese noticias suyas. No era preciso tanto para exaltar aquella alma naturalmente extremada. La desesperación se apoderó de ella y horribles resoluciones se sucedieron unas a otras sin dar lugar a la ejecución.

Su dolor no era el dolor profundo y resignado de Luisa: Era el dolor en toda su energía, en toda su violencia, en todo su delirio. Dos veces saliose a pie, sola y frenética en medio del calor del día, con ánimo de llegar de aquel modo en presencia de su feliz rival y de su débil amante, y darles un espectáculo cruel traspasándose el corazón a vista de ambos. Dos veces también la siguieron sus criados en mitad de la noche, y la vieron vagar desatinada por los alrededores de la quinta, y detenerse horas enteras al borde de un hondo estanque, como si leyese en sus turbias aguas algún consejo terrible.

Veíasele pasar en un momento de las más convulsiva movilidad a la inacción más completa; y había momentos en que la expresión de un semblante y la incoherencia de sus palabras podían persuadir que se hallaba en un verdadero estado de demencia.

Al tercer día su desesperación tomó un carácter más silencioso y constante, y acaso en él se hubiese realizado el desenlace de esta historia si Elvira no hubiese llegado a tiempo de impedirlo.

Buena, aunque cobarde amiga, corrió al lado de la condesa, adivinando el estado en que la encontraría, y, sin embargo, aterrola el aspecto sombrío de su dolor, y concibió temores que hasta entonces no había tenido. Ansiosa de templar su amargura a cualquier precio, noticiola la enfermedad de Luisa que justificaba, en cierto modo, la conducta de Carlos; dando al mismo tiempo seguridades que ella misma no tenía, de la firme resolución de éste de consagrarse todo a su amante, tan pronto pudiese sin escándalo desentenderse de su desgraciada esposa. Elvira fue más lejos: exageró la gravedad de la dolencia de Luisa y aseguró con empeño que daba pocas esperanzas de vida.

No le era posible a Elvira comprender perfectamente el alma de su amiga, jamás se elevaba a la altura de sus sentimientos. Aquella muerte presumible, anunciada como una buena noticia, afectó dolorosamente el magnánimo corazón de la condesa y causó un visible trastorno en sus pensamientos. Acaso era capaz aquella mujer apasionada y violenta de asesinar a su rival en un arrebatamiento de furiosos celos, pero no lo era de calcular las ventajas que podían resultarle de su muerte, ni de fundar sobre su tumba el edificio de sus esperanzas.

Debemos hacer justicia: no existía alma más noble y generosa que la que animaba a aquella mujer culpable.

A la idea de Luisa moribunda, de la esposa inocente y ultrajada expirando junto a un marido criminal, concibió el dolor y los remordimientos de éste. Le hubiera despreciado profundamente si pudiese creerle libre de ellos. Hasta aquel momento la felicidad de su rival había exacerbado su dolor. Entonces, su dolor recayó sobre los padecimientos de su víctima.

Juzgose con rigor a sí misma y condenose. Los extravíos de las nobles almas no han menester de jueces ni verdugos: Ellas mismas se juzgan y se castigan, ¡ay!, acaso con sobrada crueldad.

Pasó el día en honda y silenciosa tristeza. Elvira se esforzaba en vano por hacerla hablar o llorar. Permanecía horas enteras en completa inmovilidad, los ojos clavados en el suelo, su pálida frente nublada como si reflejase un pensamiento lúgubre. A veces levantaba al cielo su mirada y sus labios murmuraban confusas palabras. Expresaban un voto del cual solo Dios podía comprender la grandeza y heroicidad. El voto de no reclinar jamás su cabeza culpable en el casto lecho de la esposa moribunda, de no sucederla nunca en el tálamo nupcial de Carlos, en el tálamo que ella dejaba tan puro y que él había mancillado.

¡Oh! Digan lo que quieran los ignorantes detractores del sexo débil que pretenden conocerle, hay en el corazón de la mujer un instinto sublime de abnegación. En aquella más corrompida por el mundo, en la más extraviada por las pasiones, o desnaturalizada por la educación, existen todavía hermosos sentimientos, instintos generosos que rara vez hallaréis en los hombres.

Pedidles en buena hora a ellos las brillantes acciones inspiradas por la ambición, la gloria y el honor. Pedidles la osadía del valor, la franqueza de la libertad, el noble orgullo de la fortaleza. En muchos, aunque no en todos, encontraréis algo de esto. Pero no pidáis sino a la mujer aquella inmolación oscura, y, por lo tanto, más sublime; aquella heroicidad sin ruido que no tiene por premio ninguna gloria del mundo; aquella generosidad sin límites y aquella ternura inexhausta, que hacen de toda su vida un largo y silencioso sacrificio. No pidáis sino a ella la exquisita sensibilidad que puede ser herida profundamente por cosas que pasan sin dejar huella sobre la vida de los hombres. Sensibilidad de que dimanan sus defectos, que ellos exageran y neciamente propalan, y sus virtudes que desconocen y desfiguran.

Por eso, la mujer es siempre víctima en todas sus asociaciones con el hombre. No lo es solamente por su flaqueza, lo es también por su bondad. Buscadla amante, esposa o madre y siempre la hallaréis sacrificada, ya por la fuerza, ya por su voluntad, siempre la hallaréis generosa y desventurada, ¡ah!, sí, ¡muy desventurada!

Pero no vais a decírselo a esos reyes por la fuerza, que tan decantada protección aparentan darla, no vayáis a decirles: «El sexo a quien llamáis débil y al que por débil habéis cargado de cadenas, pudiera deciros: '¡Sois cobardes!'; si el valor, mejor entendido, solo se midiese por el sufrimiento». No se lo digáis, no, porque después de haberle inhabilitado para los altos destinos que exclusivamente se han apropiado, después de cerrarle todas las sendas de una noble ambición, después de anatemizar cualquier lauro que haya arrancado trabajosa y gloriosamente a su orgullo, todavía serían osados a disputarle el triste privilegio de la desventura, todavía querrían despojar a la víctima de su corona de espinas y persuadirla de que era dichosa.

Al cuarto día una carta de Carlos llegó a la quinta de la condesa. Luisa estaba fuera de su peligro. Catalina respiró como si la descargasen de un enorme peso. Carlos escribía lleno de compasión hacia su esposa, pero lleno también de amor hacia su querida. Conjuraba a ésta a que se tranquilizase, y jurándola morir si le retiraba su amor ponía en sus manos el destino de ambos. Mas al ofrecerse todo a su amante mostrábale la certeza que tenía de que su esposa no sobreviviría a su abandono, y dejaba comprender que tampoco él soportaría largo tiempo una existencia emponzoñada por el atroz remordimiento de haber sido el asesino de Luisa.

La condesa leyó aquella carta por tres veces y pareció después profundamente pensativa. Elvira, respetando su larga meditación, no se atrevía a hablarla para preguntarla su intención, pero observando el semblante de su amiga concibió lisonjeras esperanzas. Parecían disiparse las sombrías nubes que turbaban y obscurecían aquel hermoso semblante, y una expresión de altiva calma sustituía a la honda desesperación que algunas horas antes se pintaba en cada uno de sus rasgos.

—Triunfará —pensaba Elvira—, triunfará de una loca pasión: recobraré a mi amiga. Y acercándose a ella y asiendo una de sus manos:

—Catalina —la dijo—, tu orgullo solamente puede salvar ahora a tu virtud, y veo con placer que ese poderoso defensor no te ha abandonado.

—Sí —respondió ella con una sonrisa que hizo estremecer a Elvira—. Sí, la cólera del destino no sería satisfecha si ese invencible orgullo no existiese. Sí, necesario era en este instante para que el combate fuese más atroz y más difícil el triunfo.

Y trazando rápidamente algunas líneas alargóselas a Elvira que las leyó temblando. Eran éstas:

«¿Es forzosa una víctima? ¡Bien! Yo lo seré, pero basta una sola. Ocúltale por piedad tu crimen y el mío. Que viva feliz en su ignorancia, y si puedes tú vive feliz también en tu perfidia. Procura que jamás sorprenda en tus labios la estampa de mis besos. Yo acepto el destino con que me brindas».

—¿Y cuál es ese vergonzoso destino? —exclamó fuera de sí Elvira—. ¡Catalina!, ¿has reflexionado lo que vas a hacer?, ¿has reflexionado la posición en que quieres colocarte?

—En la que más me humilla —respondió la condesa—, en la que debe arrancar lágrimas de sangre a mi culpable corazón. Pero esta sola pudiera ser expiación de mi delito. Yo que me he complacido en encender en el alma de un hombre una pasión criminal, no soy ciertamente la que tiene el derecho de castigarle por ella. Sea él dichoso, y que su dicha no cueste lágrimas sino a mí sola.

Elvira, despechada, olvidó en aquel momento el respeto que instintivamente tributaba a su amiga, y:

—¡Haces bien! —la dijo con amargura—, ¡haces bien en disfrazar la vergonzosa causa de tu caída! Pero, ¿debía dominarte de ese modo un insensato amor?, ¿debía hacerte perder con la razón todo instinto de pudor, todo sentimiento de orgullo? ¿Debía ser resultado de tu larga meditación la resolución de aceptar cerca de la esposa respetada y querida, el título infamante de dama de su marido? ¿Para qué, pues, te sirve tu talento?, ¿para qué tu decantada superioridad?

—¿Para qué? —respondió con amarga sonrisa la condesa. ¡Para lo que sirven siempre! Para atraer la desventura y alejar la compasión: para poner en espectáculo nuestras faltas y hacer incomprensibles nuestras virtudes.

XXVI

Luisa se hallaba restablecida de su enfermedad. Don Francisco, encantado con revivir sus antiguas amistades y lleno de ambición y de proyectos respecto a su hijo, había resuelto permanecer en la corte, y un lindo cuarto principal en la calle de Alcalá hospedaba ya al buen caballero, a su hijo y a su nuera.

Demostrado tenemos que el señor de Silva no carecía de cierta vanidad, perdonable, sin duda, y no sorprenderemos al lector al decirle que al hallarse nuevamente relacionado en la corte, y en contacto con el círculo aristocrático y político, entrósele súbitamente en el cerebro el pensamiento de proporcionar alguna importancia, según decía, a su único heredero.

Con la misma tenacidad con que en otros días se empeñó en mandarle a Madrid, se decidió entonces a obtener para Carlos, a cualquier precio, algún destino honorífico que hiciese resaltar las ventajas de su ilustre nacimiento, esmerada educación y considerables riquezas: ventajas que creía oscurecidas mientras no ocupase algún puesto en el mundo político.

La carrera diplomática era y había sido siempre su favorita, y todos sus esfuerzos se dirigieron a alcanzar para su hijo el título de secretario de embajada en alguna de las principales cortes extranjeras.

Carlos, sin embargo, no se cuidó en su principio de estas pretensiones. Su corazón se hallaba demasiadamente ocupado con su posición, respecto a las dos mujeres a cuyos destinos se hallaba enlazado el suyo.

La condesa permanecía en su quinta, a la cual iba diariamente Carlos a pasar muchas horas en su compañía. Más apasionado, más afectuoso que nunca, su amor se forzaba por hacer olvidar a Catalina la amargura de su posición, y jamás se apartaba de su lado sin hacerse una dolorosa violencia.

Conocía ella que nunca como entonces había sido amada. Segura estaba de su imperio, afianzado por la generosidad con que sacrificaba su orgullo y el celoso exclusivismo de la pasión, a la ventura de su amante y de su misma rival, pero era, no obstante, muy feliz.

¿Podía aniquilar aquel orgullo que había atrevidamente pisado?, ¿podía olvidar la brillante vida que había renunciado, su reputación perdida para siempre, su libertad encadenada por reprobados vínculos? La pasión en aquella alma fogosa y delicada, ¿tendría el vigor de perseverancia que aleja los momentos de cansancio, en los cuales volvemos la vista a lo pasado y nos asombramos de la extensión del camino que hemos recorrido, y nos decimos con profundo desaliento: «¡No es posible ya el volver atrás!».

Devorada todavía por la pasión, la condesa analizaba ya los dolores que ella le atraía, y sus momentos más dulces eran aquéllos en que el torcedor de los celos la atormentaba bastante para privarla de la facultad de medir su desventura.

Horrible cosa era, sin duda, para aquella mujer tan apasionada y a la par delicada: haber de dividir con otra la posesión de su amante; tocar su mano caliente, aun con el calor de Luisa; respirar su aliento impregnado aún, por decirlo así, del aliento de Luisa. Los hombres no comprenden esta especie de suplico en las mujeres. Se creen con el derecho de ser exclusivamente delicados en este punto, y, por eso, sin duda les vemos tan exigentes, tan celosos de la pureza de sus mujeres, mientras que no escrupulizan de ofrecer a la más inmaculada virgen los restos impuros de una juventud pródigamente dispendiada. Pero, atormentada por los celos, la condesa era siempre generosa, y la vida de aquella rival con quien dividía a su amante era el consuelo de su propia desventura.

No la había visto nunca. La peregrina belleza de Luisa no había podido exaltar sus temores, y acordábase siempre de que había estado moribunda, acaso por encontrar el corazón de su marido sin calor para abrigar su delicada existencia. Sentía compasión hacia la tierna joven que ya no tenía madre, que entraba en el mundo inexperta y tímida, sin armas para defenderse de las perfidias, sin antídoto alguno que oponer a los dolores. La felicidad que Carlos diese a Luisa debía forzosamente causar envidia y dolor a la condesa, y, sin embargo, érale necesario aquel dolor, érale necesaria la felicidad de Luisa.

Carlos le daba mil seguridades de ella. Decíala con frecuencia que la inocencia y la credulidad de su esposa no la permitían concebir la menor sospecha, que, después de las primeras escenas desagradables que habían tenido lugar entre los dos, la buena y demasiado indulgente Luisa se había dejado consolar sin dificultad, prestando entero crédito a las falsas explicaciones que él creyó conveniente darla. Carlos estaba cierto, según decía, de que Luisa era incapaz de celos, y que siendo con ella atento y afectuoso, nada más pedía ni necesitaba. Luisa era, juzgada por su marido, una criatura eminentemente apreciable y sosegada. Forzosamente una mujer dichosa, supuesto que no se quejaba nunca.

Pero, ¡cuánto se engañaba! La callada y, al parecer, tranquila esposa era más infeliz de lo que podía expresarse. No la cegaba ya su inocencia, ni la sostenía su confianza. Una terrible verdad había brillado delante de sus ojos. ¿Qué valí su ignorancia respecto a la infidelidad de su marido? Para ser profundamente desgraciada bastábale la certeza de no ser amada.

Las palabras de Carlos, aquellas palabras que la habían lanzado al borde de la tumba, ¿podrían borrarse jamás de su memoria y de su corazón? Oíalas siempre, oíalas sin cesar: junto a Carlos, lejos de Carlos, despierta, dormida... Aquellas palabras resonaban constantemente en sus oídos e iban a grabar directamente en su alma la amarga certidumbre de que el vínculo eterno que los unía era ya para él una pesada cadena.

No se quejaba, es verdad. Había escuchado con atención y bondad las explicaciones y disculpas de su marido, y, a pesar de toda su inexperiencia, comprendió que se hallaba arrepentido de su imprudente sinceridad y que intentaba repararla. Era todavía bastante bueno y compasivo para desear engañarla, y ella aparentó estarlo.

Era la vez primera que fingía: es también lo primero que enseña el mundo y Luisa entraba en él. Ya se iniciaba, a pesar suyo, en los secretos de sus decepciones y de sus perfidias.

Guardaba, pues, silencio y observaba a su marido. Bien pronto al pesar de conocerse desamada debía seguir la dolorosa sospecha de creerse ofendida.

Carlos estaba con ella cada día menos. Marchábase a caballo todas las tardes después de comer y no volvía hasta muy avanzada la noche, dando siempre frívolos pretextos a sus periódicas y largas ausencias.

Estaba don Francisco tan ocupado de sus proyectos y pretensiones, y tan asediado por sus antiguos amigos, que no fijaba su atención en la conducta de Carlos. Salía por las tardes antes o poco después que éste, y no volvía hasta la hora de acostarse, que era para él fijamente las once. Antes de meterse en la cama iba un momento a la alcoba de Luisa, en la que hallaba algunas veces a Carlos, y como ninguna alteración notase en la tierna confianza con que se trataban, retirábase muy satisfecho de la felicidad de los dos esposos. Verdad es que con más frecuencia encontraba a Luisa, pero al presentarse el buen caballero siempre acudía una dulce sonrisa a disipar las nubes de tristeza que oscurecían el semblante de la pobre abandonada, la que disculpaba la ausencia de su esposo, de manera que dejaba satisfecho al anciano.

—¿Estás contenta? —solía preguntarla al marcharse.

—Sí, padre mío —contestaba ella.

Íbase, entonces, muy complacido don Francisco, y un mar de lágrimas espiaba la generosa mentira de la infeliz niña.

A nadie podía confiar sus penas, a nadie pedir consejo y compasión. Evitaba con extremo cuidado que don Francisco pudiese concebir la menor sospecha, porque temía ver destruida la buena armonía que reinaba entre padre e hijo, hacer sufrir a éste la cólera violenta de aquél, y acaso emponzoñar los últimos días del anciano que se consideraba feliz con la dicha de sus hijos.

Tanto poder tenían en ella estos temores que cuando Carlos volvía demasiado tarde velaba para esperarle y hacerle entrar con sigilo, evitando que don Francisco, sabiendo la desusada hora a que se recogía, exigiese explicaciones que acaso Carlos no podía dar, o que pudieran producir dolorosos efectos.

Pero en medio de tan increíble bondad su descontento crecía por instantes. Sospechaba ya toda la extensión de su desgracia, y los celos fermentaban ocultos en su alma.

Muchas veces en mitad de la noche dejaba su lecho para espiar —por decirlo así—, el sueño de su marido, con la esperanza de oír escaparse de sus labios alguna palabra que disipase o confirmase sus temores. Al despertar, Carlos hallábala todavía junto a su cama.

—¿Tan temprano te has levantado, querida mía?

—Ya lo ves —respondía ella—, como tus ocupaciones me privan de ti muchas horas del día quisiera anticipar aquéllas en que puedo verte y oírte.

Si entonces Carlos la dirigía una tierna mirada, si articulaba una palabra afectuosa, retirábase para ocultar el exceso de su emoción, y se decía con alegría:

—¿Acaso volverá a amarme, acaso no se ha mudado completamente su corazón?, ¿no tiene todavía aquella mirada que me hacía feliz, aquel mismo acento que siempre llega a mi alma?

Cuando hemos sido amados con verdad y hemos tenido fe en el sentimiento que inspiramos, nunca prevemos la posibilidad que deje de existir. El momento llega, sin embargo, súbito, inesperado. El corazón fascinado no ha comprendido los síntomas precursores de su llegada, y muchas veces dudamos todavía, aun después de tocar la terrible verdad. El corazón parece asirse con mayor tenacidad a la ilusión que se le escapa. Así, Luisa, en presencia de aquél que tan venturosa la había hecho y podía hacerla aún, creía imposible la duración de su desventura.

Pero cuando dejaba de verle, cuando contaba en la soledad de su cuarto horas interminables de ansiedad, cuando volvía los ojos en torno suyo sin encontrar un seno amigo donde reclinar su cabeza atormentada, entonces faltábala resistencia y saliendo de su habitual mansedumbre osaba quejarse al cielo.

—¡Dios mío!, ¡Dios mío! —exclamaba—. No es justo que una pobre mujer sea oprimida por tanta desventura.

Mientras tanto, pasaban días y días, y ninguna mudanza se operaba favorable a Luisa, por el contrario, su situación era cada vez más desgraciada.

Un día, a la hora en que se acostumbraban a comer, Carlos, que se paseaba por la sala, entró de pronto en el gabinete en que ella se hallaba sumida en triste cavilación:

—¡Y qué! —la dijo con mal disimulada impaciencia—. ¿No comemos hoy?

—Nuestro padre —respondió Luisa— no ha salido todavía de su aposento.

—¿Y qué hace?, ¿en qué se ocupa? —repuso Carlos con enfado—. ¿Qué significa que a las cinco de la tarde aún no hayamos despachado?

—No lo sé —dijo ella con dulzura.

La impaciencia de Carlos era tan fácil de comprender como la morosidad de don Francisco. El uno anhelaba volar junto a su amada y el otro, que en aquella mañana había visto fallida su esperanza de obtener para su hijo un brillante destino, era presa de un negrísimo humor que le hacía olvidar hasta la necesidad de comer.

Carlos continuó paseándose, pero como pasaban los minutos unos tras otro sin que su padre saliese del aposento en que ocultaba su despecho, el enfadado joven se hacía más y más visible.

—¡No comeremos hoy! —volvió a decir a su mujer.

—No lo sé —respondió segunda vez ella reprimiendo una lágrima.

—¡Esto es insufrible! —exclamó Carlos—. Tengo precisión de salir, precisión absoluta, y mi padre se enojaría si me marchase antes de acompañarle a la mesa. ¿No es verdad, Luisa?

—No lo sé —tornó a decir ella.

Y Carlos, enojado con el laconismo de sus respuestas, le volvió la espalda con precipitación. Su reloj, que miraba por momentos, señalaba ya las seis y no pudo sufrir más. Pensó en la impaciencia, en la inquietud que su tardanza causaría a la condesa, y volviendo a donde estaba su mujer con una cara en que se pintaba su anhelo por dejarla:

—Luisa —la dijo—, hazme el favor de entrar en el aposento de mi padre y advertirle la hora que es.

Obedeció Luisa y volvió a decir a su marido que ambos debían comer solos, pues don Francisco se sentía un poco indispuesto y no quería asistir a la mesa.

Carlos entró corriendo a ver a su padre, pero enterado de la poca importancia de su indisposición volvió a salir prontamente y dijo a su esposa, que le esperaba para sentarse a la mesa.

—Comes hoy sola, querida mía, pues, como ya te he dicho, tengo absoluta precisión de salir ahora mismo.

Luisa bajó los ojos, y por más esfuerzos que hizo para reprimir su dolor, estalló en un mar de lágrimas.

Carlos, que iba a salir, se detuvo oyendo sus ahogados sollozos:

—¡Luisa!, ¿qué tienes? —la preguntó.

—Nada —contestó la niña; el llanto embargaba su voz.

—¿Qué significa esto, Luisa?

Un repentino impulso de indignación prestó valor a Luisa, que contestó con profunda amargura:

—¡Qué soy muy desgraciada!

Admirado y conmovido Carlos se quedó parado, y sin hallar palabras para pedir a su esposa más clara explicación. Luisa continuaba llorando y él se sentía impulsado a permanecer junto a ella, a consolarla, a mentir si era preciso para devolverla la tranquilidad; pero el momento no era oportuno, la condesa esperaba y los minutos volaban.

Tomó la mano a su esposa rogándola con mal ordenadas frases que se calmase, y ofreciéndola volver temprano se marchó precipitadamente.

El dolor ahogaba a Luisa. Aquella conducta de su marido le pareció bárbara y humillante. No solo no la amaba sino que tampoco trataba ya de engañarla. Carlos la desentendía, despreciaba su dolor, hollaba toda clase de consideraciones y daba al olvido sus deberes.

Estos pensamientos la volvían loca, pues experimentaba impulsos nuevos y extraños a su naturaleza, impulsos de odio y de venganza, que en casos iguales han perdido a muchas mujeres, que no hubieran jamás sido culpables si hubiesen podido ser insensibles al ultraje.

Agitábase aquel tierno corazón con movimientos desordenados, y exclamaba con dolor y cólera:

—¿Quién es, quiero saberlo, quién es la mujer que usurpa su cariño, que le ve, que le escucha, mientras que yo, pobre abandonada, me adorno inútilmente en la soledad con el vano título de su esposa? ¡Pérfido!, ¿por qué ha jurado amarme eternamente?, ¿por qué engañarme así?, ¡y a Dios!... ¡Sí, también a Dios a engañado el infiel! ¡Oh, madre mía, madre mía!, ¡cuán amargos hubieran sido tus últimos momentos si hubieses previsto la suerte que aguardaba a tu hija!

Lloraba amargamente y sucumbía en algunos momentos a la fatiga que causaba en su delicada organización la continuidad de su pesar, pues aquella situación no era de un día, todos eran acompañados del mismo malestar, y con haber dejado conocer a su marido que padecía, solo había conseguido hacerle más culpable a sus ojos.

En efecto, Carlos no se hacía ya ilusión, sabía que su esposa era infeliz, y este descubrimiento le era tanto más doloroso cuando que se veía imposibilitado de devolverle la dicha que le había robado su nueva pasión. Su posición era más difícil con respecto a Luisa, y su conducta, por consiguiente, menos natural. Cuando la creía ignorante de su falta, aún hallaba un placer en su compañía, pero desde que en su presencia solo podía encontrarse como un reo delante de su juez, o como un verdugo delante de su víctima, evitaba cuanto le era posible el encontrarla sola.

Conociendo que no podía satisfacer al corazón de su esposa, que no trataba ya de disimular su descontento, observaba con mayor cuidado todas las exterioridades, desvelado por no darla ningún motivo aparente de disgusto. Cuando no podía evitar encontrarse a solas con ella, hallábase confuso, embarazado, y, por consiguiente, frío; pero en público redoblaba sus atenciones y cariño, y puede asegurarse que jamás marido infiel ha sabido honrar tanto a la esposa que ultrajaba.

Pero, ¿qué valían todas aquellas aparentes consideraciones para una criatura que con poca vanidad tenía un excesivo amor a su marido? Más tierna que orgullosa Luisa hubiera trocado por una mirada de ternura todos aquellos respetos que parecían destinados a encubrir su desventura.

Crecía ésta con su duración. La pobre joven iba perdiendo de día en día la esperanza de una mutación feliz. Y no la agobiaba únicamente el dolor de verse desamada, que también era para su religioso corazón un pesar profundo, la idea de que su marido era culpable a los ojos de Dios. Persuadida ya de que una nueva pasión era la causa de su indiferencia hacia ella, estremecíase al considerar la enormidad de aquel pecado, y en aquellos momentos.

—¡Dios mío! —decía con fervorosa piedad—. No es mi felicidad sino su salvación la que os pido. Que jamás, si es preciso, vuelva a pertenecerme su corazón, pero que sea vuestro solamente. Yo cubriré mi frente de ceniza y me arrastraré por el polvo para expiar su pecado. ¡Perdonadle, Señor!, y volved al redil esa oveja extraviada.

Pero Dios parecía sordo a la angélica súplica. La oveja no volvía al redil, y la celestial resignación de Luisa la abandonaba con frecuencia.

—¡No es un capricho! —decía—, ¡no es un pasajero extravío!, ¡le he perdido para siempre!, ¡ha olvidado a Dios en cuya presencia juró amarme toda su vida! ¿Cómo es posible este exceso de perversidad? ¿Cómo es esto posible, Dios mío? —repetía la inocente con profundo dolor—. ¿Cómo faltar así a un juramento sancionado por vos?

En la primera época de la juventud, y aun más tarde, los corazones tiernos descansan con entera confianza en la solemnidad de un juramento, y no conciben la posibilidad de quebrantarlo sin perder la estimación que inspira el objeto amado.

Así es que una mujer exige de su amante la promesa de un amor eterno, y un amante pide a su querida igual seguridad, como si de ésta dependiese la duración del sentimiento, y como si debiese respetarla.

Tanto valdría pedir el juramento de que en el día de mañana gozaremos la misma salud de hoy, o que tendremos la misma juventud a los cuarenta que a los veinte años. Tal es, sin embargo, la ceguedad del amor que la persona que confesaría absurdo el juramento de no tener nunca arrugas ni canas, ni padecer de dolores de estómago, jaquecas o ataques de nervios, confía en el que una boca amada pronuncia, obligándose a hacer que el corazón no experimente nunca las influencias irresistibles del tiempo y los aconteci-mientos.

Nada es más común que oír en boca de la persona desamada la terrible interpelación: ¿qué se han hecho tus juramentos?; ¿Por qué antes no se pregunta a la naturaleza?, ¿qué se han hecho las hojas y las flores de que vestían los árboles cuando el viento invernal las arrebata?, ¿qué se hace, en fin, la vida del hombre cuando deja de animar su cuerpo?

—Ella, la naturaleza —respondería—. ¡Todo cambia, todo pasa! Ésta es mi ley, la ley inmutable, ¡la ley eterna!

XXVII

La vida de Luisa era bien amarga: no salía casi nunca, ni hallaba en la soledad ningún género de consuelo. En uno de sus más tristes días fue Elvira a visitarla y quedó asombrada de la alteración que había sufrido su hermosura. Quiso ser discreta y no darse por entendida de los sufrimientos que revelaba el abatido semblante de la joven esposa, pero eran tan claras las muestras de dolor que en la conversación daba a Luisa, sin advertirlo, que Elvira se sintió enternecida.

La pobre niña no podía sostener la más insignificante conversación: hacía preguntas extravagantes sin escuchar la respuesta, y contestaba a las de Elvira con tal desconcierto que ésta no podía comprenderla. A veces deteníase en mitad de una frase y sin acertar a concluirla principiaba otra que dejaba tan truncada como la primera.

Elvira la miraba con sorpresa y lástima. Preguntola por Carlos y a éste solo nombre vio estremecer a la pobre niña.

—¿No va a su casa de usted? —dijo con ansiedad—. ¿No la visita a usted con frecuencia? Yo creía que pasaba con usted todas las tardes.

—No, ciertamente —respondió Elvira bajando los ojos, porque no ignoraba con quién pasaba las tardes el marido de Luisa.

Luego, deseando dar otro giro a la conversación, preguntó a su prima por qué vivía tan retraída de toda sociedad, y la invitó a proporcionase algunas distracciones.

—¡Cómo estoy tan sola! —dijo con profunda tristeza Luisa—. ¡Siempre sola! No tengo en esta corte ninguna amiga.

—Yo creía —repuso Elvira—, que usted me honraría con este título.

—Es verdad —dijo Luisa con distracción—, es verdad que usted debe quererme un poco..., ¡compadecerme! usted es la única persona que en Madrid me está allegada por vínculos de parentesco.

Y recordando de pronto y por primera vez que existía otra señora que estaba en igual caso, añadió con la mayor sencillez:

También la viuda del conde de S.*** es mi parienta, pero no la conozco, no me ha visitado.

La turbación de Elvira al oír estas palabras fue tan notable que no pudo menos que fijar la atención de Luisa. Fingiose distraída con el paisaje de su abanico, pero como Luisa la miraba con alguna sorpresa, se esforzó para decir algo y dijo con tono de indiferencia:

—Si la condesa no ha visitado a usted no será ciertamente ni por olvido ni por desprecio del vínculo que las une, sino porque se halla fuera de Madrid, en su casa de campo hace cinco meses.

—No ha sido mi intención —contestó Luisa— quejarme de la condesa.

Y estas pocas palabras dichas con la más perfecta simplicidad alarmaron a Elvira, que con más bondad que discernimiento se apresuró a decir:

—No tiene usted tampoco motivos de queja. La condesa tiene enemigos que la calumnian y no debe usted dar crédito a nada de cuanto digan.

—Ningún enemigo suyo conozco —repuso Luisa con la misma sencillez de antes—. Nadie me ha hablado de la condesa, cuya visita no he deseado, pero hubiera agradecido. Y participando, a pesar de su angélica bondad, de las prevenciones de su madre, añadió:

—Y no debo a la verdad extrañar su falta, porque nunca han existido relaciones amistosas entre esa extranjera y mi familia.

Elvira hallaba en cada una de las palabras de Luisa un indicio vehemente de que no ignoraba el amor de Carlos a la condesa, y con aquella ligereza que tan a menudo la hacía cometer con las mejores intenciones las peores imprudencias, se propuso justificar en lo posible a su amiga.

—Veo —dijo—, que han influido en usted las lenguas maldicientes que se empeñan en hacer daño a Catalina de S.*** y como me honro con su amistad creo un deber mío desmentir calumnias que alteran la felicidad de usted y agravian a mi amiga.

Luisa la miró fijamente. Aquellas indiscretas palabras hacían nacer en ella sospechas que hasta entonces no habían pasado ni remotamente por su pensamiento, pues ni de la existencia de la condesa se había acordado hasta aquel momento. La fijeza de su mirada desconcertó a Elvira que continuó pronunciando palabras incoherentes:

—La envidia, la malignidad, Carlos sabe que siempre han calumniado a la condesa. ¡Su amistad por ella es tan desinteresada y tan pura! No debe usted creer hablillas y chismes.

Después de este truncado discurso calló Elvira, evidentemente embarazada con su posición, y Luisa calló también.

La visita no fue larga. Elvira se despidió sin volver a mencionar a la condesa, y Luisa permaneció profundamente pensativa hasta que llegó su marido.

Carlos parecía aquel día más triste que nunca. Luisa, por el contrario, le recibió con un rostro más risueño de lo que el suyo lo estaba hacía bastante tiempo.

Mientras llegaba la hora de comer, quiso dar conversación a su marido, bien que esta antigua costumbre hubiese estado interrumpida en aquellos últimos meses, y entre otras cosas dijo a Carlos que tenía en Elvira una apasionada amiga.

Carlos hizo mil elogios de aquella dama, y de otras varias que sucesivamente y con aparente sencillez fue nombrando Luisa, la cual le dijo por último:

—De quien nunca me has hablado es la condesa de S.***, y, según he oído, también te profesa una grande amistad.

Carlos lanzó sobre ella una mirada de águila que parecía querer penetrar hasta su alma, y como Luisa acertase a sostener su papel de simplicidad, él se puso en pie y la dijo con atrevimiento:

—Esa grande amistad es una concesión gratuita que me dispensa el público. La condesa de S.***, no es tan amiga mía como suponen. Pero, ¿quién te ha hablado de ella, querida Luisa?

—Nadie más que Elvira —contestó la joven.

Carlos, a quien esta declaración aumentaba la osadía, añadió:

—Tengo con ella mucha más intimidad que con la condesa. Y bien, ¿qué te ha dicho Elvira de su amiga?

—Que es muy hermosa —dijo Luisa atreviéndose a mirar fijamente a su marido.

—¡Muy hermosa!... No, no tanto. Es una figura mediana —respondió él aparentando indiferencia.

—Y aun antes de venir a Madrid —añadió Luisa—, me acuerdo de haber oído celebrarla como mujer de gran talento.

—Sí..., así se dice —tartamudeó Carlos, sin saber que postura tomar—, pero se exagera. ¡Y qué!, ¿no comeremos hoy, querida mía? Son las cinco.

Luisa se levantó y con el pretexto de ir a dar disposiciones para la comida se retiró a llorar. ¡Todo lo sabía ya! Su rival era la condesa de S.*** ¡y era hermosa!, ¡y tenía gran talento!

Aquella conversación que daba tanta luz a las sospechas que Elvira había inspirado a Luisa, prestó a Carlos alguna tranquilidad.

Muchas veces en aquella última época había creído a su mujer perfectamente instruida en todo lo relativo a su falta; y como no pudiese sospechar a la sencilla niña capaz de astucia, como ignoraba la rapidez con que el mundo y la desventura enseñan a las mujeres este arte que algunas veces las sirve de escudo y muchas veces más de puñal, dedujo de cuanto había oído a la desgraciada niña que se hallaba en completa ignorancia respecto a la cómplice de su crimen, y volvió a creer posible él tranquilizarla, mintiendo excusas a la conducta extraña que no podía menos que notar él.

Su error fue corto, por desgracia. Aquel mismo día estaba señalado por el destino para descubrirle toda la extensión de su falta y de la desventura de su esposa.

Luisa, sucumbiendo a los dolores de su corazón en aquella mañana, tuvo por la noche una fiebre violenta. Cuando volvió Carlos de la quinta de la condesa, hallola delirando. Por fortuna, don Francisco, que ignoraba la indisposición de su nuera, no se encontraba junto a ella, pues de lo contrario todo lo hubiera sabido aquella noche.

Luisa, en su desvarío, nombraba a la condesa y a Carlos, hablaba de perfidias y de infidelidades, y a veces invocaba a la muerte exclamando:

—¡Él la desea acaso para mí! ¡Es el único medio de recobrar su libertad perdida!

Carlos, traspasado de dolor, la pedía en vano de rodillas que se tranquilizase. Luisa le miraba sin conocerle al pronto, y cuando por fin le reconocía:

—¡Ven! —exclamaba—. ¡No me abandones sin compasión! Yo estudiaré los medios de agradarte y adivinaré tus deseos, lo más fantásticos! ¿Necesitas talentos en la mujer a quien ames? Por ti y para ti los adquiriré yo. Quiero poseer como ella todos los encantos, quiero que al verme digan todos: «Es la primera mujer del mundo, porque es la esposa de Carlos».

La fiebre la prestaba una elocuencia que jamás podía alcanzar en su natural estado. Estaba hermosa, patética, sublime en su delirio.

Carlos, apretándola en sus brazos, pensaba morir de dolor, y hubo momentos en aquella terrible noche que tres meses antes hubiera bastado para decidir la cuestión del destino de las dos mujeres, entre las que se veía colocado. Momentos en los cuales no hubiera sido escuchada la voz del amor del amor que le hablaba en favor de Catalina, ni hubiera podido el recuerdo de sus sacrificios libertarla de ser inmolada en las sagradas aras del deber, junto al lecho de dolor de la casta esposa.

Pero ya no era posible: Catalina era ya únicamente una seductora amante, una sublime amiga. La naturaleza, revistiéndola de augusto carácter, de un indisputable derecho, la ligaba Carlos con el más dulce y más santo de los vínculos. Delante de él eran débiles todos aquellos creados por los hombres, y el nuevo deber y el nuevo sentimiento que llenaban el corazón de Carlos, eran más poderosos que todos los impulsos de ternura y de piedad que podía excitar la situación de Luisa.

Sufría horriblemente, pero ninguna resolución podía tomar que le sacase de aquel insoportable estado de agonía. Con ninguna promesa podía consolar el corazón de luisa que veía destrozado.

Entre las dos mujeres a quienes hacía igualmente desgraciadas, y de las cuales la una tenía el derecho sagrado de su esposa, y la otra un derecho no menos respetable, animado de la más viva ternura por la una, de la más violenta pasión por la otra, y de la más profunda piedad hacia las dos, desesperábase de no poder conciliar la felicidad de ambas y no se hallaba con valor de sacrificar a ninguna.

Lamentable era aquella posición, y sin duda de los tres personajes de esta historia, no era Carlos, por entonces, el menos infeliz.

Aquella noche fue para él verdaderamente terrible, pero aquella noche pasó como otra cualquiera. Luisa, calmada de la fiebre que habían producido las agitaciones de aquel día en que descubrió quién era su rival, volvió a su estado habitual de silenciosa tristeza. Y Carlos, que la veía resignada aunque infeliz, y que imaginaba que su presencia debía ser dolorosa para aquella mujer tan ofendida y tan callada, buscaba en su imaginación un medio decoroso para sacarla de tan violenta situación, que era para él mismo insufrible.

Todo lo sabía ya Luisa, no podía ya intentar engañarla, y no pudiendo tampoco satisfacerla realmente el partido único que le quedaba era dar reposo a su corazón, alejando de su vista al ingrato que la ultrajaba. Así pensaba Carlos, solo su ausencia le parecía un consuelo para Luisa, después que le era conocida toda su desgracia. Aquella ausencia necesaria ya, acaso la proporcionaría tranquilidad y olvido. Era una barbarie abusar de su prudencia, poniendo siempre delante de sus ojos a su ofensor. Era, también, una insufrible humillación para Carlos hallarse todo el día confuso y trémulo en presencia de aquella víctima callada, que nada exigía, que de nada se quejaba, y que, sin embargo, le acusaba con su silencio y le humillaba con su resignación.

Entonces se acordó de las pretensiones de su padre, y pensó mucho en ellas como un recurso plausible para salir de aquella posición de la cual era preciso librarse a toda costa. Obteniendo el destino de secretario de embajada en cualquiera nación extranjera, podía separarse de su mujer sin llamar la atención de nadie, y con un pretexto satisfactorio que ella misma aprobaría.

La salud de Luisa parecía decaída. Algunos facultativos opinaban que la convendría volverse a Andalucía, y de todos modos Carlos se proponía declarar que un viaje más largo le sería perjudicial, y que un clima más frío no le era en manera alguna conveniente. Contaba con la docilidad de Luisa y con el deseo que ella misma debía tener de facilitar aquella indispensable separación, y contaba también con el influjo de la condesa para obtener el destino que pretendía.

En efecto, Catalina que era libre y podía seguirle a cualquier parte debía regocijarse con aquella determinación de su amante. Los médicos podían ordenarla unos baños que justificasen su salida de Madrid, caso que ella quisiese disfrazar la verdad, y en el estado en que se hallaba nada podía convenirle tanto como una vida oscura en un país extranjero, cerca del hombre a quien amaba y al cual iba a poseer por fin exclusivamente.

La felicidad que tanto había anhelado algunos meses antes y por la cual estaba dispuesta a sacrificar su posición, su nombre, su porvenir, aquella felicidad que había sido el sueño de su amor, estaba ya en su mano, y para obtenerla no era preciso un escándalo, ni hacer su amante el sacrificio de su destino, ni herir de muerte a un padre y a una esposa. Catalina debía considerarse tan dichosa cuanto era posible serlo en la posición en que se había colocado, ¡pero no sucedía así!

El mismo sentimiento nuevo y poderoso que prestaba energía al corazón de Carlos, había quebrantado el corazón de su amiga. En aquella alma poderosa aquel sentimiento en aquella posición era una cosa terrible.

Un gran trastorno, un trastorno doloroso se había apoderado en aquella mujer: solo entonces comprendió toda la extensión de su falta y el horror de su destino.

¿Qué felicidad podía existir para ella? ¿El amor? ¡No! No era el amor ya la pasión dominante en su corazón de fuego. El amor, ¡ah!, ¡a él debía aquella inmensurable desventura de hallar en el más dulce de los sentimientos el más humillante de los dolores!

Catalina hubiera sido fuerte para su infortunio, pero entonces otro destino y no el suyo la ocupaba: una vida cien veces más preciosa que la suya estaba en las garras de la desventura y del oprobio. Aquella misma opinión que un mundo que despreciaba, cuando su fallo solo en ella podía recaer, se revestía de una autoridad terrible cuando le consideraba levantado contra una adorada víctima.

No seremos nosotros los que explotemos aquella alma para pintar con detalles sus secretos dolores, nos basta bosquejarlos. ¡Mujeres que sois madres! A vosotras dejamos el cuidado de terminar con este cuadro. Vuestro corazón os dirá más que cuanto la imaginación nos revela.

XXVIII

Lucían entonces los últimos días de otoño. Los árboles comenzaban a despojarse de sus vistosos follajes, las hojas amarillentas alfombraban la tierra y las aves viajeras, levantando su vuelo, iban a buscar en las costas africanas el calor que bien presto robaría el invierno al hermoso Sol de Castilla.

Desprendíanse los punzadores vientos de la nevada cima del Guadarrama, y sus hálitos penetrantes eran ya sensibles en Madrid, donde todo comenzaba a tomar la actividad que la naturaleza deponía. Formábanse tertulias; los teatros solitarios recobraban su esplendor y se trasladaban a la población de la vida y la alegría que se ausentaban de los campos.

Sin embargo, aún había en el aspecto de la naturaleza aquella melancólica hermosura más grata a los corazones heridos o cansados que la pompa risueña de la primavera. Bellos son los últimos días del buen tiempo, bellos y tristes como los últimos afectos de un corazón que ha sido poderoso. A mí me agrada contemplar un Sol pálido y como fatigado. Entonces no me parece un impasible testigo de las miserias humanas; entonces es un amigo, que sujeto al dolor como nosotros, se despide desfalleciendo de la naturaleza a quien ama. Me agrada contemplar a aquella misma naturaleza algunos días antes exuberante de vida, de juventud y de flores, como una virgen de quince años; y, entonces, mustia y marchita, preparando sus vestidos de luto, como la desvalida viuda que llora perdidos sus terrestres amores. Me agradan los primeros sonidos del viento que suceden a los dulces murmullos de las auras: los unos eran como suspiros tiernos de un primer cariño, suspiros de deseos y esperanzas; los otros son como los gemidos de un misterioso dolor, cuando los deseos se fatigan y las esperanzas se anublan.

Me agradan, sí, me agradan más que las imágenes halagüeñas de la juventud y la alegría, aquellos emblemas melancólicos de la declinación de la vida.

¡Rápido y tibio Sol del mes de octubre! Nunca fatigó tu luz a los ojos cansaos de verter lágrimas, y muchas veces supiste alumbrar la oscuridad profunda de un alma devastada y hacer brotar en ella, a manera de aquellas flores pálidas y de imperceptible perfume con que sueles regalar la tierra, dulces y tristes recuerdos de una dicha pasada.

La condesa amaba también aquellos días nublados como su corazón, aquella naturaleza marchita como su juventud. También había pasado sobre ella el ardiente estío de las pasiones y habían caído muchas flores secas del árbol de su esperanza.

Habíala abandonado la coquetería que la hacía tan amable. Sus negros cabellos caían con frecuencia desordenados sobre su enflaquecida espalda, y la palidez extrema de su tez era realzada por el color oscuro de su vestido. Apenas podía conocerse que había sido hermosa. La belleza, como la alegría, pasan sin dejar huellas, solo el dolor tiene el privilegio de grabar en el rostro humano aquellos surcos profundos que no alcanza a borrar la misma muerte.

En las noches más frías veíasela vagar por el campo sola y silenciosa, como un fantasma evocado por la desesperación. Sus pisadas apenas hacían gemir las hojas secas que alfombraban el suelo. Mas en medio del general silencio, parábase muchas veces para escuchar atentamente, como si quisiese comprender misteriosas palabras. Era su corazón únicamente quien la hablaba, y ¿quién será osado a traducir al lenguaje convencional de los hombres las voces íntimas de un corazón que padece?, ¿quién será digno intérprete de los oráculos de un dolor?

¡Pobre Catalina!, ¡pobre alma siempre engañada!, ¡pobre alma que diez meses antes lloraba al sentirse vacía y que ahora se fatiga por demasiado llena!

¿Por qué tienen tan hipócrita sed de ventura los seres que arrastran consigo la impotencia de gozarla?, ¿por qué mata la calma a aquéllos que naufragan en todas las tempestades?, ¿qué incomprensible contradicción es la que se observa en ciertas organizaciones humanas, que en la inacción se agitan ansiosas de movimiento, y en el movimiento se fatigan y quebrantan?

¿Cuál es el elemento de esas almas débiles a la vez y poderosas? ¿Cuál es su destino? ¿Vinieron solamente a la tierra para dar testimonio de otra existencia que recuerdan, que ansían, y que revelan a las almas comunes en esa misma impotencia que tienen de comprender ni gozar la presente? Si así fuese, ¿quién se atrevería a pedirle cuenta de sus extravíos?

Nada distraía a la condesa: la música, la pintura, todas las artes que cultivaba en esos días de esplendor e indiferencia, eran nulas para su vida de amor y de penalidades. Si a veces se ensayaba a cantar su voz se desentonaba, y hondos gemidos brotaban sin armonía de su corazón. Su pincel vagaba sobre el lienzo sin acertar a dar forma a ninguna idea.

En sus más amargos días de fastidio y melancolía, habíanla distraído los libros, pero ninguno existía ya que pudiese agradarla. La poesía, aun aquella más triste, no hallaba simpatías en su alma; porque el dolor poetizado, expresado en versos, engalanado de imágenes, es un dolor que solo conmueve a los corazones que no le han sentido todavía en su desnuda y áspera realidad. Es el dolor que habla a los corazones melancólicos, pero no a los corazones llagados.

Las novelas la eran aún más enojosas. Aquéllas que la presentaban alguna semejanza con su suerte, la afligían sin alcanzar a interesarla. Es doloroso ver un pálido bosquejo de aquellos dolores que sentimos, y si la pintura acertase a ser exacta, el cuadro nos horrorizaría más bien que enternecernos. El infeliz cuyo rostro presenta el lastimoso sello de una cruel enfermedad, no iría ciertamente a mirar reproducidas en un espejo sus llagadas facciones.

Una de las mayores desventuras del dolor verdadero y profundo es el no poder ser aumentado. El espectáculo más triste no tiene el poder de interesarle. La propia desgracia, cuando es inmensa, nos hace insensibles a la desgracia ajena. El que ha padecido compadece, el que padece necesita para sí mismo todos los tesoros de su alma.

Hay, por eso, en el dolor una especie terrible de egoísmo. Las más nobles almas no pueden libertarse de un impulso de crueldad en los momentos en que se sienten atormentadas. Un gran dolor tiene necesidad de derramarse, de extenderse a cuanto le rodea, de ver sufrir a la naturaleza entera. Un dolor único, exclusivo, sería el más insufrible de los dolores.

¡Pobre Catalina! En otros tiempos repartía beneficios en torno suyo, y las penas aliviadas por su mano exhalaban un perfume que embalsamaba las suyas. Ahora hace el bien sin participarle: la miseria que alivia es mucho menos amarga que su inútil opulencia. Envidia al mendigo que se arrastra a sus umbrales y le arroja, sin compadecerle, el oro que para él puede tanto y para ella no puede nada.

Cartas de Elvira la llegan con frecuencia: cartas crueles. No obstante, la bondad del corazón que las dicta. En ellas se trasluce siempre la censura de un mundo que un alma fuerte puede despreciar cuando es injusta, pero que siempre lástima si no nos sostiene una conciencia tranquila.

En vano el orgullo se levantará como el ángel réprobo, para proclamar su fortaleza, y alejar la negra sombra del arrepentimiento; en vano se verá pisado sin confesarse vencido. El orgullo puede cubrir de una máscara embustera las humillaciones del corazón, pero no puede engañar al corazón mismo.

¡Pobre Catalina, que en su desventura no alcanza los consuelos de una religión divina, largo tiempo desdeñada por su soberbia y hoy implorada en vano por una fe vacilante! La mano que la hiere no la encuentra todavía bastante humilde para juzgarla digna de ser consolada. Y, sin embargo, aquella razón incrédula que se hace supersticiosa y sobrecogida de pánicos terrores piensa descubrir en mil naturales acontecimientos, en mil insignificantes casualidades la amenaza de un Dios que la juzga y la condena.

Una nube que cubre a la Luna en el momento que la mira; un pájaro negro que pasa cerniéndose sobre su cabeza; un retrato suyo de cuando era niña y pura, manchado y casi borrado por una casualidad; una pesadilla en que se sueña cayendo de abismo en abismo sin llegar jamás al fondo; un libro místico abierto al acaso de un pasaje que pinta la desesperación de los réprobos, aquella desesperación sobre la cual pasa la eternidad sin cansarla ni envejecerla: ¡Pensamiento el más terrible que pudo concebir el entendimiento humano! Todo le parece profético, todo la intima.

Tal era la suerte de aquella mujer contra la cual lanzaba el mundo su anatema, y a la que Luisa en su tristeza llamó muchas veces su triunfante enemiga, su rival feliz.

¡Hay compasión en nosotros para el asesino, para el bandido a quien conducen al último suplicio! ¡Y no la hay para los reos de aquellas faltas que produce el sentimiento, y cuya secreta expiación es tan larga y dolorosa!

Todos nos hallamos dispuestos a arrojar la primera piedra al desgraciado mortal que vemos caído, todos queremos castigar aquellas culpas que en el código de nuestras leyes no tienen señalada una pena, porque solo Dios debe imponerla juzgándolas en el tribunal de su justicia. Pero nosotros le usurpamos en particular ese derecho que, en general, le hemos concedido; nosotros individualmente nos constituimos jueces y nos convertimos en verdugos, y nos llamamos rectos y virtuosos cuando somos inflexibles para la piedad y mudos para el perdón.

XXIX

Carlos fue nombrado secretario de la embajada de España en Inglaterra y debía ir sin dilación a ocupar su destino. Don Francisco había pensado en acompañarle con Luisa, pero Carlos logró hacerle mudar de intención, guardándose bien de oponerle una manifiesta resistencia. Persuadiole de que el clima de Inglaterra sería muy perjudicial a su esposa, en el estado delicado en que su salud se encontraba, que sus intereses recibirían muchos y grandes perjuicios de la ausencia de don Francisco, y lo único que hacía vacilar aún al buen anciano y no ceder enteramente a los deseos de su hijo, era el temor de causar un mortal disgusto a su nuera con esta segunda y larga separación.

Sin embargo, preparábase Carlos para su partida sin que hubiese en estos preparativos la menor apariencia de que le acompañase su mujer, y ella que hasta entonces había callado se decidió, por fin, a conocer su suerte.

Entró una mañana en el aposento de don Francisco, donde también entraba Carlos, y procurando conservar serenidad preguntó terminantemente si no debía ella ir con su esposo.

Don Francisco, embarazado a esta pregunta, contestó tartamudeando:

—Eso lo decidiréis vosotros. Yo no volveré a separaros, ni creo que convenga al uno ni a la otra.

—En ese caso —dijo Luisa con resolución—, nada me impide acompañar a mi marido. Ése es mi deber y mi voluntad.

Carlos un poco conmovido se apresuró a contestar:

—Tu salud es delicada, querida mía, y no debes por ahora pensar en exponerte a las fatigas de un viaje y al rigor de un clima septentrional. Irás con mi padre a pasar el invierno a Sevilla, y luego, más tarde, pensarás en reunirte conmigo.

—Mi salud —repuso Luisa— mejorará mucho cuando respire otra atmósfera que no sea ésta. En cualquier país del mundo estaré mejor contigo que puedo estarlo en Sevilla sin ti.

—Tiene razón —dijo don Francisco—, yo opino que todo su mal más grave será tu ausencia.

Carlos bajó los ojos y con visible desconcierto y disgusto dijo que sería una locura permitir que una mujer delicada emprendiese un viaje a la entrada del invierno a un país frío.

—Concedo cuanto quieras —repuso el anciano—, pero sería peor si se quedase, porque esta pobre niña no vive cuando no te ve. Yo no cargaré con la responsabilidad de su dolor. Si ella absolutamente se empeña en acompañarte, irá.

—Si ella absolutamente se empeña —dijo Carlos con impetuosidad, ira—, sin duda podrá ir, pero tampoco yo acepto la responsabilidad de ningún mal de los que pueda acarrear esta resolución.

Luisa le miró fija y atentamente, y comprendiendo que su marido anhelaba alejarse de ella, bajó luego los ojos preñados de lágrimas, y dijo con triste resignación:

—¡No iré, Carlos, no iré!

Carlos la tomó una mano y se la apretó con ternura. Aquella demostración de gratitud indignó a Luisa. ¡Se atrevía a darle las gracias de que consintiese en su desventura, en su abandono!

Levantose y salió precipitadamente. Encerrada en su aposento se entregó a un amarguísimo llanto. Y, sin embargo, estaba muy lejos de creer a su esposo tan culpable como realmente lo era. No sospechaba, ni remotamente, que la condesa le acompañase a Inglaterra, y aun gozaba algún consuelo al pensar que si tenía el dolor de separarse por largo tiempo de Carlos, la quedaba la esperanza de que alejándose de Madrid se curaría de aquella pasión culpable.

—No puede sufrirme junto a él —decía la infeliz—, porque su corazón está lastimado por la separación de su amante. Pero el tiempo calmará esa pena y apagará la llama de ese amor criminal, y cuando vuelva el cielo a reunirnos, mi esposo será más digno de esta ternura sin límites que ahora no puede estimar ni corresponder.

Devoraba, pues, su pesar fortalecida por esta esperanza, y llegó la víspera de la partida de Carlos sin que desmayase su valor. Carlos en aquellos días había estado con ella tan tierno, tan cariñoso, que Luisa que no le encontraba así desde hacía muchos meses, se regocijaba interiormente diciéndose:

—¡Aún me quiere!, ¡aún volverá a ser todo mío ese corazón adorado! Si deseaba esta partida era acaso como único medio de romper unas relaciones culpables. Si me niega el placer de acompañarle es acaso porque quiere expiar lejos de mí su extravío y volver a mis brazos libre de una pasión que le avergüenza.

Y la inocente se ponía de rodillas y daba gracias a Dios porque al fin había escuchado sus ruegos, y arrancaba a su marido de las garras del pecado.

En esto se ocupaba en aquel día solemne, último que debía pasar con Carlos, cuando entró don Francisco:

—Vengo —la dijo— de cumplir con un deber de urbanidad que por pereza y olvido había descuidado. He ido a visitar a la condesa de S.*** a su quinta. Debía haber tenido esta atención desde los primeros días de mi llegada, pero ya era indispensable, pues he sabido que a ella, a su influjo, debo el destino que ha obtenido Carlos, y hubiera pasado de desatento a ingrato si no hubiese estado a darla las gracias.

—¡Ella! —exclamó sorprendida Luisa—. ¡Ella ha sido la que ha querido alejarle de Madrid!

—¡Alejarle de Madrid! —dijo sonriendo el anciano—. No habrá pensado en eso ciertamente, pero tú no te ocupas de otro pensamiento que de ése: de que tu marido se aleja. La condesa supo mis pretensiones, y a pesar de lo muy desatentos que hemos estado con ella, interpuso su influjo para servirnos, sin cuidarse en manera alguna de saber si mi linda Luisa había de separarse de su Carlos.

—¡Y usted ha estado en su quinta! ¡Y usted la ha visto! —repuso Luisa con ansiosa curiosidad—. ¿Es hermosa?, ¿qué le ha dicho a usted?, ¿sabe ya que me deja mi marido?

—Contestaré por su orden a todas esas preguntas —dijo don Francisco con una calma que desesperaba a la joven—. Es hermosa, quiero decir, es agraciada, una figurita muy delicada, muy fina, bastante distinguida. Se conoce que habrá sido bonita, pero está enferma y triste, por eso los médicos la mandan mudar de clima.

—¡Mudar de clima! —exclamó Luisa con un tono de inquietud y ansiedad que llamó la atención del anciano—. ¡Y qué!, ¿lo hará? Diga usted, ¿lo hará?

—Ciertamente, hija mía. Yo le manifesté cuánto hubiéramos celebrado que pudiese Carlos acompañarla, porque también es a Londres a donde ha determinado irse la condesa, pero tiene precisión de detenerse aún algunas semanas en Madrid, y Carlos no puede dilatar su marcha.

—Allá nos veremos —me dijo ella—, y su hijo de usted tendrá una amiga muy sincera en aquel país extranjero.

—¡Se va con él!, ¡le sigue! —exclamó Luisa fuera de sí—. ¡Ah! ¡Ya lo comprendo todo! ¡Por eso soy abandonada! ¡Por eso!...

Y loca ya y sin saber lo que decía, demudada, trémula y poseída de una especie de furor, se pudo en pie y asiendo las manos de su tío:

—¡Y usted lo consiente! —prosiguió—. ¡usted ha ido a darla las gracias porque me hace infeliz, porque me roba a mi esposo, porque le arrastra al crimen!... Esto es demasiado, no, no lo sufriré.

Don Francisco la miraba atónito:

—¡Luisa!, ¿qué estás diciendo? —exclamó—. ¡Deliras, hija mía!

—No, no es delirio —repuso cada vez más exaltada—. Es la verdad. ¡La vergonzosa verdad que mi prudencia ha encubierto hasta ahora! Pero ya no, ya no puedo más. Sépalo usted todo: esa mujer es la querida de Carlos, la que me ha robado su corazón, la que me arranca de su patria y de su familia para poseerle ella sola... ¡por qué me creería demasiado feliz viviendo junto a él aún desdeñada!

—¡Luisa!, ¡Luisa!, ¡mira lo que dices! ¿Sabes que si eso fuera cierto...? ¡Dios mío, Luisa!, ¿quién, quién te ha inspirado esa sospecha indigna?...

—¡Todo Madrid! —respondió ella con desesperación—. ¡Todo el mundo lo sabe! usted solo no ha visto mis lágrimas: usted solo no ha conocido mi abandono, ni ha observado las miradas de compasión que se fijaban en mí donde quiera que me presentaba. ¡usted que me ha visto moribunda y no comprendió cuál era el golpe que me había asesinado!

Temblaba don Francisco de pies a cabeza, y la cólera oscurecía su frente y palidecía sus labios.

—¡Será posible! —gritó con voz de trueno—, ¡habré sido el juguete de un infame adúltero y de su vil cómplice! ¡Carlos! ¿Mi hijo Carlos será tan criminal como hipócrita?... ¿Me habrá dejado ir a felicitar por su triunfo a una despreciable mujer para que ella a su vez se riese de mí... ¡De mí! ¡Luisa! ¡Luisa!, ¿qué has dicho?..., ¿sabes lo que has dicho?

—Sí, la verdad, padre mío —dijo echándose a sus pies—, pero no es él, ella es sin duda la criminal, ¡la más criminal! ¡Padre mío!... Devuélvame usted a mi esposo o quíteme es este instante esta vida que acaso maldice ya. ¡La muerte o mi Carlos, padre mío!

—Sí, te lo devolveré. ¡Vive Dios! ¡Te lo devolveré! —gritó cada vez más colérico el anciano y enteramente arrebatado por su impetuoso carácter. ¡Sabré restituirle el honor o arrancarle con mi propia mano el vil corazón que de él le aleja! ¡Luisa, tranquilízate! Apareceré entre ellos como la venganza del Dios a quien ofenden, y pisaré con mis pies a esa cortesana impúdica, y traeré arrastrando hasta los tuyos a ese esposo criminal. Sí, sí, yo les arrancaré la máscara: ¡Deshonra y oprobio sobre ellos!

Y aquel hombre violento e irreflexivo que jamás supo dominar sus primeros impulsos, saliose como frenético dejando aterrada a Luisa.

Entonces comprendió lo que había hecho; entonces los arrebatos furiosos de los celos dejaron lugar en su tímido y sensible corazón a sentimientos más blandos, y tembló por los culpables. Representósele a la vez su marido maltratado por acerbas reconvenciones, exasperado por su excesivo rigor, acaso faltando al respeto debido a su padre y enfurecido contra la imprudente esposa origen de aquel escándalo; y también su rival deshonrada por las imprudencias de don Francisco y aun del mismo Carlos. Humillada, perdida completamente y más interesante por su misma desventura a los ojos de su amante porque, ¿cuándo el interés personal no se mezcla con los más nobles instintos?

La pobre Luisa, cuya imaginación exageraba todas las posibles consecuencias de su imprudencia, sintiose entonces tan sobrecogida por el temor como antes lo había sido por los celos. Saliose como loca de aquel aposento fatal donde solo veía imágenes de terror, y al saber que don Francisco se había ido exclamó con desesperación:

—¡Allá ha ido! ¡Allá! ¡Los matará a los dos!... ¡Dios mío! ¡Los matará sin saber lo que hace!

Y arrebatada por impulsos ajenos de su naturaleza tímida y apacible, hizo venir un coche, entrose en él desatinada y ordenó la condijera a casa de Elvira.

Al llegar encontrola que salía a paseo, y haciéndola entrar en su coche la dijo con un acento y una mirada que persuadieron a Elvira de que no estaba en su juicio:

—Venga usted, señora, venga usted conmigo a impedir ruidosos escándalos, terribles desventuras.

Elvira la miraba atónita y ella exclamó con profundo dolor:

—No estoy loca, ¡no!, ¡pero lo he estado hace un momento y todo lo he dicho! La prudencia dolorosa de tantos meses me ha faltado un instante, y acaso sea irreparable mi falta. ¿Me comprende usted, señora? Ellos, usted lo sabe, ellos se adormecen en brazos de su felicidad, porque se van juntos, ¡porque se aman!, y un padre irritado vuela mientras tanto para... ¿quién sabe? usted no puede preverlo ni yo, pero mi tío es ciego en el primer impulso de su ira, y me ha dicho: «Pisaré con mis pies a esa mujer». Carlos no lo consentirá... ¡Se levantará contra su padre! ¡Oh, Dios mío!, ¿me comprende usted, señora?

Y se torcía los brazos con desesperación.

Elvira, en efecto, la había comprendido ya, y tan asustada como Luisa:

—¿Y qué podemos hacer? —la dijo—. Ordene usted

—¡Allá, allá! —exclamó Luisa—. ¡Vamos adonde estén ellos: A salvarles! ¡Ella es amiga de usted y él es mi esposo!

Elvira no necesitó oír más. Mandó al cochero ir a toda prisa a la casa de campo de la condesa.

—No importa reventar los caballos —dijo—, yo los pago.

Y el coche partió veloz desempedrando las calles po donde pasaba.

XXX

Cuando don Francisco había ido a visitar a la condesa aquel día salió de Madrid bastante temprano, pero no tanto que Carlos, advertido la noche anterior de su resolución. No hubiese podido prevenirla. Así pues, recibió la visita del anciano con la posible serenidad, algunos minutos después de haberla dejado Carlos, que se anticipó a su padre. La visita fue corta, y Catalina, que no esperaba a su amante hasta la proximidad de la noche, habíase encerrado en su aposento con su habitual tristeza.

Eran las cuatro de la tarde, poco más o menos, cuando oyó el ruido de un coche, y pensó que Carlos anticipaba su visita algunas horas, cosa muy natural atendida a su marcha que debía verificarse al siguiente día y que acaso la obligaría a dejarla aquella noche más temprano que lo hacía regularmente.

Llamó a uno de sus criados y dijo:

—Que entre.

Sin salir a recibirle como lo tenía de costumbre.

Su postración de espíritu se comunicaba a su cuerpo. Era aquél uno de sus más amargos días. La visita de don Francisco, la hipocresía a cuya observación se había visto precisada, la partida próxima de Carlos, su resolución de marchar en seguimiento suyo..., todo contribuía a tenerla aquel día más preocupada que nunca.

Una hora hacía que aquella criatura antes tan viva permanecía inmóvil, apoyada la cabeza en el mármol de una chimenea, menos blanca que su rostro, y no se movió ni aun al oír las pisadas que creía de su amante.

Elvira entró precipitadamente. Luisa, toda trémula y sobrecogida de contrarios sentimientos quedose inmóvil al umbral de la puerta.

Catalina levantó lánguidamente los ojos, y al ver a Elvira una melancólica sonrisa acompañó al:

—¡Ah, eres tú! —que fue su única salutación.

—¡Yo soy, sí! —exclamó con su habitual indiscreción aumentada por el trastorno de su espíritu en aquel momento. ¡Catalina! Venimos a salvarte si aún es tiempo.

Y se arrojó llorando en sus brazos.

La condesa repitió las últimas palabras de su amiga, fijando los ojos con aire de sorpresa en la persona desconocida testigo mudo de aquella escena.

Luisa bajó los suyos y el vivo carmín que el embarazo de su posición sacó súbitamente a su rostro, contrastaba con la profunda palidez de su rival.

La condesa tembló. No sabemos si conservaba en la memoria los rasgos del hermoso rostro que había visto en puntura, o si fue efecto de un instinto del corazón, pero lo cierto es que su repentina alteración reveló que sabía ya quién era la mujer que estaba en su presencia.

A no ser por las palabras que había pronunciado Elvira, aquella visita estuviera explicada por la de don Francisco, pero lo que acababa de oír Catalina a su amiga la hicieron presentir confusamente parte de la verdad.

Quiso ponerse en pie y no se lo permitió el temblor de sus rodillas, y haciendo con la mano un ademán para invitar a Luisa a que tomase asiento, articuló débilmente:

—Creo que tengo el honor de recibir...

—A la señora de Silva —dijo Elvira con apresuramiento—, a la mujer de Carlos, Catalina. ¡Todo lo sabe! ¡Todo! Y ha venido...

—¿A qué? —interrumpió con vehemencia la condesa, cuyo rostro pareció iluminarse con la indignación—. ¿A qué? —repitió fijando en la turbada niña una mirada penetrante y casi terrible.

Luisa, aunque sobrecogida por la posición extraordinaria en que se hallaba, supo recobrar la dignidad de un alma noble e inocente, y adelantándose con timidez, pero sin aturdimiento, dijo con voz bastante inteligible:

—No a reconvenir a usted, señora, ni a quejarme de mi desventura, no ciertamente, ¡lo juro!

A estas palabras despertose todo el orgullo de Catalina y sus ojos despidieron rayos de ira, mientras apretando convulsivamente las manos de Elvira se esforzó en vano para contestar.

Luisa, conmovida al notar su agitación y ajena de comprender todo lo que pasaba en aquel momento en aquella alma soberbia, repitió con dulce acento:

—No, no vengo a insultar al caído: ¡perdone Dios a usted, señora, como yo la perdono!

Catalina no pudo sufrir más:

—Recoja usted ese perdón —dijo con voz ahogada—: yo no lo acepto. Estoy caída, ¡es verdad! Soy culpable a los ojos del mundo, y usted es pura, usted es virtuosa! ¿Qué más quiere usted, señora? ¡usted! En prueba de amor ha aceptado el honor de llamarse esposa de Carlos, de ser respetada como tal. Yo, en prueba del mío, he aceptado la afrenta, la reprobación del mundo. ¡Y usted es la que perdona ostentándose generosa! Y usted es la que viene a perseguirme hasta el fondo de mi retiro, para decirme que no me hecha en cara el crimen de haberme inmolado a un sentimiento del cual supo usted sacar tanto honor, tantas ventajas!

A esta acerba ironía Luisa, herida e indignada, no acertó a proferir ni una palabra, y Elvira exclamó:

—¡Catalina! No es así como debes hablarla. Ella te compadece y ha venido a salvarte.

—¡A salvarme! —repitió con sarcasmo Catalina—. Yo se lo agradezco. Pero no, señora, yo no me he dejado ningún recurso. Me he sacrificado completamente y estoy para siempre perdida. Soy su querida y usted es su esposa. El mundo la espera a usted para compadecerla y llamarla víctima. Si usted le dice lo que acaba de hacer no la rehusará el salario debido a su generosidad, a la generosidad que usa conmigo.

Pero yo, señora, yo nada espero. usted sabe cuál debe ser mi destino, llene usted el suyo glorioso con tanta resolución como yo acepto el mío.

—¡No! —exclamó Luisa con una energía que la hacía capaz en aquel momento el triunfo que su bondad acaba de obtener en su corazón sobre sus celos y su indignación. ¡No!, usted no llenará ese destino vergonzoso. Nunca, señora, nunca es tarde para el arrepentimiento, y si los hombres no tienen misericordia la de Dios es infinita. Nunca deja sin recursos al pecador: nunca cierra las puertas a la expiación. Yo he venido, señora, he venido...

—¡A insultarme! —gritó enfurecida la condesa—. ¡No más, señora! —prosiguió con imperioso ademán—. ¡Salga usted! —repitió sofocada por la cólera, por los celos, por la vergüenza.

Luisa iba a replicar, pero no se lo permitió:

—¡Salga usted! —la dijo por tercera vez, y poniéndose en pie hizo más visible con este movimiento la situación en que se hallaba.

Mirábala Luisa y lanzó un grito cubriéndose la cara con las manos. Comprendió la condesa aquel grito y aquella demostración y cayó casi ahogada. Fue aquel un momento supremo de humillación para aquella alma soberbia.

Pero, ¡ah!, lo que pasaba en el alma de Luisa no era ciertamente menos doloroso. Los celos, los más crueles celos la desgarraban al comprender los derechos de su rival sobre el corazón de su marido. Y, sin embargo, aquellos sagrados derechos fueron respetables para su corazón y parecíales que revestían a Catalina de un augusto carácter.

—¡Ella es! —pensaba— ¡ella es realmente su esposa!, ¡la naturaleza la ha concedido un derecho de que me ha privado!

La emoción profunda que este pensamiento le causaba dominó todos los otros sentimientos y dejó aparecer únicamente el más noble, el más digno: ¡la piedad!

No era ya Luisa una mujer: era un ángel superior a todas las flaquezas humanas, y cuando sus manos, apartándose de su rostro, dejaron ver la expresión divina que le animaba, la misma Catalina inclinó su altiva frente subyugada por un sentimiento de respeto.

—Señora —dijo Luisa con patético acento—, mi muerte puede solamente dejar libre a Carlos, y yo la imploro en este momento de la piedad del cielo. Si pudiese sin crimen terminar mi vida desgraciada, ese sería el testimonio que yo diese a usted de los sentimientos de mi corazón. Espero que Dios me concederá muy en breve dejar este valle de lágrimas en donde han sido tan amargas las mías. El golpe que me ha traspasado el alma me permite esta esperanza.

La condesa comprendió, sin duda, toda la sublimidad de aquella incomparable abnegación, pues el llanto brotó entonces con violencia en sus ojos.

Luisa continuó. Mientras tanto, vivan ustedes en el país extranjero que han escogido. Yo sabré aplacar a un padre irritado, yo sabré engañarle así como he sabido revelarle imprudentemente la verdad. Aún es tiempo. Yo le buscaré y desarmaré su enojo, y mientras viva no me apartaré del anciano abandonado... Y no moriré, señora, sin alcanzar antes para usted y para él gracia y perdón.

Iba a salir Luisa. La condesa se levantó y la detuvo.

Vaciló un momento... Luego se arrojó a sus pies.

Luisa la abrió los brazos y una en el seno de la otra lloraron ambas largo rato. También lloraba Elvira, único testigo de aquella patética escena.

Dos corazones, dos nobles corazones ligados en aquel momento por todos los sentimientos generosos se confiaron el uno al otro. ¡Y eran dos corazones de mujer sin embargo!

Luisa aconseja a la condesa el modo de realizar su partida con más prudencia. Catalina la escuchaba con veneración y parecía dispuesta a obedecerla ciegamente.

Estaba Luisa divina en aquellos momentos. Una resignación sublime se pintaba en cada una de sus facciones, y al verla tan hermosa, tan joven, tan santa, la condesa juzgó muy culpable y muy insensato al hombre que la abandonaba.

Al anochecer se separaron. Quedó determinado que la condesa iría a reunirse a su amante ocho días después de la partida de éste, y que para desvanecer si era posible las hablillas que circulaban en descrédito de Catalina y evitar el que fuese comprendido el verdadero objeto de su partida, Luisa la visitaría públicamente en Madrid, adonde debía volver la condesa antes de su marcha y se daría la posible publicidad a la amistad que en aquel momento se juraron.

Luisa y Elvira volvieron a Madrid, y la condesa al verse sola exclamó con una especie de alegría, desusada en ella aun en sus días felices:

—¡Esto es hecho! ¡Este angustioso drama toca a su fin! ¡Gracias te doy, destino!

Don Francisco estaba en su casa cuando llegó Luisa. Cuando había salido poseído de aquella violenta cólera que tan atrevida resolución inspiró a la joven, hizo un feliz acaso que se encontrase con un antiguo amigo que en otros tiempos había poseído toda su confianza. Con la imprudencia que l caracterizaba, aumentada en aquel instante por la ceguedad de su cólera, confiole todo lo ocurrido y sus violentas resoluciones, y el amigo, que sin duda tenía tanta bondad como talento, supo hacerle desistir de ellas, guardándose bien de contradecirlas. Aplacole dejándole en la persuasión de que las reflexiones de que se había valido para conseguir este resultado eran propias y exclusivas del mismo don Francisco, el cual se volvió a su casa resuelto a no dar paso alguno sin tener pruebas más claras del crimen de su hijo.

Su sagaz y prudente amigo había sabido hacerle sospechoso el testimonio de Luisa, y el buen caballero se dijo a sí mismo muy bajito:

—¡Vaya! He sido un loco en dar crédito a las visiones de una niña celosa.

Cuando volvió a su casa y supo que había salido Luisa fue a buscarla inútilmente en cuantos sitios creyó verosímil encontrarla: en todas las iglesias, en todas las casas de sus conocidos. Afortunadamente no se dejó llevar del deseo de contar a cuantos veía la inquietud que le causaba el no encontrar a su nuera, por los temores que le causaban los celos que le había revelado aquel día, y volviose cansado, lleno de sobresalto, pero resuelto a obrar con prudencia. Pocos minutos habían transcurrido desde que llegó a su casa, cuando vio entrar a Luisa con semblante sereno y apacible. Auguró favorablemente aquella mudanza y Luisa confirmó su esperanza confesando que creía haber juzgado mal a su marido, que por algunos elogios que le había oído hacer de la condesa concibió celos que le parecieron justificados al saber que debían reunirse en Inglaterra, pero que habiendo después averiguado el grado de amistad que existía entre la condesa y Carlos, estaba avergonzada de haber sido demasiado precipitada en sus juicios.

Don Francisco no concibió ni la más remota sospecha de la generosa mentira, y después de declamar largamente contra la ligereza de las mujeres y sus imprudencias, y sus celos, y sus malicias, etc., etc., acabó haciendo mil elogios de sí mismo: de su cordura, de su sensatez en no haber dado entera fe a las acusaciones de Luisa contra su marido. Luisa le oyó pacientemente y cuando por fin pudo retirarse a su aposento, púsose de rodillas y exclamó:

—¡Dios mío! Me he hecho cómplice de un amor adúltero, criminal a vuestros ojos. Los sentimientos generosos que me había impuesto son flaquezas culpables delante de vuestra severa justicia. ¡Oh, Dios mío! ¡Dios mío! Yo me someto humilde al castigo que queráis imponerme, pero que no sea, Señor, el de hacer inútil mi delito! ¡Que sea feliz él, Dios mío!

Fin del tomo tercero

Tomo IV

XXXI

Eran pasados pocos minutos después que Luisa y Elvira habían dejado a la condesa cuando llegó Carlos a su quinta. Había encontrado al coche por el camino, pero estaba muy distante de sospechar que en él fuese su mujer, la cual por su parte iba demasiado absorta en sus pensamientos para haber podido poner atención en un hombre a caballo que pasó junto al coche con dirección al sitio de donde venían.

Catalina recibió a Carlos tranquila y casi risueña. Hacía mucho tiempo que Carlos no la veía así, y se regocijó pensando que al fin le era dado ofrecer a su desgraciada amiga todos los consuelos de que era capaz en la triste posición en que la colocaba.

Aquel día no había sido apacible para Carlos. Al separarse de Luisa no sufría únicamente por el dolor que causaba. Su propio corazón le suministraba sobrada amargura: porque la quería aún, quería tiernamente a la pobre niña, y en aquellos momentos exaltábase su ternura con el sacrificio de que ella hacía. Además, su conciencia se alarmaba al pensar que acaso la virtud de su esposa no siempre saldría vencedora de los peligros a que la exponía su abandono, y ora le atormentaba la imagen de Luisa afligida, desolada, sucumbiendo al dolor, ora el cruel pensamiento de que acaso podría consolarse, olvidarle, despreciarle y, tal vez, colocar en otro el cariño que tan indignamente había él recompensado.

Estuvo triste, pensativo todo el día, y al llegar junto a la condesa necesitaba que ella le hiciese sentir todo su amor y le embriagase con todos sus delirios, para sustraerse algunos momentos a la sombría tristeza que le agobiaba.

Sentose junto a ella y la contempló con placer.

—Estás hermosa, amiga mía —la dijo—. Estás alegre. Dímelo, sí, dime que esperas ser feliz, necesito oírlo. Voy a estar separado de ti algunos días y quiero llevar en mis oídos la armonía de tu voz. Háblame, Catalina, dime que me amas, arráncame de mí mismo y lánzame aturdido a ese porvenir oscuro que se abre delante de nosotros.

—Sí —respondió ella—. Ven y siéntate junto a mí, más cerca..., más todavía. Así, bien. Te hablaré. También yo tengo necesidad de hablarte de ese porvenir que deberé a tu amor. ¡Cuánto, cuánto haces por mí!, ¡cuánto te sacrificas! No disimules, no. No me ocultes cuánto te cuesto. Sé que en estos instantes el valor de lo que me sacrificas es comprendido por tu corazón, y eso mismo aumenta la gratitud del mío.

La suerte te habían dado por compañera una mujer digna de tu adoración a una mujer que debe atravesar los pantanos del mundo sin manchar la orla de su vestidura de inocencia. ¡Desventurada de mí! ¡Otra suerte bien diferente me ha cabido! Yo he sido tu perdición, yo te he arrastrado conmigo al abismo espantoso que una criminal pasión abrió delante de mí. Ella recibió la misión de hacerte feliz y virtuoso, y yo la de perderte. ¿Por qué ha vencido al suyo mi maléfico destino? En este día supremo en que irrevocablemente se consuma, no sé si debo aceptar como un consuelo o como una última y terrible amargura, la convicción profunda de que no era posible a mi pobre razón el evitarle. Sin embargo, no había yo nacido con instintos maléficos. Creo, por el contrario, que mi corazón era naturalmente bueno, y que no ha desconocido ningún sentimiento noble. No disculparé mis extravíos atribuyéndolos a una organización desgraciada que debía forzosamente seguir el impulso de innatas predisposiciones. ¿Cuál ha sido, pues, el oculto motor, el misterioso poder que me ha precipitado? ¿Deberé creer que el origen mismo de las virtudes puede producir el mal, y que los crímenes no son regularmente sino el efecto de grandes cualidades exageradas y mal dirigidas por los acontecimientos y las circunstancias? No sé si puedo generalizar esta consecuencia, más en cuanto a mí paréceme exacta. He amado en ti la virtud que debía hacerme olvidar la mía. Incapaz de ceder a mezquinos impulsos, he podido atravesar por medio de los vicios sin contaminarme, y el entusiasmo de la virtud me ha conducido frecuentemente al mal.

Había concebido opiniones erróneas respecto al corazón humano. En mis primeros años de juventud pedíale demasiado, y al ver burlada mi esperanza llegué progresivamente a esperar de él demasiado poco. Ambos extremos eran malos, y, sin embargo, ambos tenían un origen noble. Mi exigencia nacía del entusiasmo, y cuando nada esperaba ni nada pedía, aún pude ser generosa y emplear la bondad que ya no podía engañarme en un manantial de inagotable indulgencia. Esta indulgencia era más que una cualidad, era una virtud, porque confieso que no me era natural. Había en mi corazón demasiada fogosidad y en mi alma una virtud demasiado severa para que me fuese fácil la tolerancia. Costome trabajo descender del entusiasmo sin caer para siempre en un completo desaliento que me condujese al desprecio, o en una amargura profunda e irritante que me impulsase al odio. Fue un triunfo de mi razón sobre mi naturaleza, y así como mil veces el entusiasmo del bien me produjo el mal, entonces solo pude evitarle relajando en cierto modo, las enérgicas fibras de una virtud demasiado severa.

El mundo que no me comprendió entusiasta, tampoco me comprendió indulgente. No conoció cuánto me había costado perdonarle por tantas bellas creencias como me había arrebatado, no supo estimar la virtud que encerraba mi tolerancia. Quería más: Veíame indulgente y me deseaba respetuosa, pero mi rodilla era inflexible ante los falsos ídolos que sus instituciones han erigido en dioses. No podía conceder a convencionales virtudes el culto que había anhelado tributar a las virtudes verdaderas, que en vano le había pedido.

Siempre mal comprendida, siempre cobardemente calumniada, aún había un goce para mi alma en aquella generosidad de mi orgullo que perdonaba notablemente la injusticia. ¡Tantas veces, Carlos, tantas veces he tenido necesidad de esa injusticia para poder dar salida a algunos de los sentimientos generosos que la razón había sepultado en el fondo de mi alma! ¡Es tan dulce perdonar!

Yo había podido sobrevivir a mi entusiasmo sin caer en la nulidad, pero, ¡ah!, ¿cómo he podido también sobrevivir a mi orgullo?

Ahora que estoy a los pies de ese mundo, necesitaba de ese perdón que tantas veces le había concedido, ahora que en mí misma encuentro un juez más severo que ese mismo mundo que me reprueba, ahora que arrastro en mi honda caída al hombre que amo..., ahora, Carlos, ahora conozco que nada puede salvar a las víctimas que el destino reclama, y que a manera que aquellos perros cuyo maravilloso olfato percibe el olor de la muerte en un cuerpo todavía vivo, así el mundo presiente y anuncia la suerte de aquellos desgraciados que están destinados a ofrecerle el espectáculo de una lastimosa caída.

Sin embargo, Carlos, no te eches jamás la culpa de mi desventura. Acaso era inevitable. Si la pasión me ha conducido al crimen el vacío del corazón, el eterno vacío me hubiera hecho un daño mayor.

Habíame persuadido de que estaba ya condenada a ese horrible destino, y tomando la inacción por la muerte muy injusta con mi propio corazón. Él me ha desmentido probándome que jamás muere el entusiasmo en las almas capaces de sentirle, y que, semejante al ave poética que renace de sus cenizas la facultad de amar no se pierde nunca en los corazones ardientes. Cansados o heridos, enervados o replegados en sí mismo siempre existen en ellos esas misteriosas cenizas que una centella divina puede reanimar súbitamente.

El amor que me ha perdido ha sido mi solo bien sobre la tierra. Confieso mi culpa sin arrepentirme de ella. Deploro mi destino, pero le acepto. ¡Carlos! Solo el mal que te hago me inspira remordimiento el que a mí misma me ha causado no me pesa.

Prefiero esta desventura a la de una vida sin objeto, y ahora que soy culpable valgo algo más que cuando me había resignado a ser nula. El orgullo sufre, el corazón padece... ¡Pero he vivido!, ¡he amado! Condéneme el mundo y castígeme el cielo: Estoy resignada.

—¡Catalina! ¡Catalina! —exclamó Carlos— No son ésas las palabras que mi corazón te pedía. ¿Qué nos importa ahora, amada mía, ese mundo ni ese cielo? Háblame de nuestro amor, háblame de la felicidad que vas a darme... Jamás la pagaré dignamente: Ella vale toda la eternidad de expiación. ¿No es verdad, amiga cara, no es verdad que me es dado aún hacer tu dicha y la mía?

—Sí —dijo ella—, lo creo. Seremos felices viviendo el uno para el otro únicamente rompiendo todos los lazos que aún nos ligan al mundo y olvidando todos los deberes. Acaso habrá momentos en que el remordimiento nos sorprenda en brazos del placer, momentos en que te acuerdes de un padre anciano y de una esposa inocente a quienes abandonas, y en los cuales yo adivine tus remordimientos y me aborrezca a mí misma por ser causa de ellos... Pero, ¿qué importa, Carlos? Esos momentos pasarán y volveremos a ser dichosos. Verdad es que nuestra dicha tiene que ser sepultada en el ministerio como un crimen; que nuestros hijos no podrán llamarnos con los dulces nombres de 'padre' y 'madre'; que, acaso, algún día maldigan la existencia que nos deben, y que cuando llegue la vejez y tendamos los brazos buscando una patria, una familia... ¡Nada hallemos! Pero aún somos jóvenes, Carlos, y el amor debe bastarnos.

Carlos se estremeció y dijo con profunda amargura:

—¡Es verdad!

—Tu esposa —prosiguió Catalina—, es más digna de compasión. ¡Tan joven, tan enamorada, tan digna de ser querida, y abandonada por otra!, ¡abandonada por otra que no merece besar la huella de sus plantas! Su desventura sería nuestro más cruel remordimiento si no alimentásemos, como debemos alimentar, la esperanza de que el tiempo sanará la herida de su corazón. El tiempo, sí, porque sin duda no volverás ya nunca a su lado. AL seguirle voy a perderme completamente para el mundo, y no podrás ya desear que vuelva a él para ser su ludibrio, ni menos intentarás abandonarme. Los lazos que nos unen serán en breve más estrechos y sagrados, y nuestro destino es forzosamente una eterna expatriación. Luisa se consolará al fin: acaso un nuevo y más dichoso amor...

—¡Calla! —la interrumpió Carlos con una especie de furor— ¡Calla en nombre del cielo, Catalina! ¿Qué incomprensible placer puedes encontrar en despedazar mi corazón?, ¿qué demonio te inspira palabras que caen como plomo hirviente en mis oídos?

—Quiero —respondió ella con calma—, quiero presentarte el cuadro de nuestro porvenir con todos sus posibles resultados. Pero, ¿por qué tiemblas, amor mío? En medio de todas las desgracias, de todas las humillaciones, ¡cuán felices seremos al saber que vivimos siempre unidos, y que las maldiciones de nuestra familia, la reprobación del mundo, las amenazas del cielo, son otros tantos vínculos que nos estrechan, aislándonos de cuanto podría servir de obstáculo a nuestro amor!

¡Carlos! Si débil alguna vez echas de menos todo lo que ahora me sacrificas y si tienes la barbarie de dejármelo adivinar: ¡Me asesinarás!... No lo dudes. Pero yo espero que nunca, nunca te acordarás de tu patria, de tu padre, de tu esposa. Nunca llegará el día en que necesites ser algo en el mundo, nunca la edad en que te sea precisa la consideración pública, el afecto de tu familia, el aprecio de tus amigos. Yo sola bastaré siempre a tu corazón, ¿no es cierto, amor mío? Yo te consolaré si tu padre te maldice al morir, yo te alentaré contra el dolor de ser causa de la desventura y acaso de los extravíos de tu esposa. Si ese ángel sucumbe a la dura prueba a que sometes su inocencia, yo paliaré tus remordimientos, yo te compensaré con mi amor la pérdida de todos aquellos bienes que el mundo aprecia. ¡Oh! ¡Sí, seremos felices a pesar de todo!

Carlos no pudo sufrir más.

—Catalina —la dijo levantándose con impetuosidad— ¡Ya es demasiado! No eres tú, no, la que debe castigarme por las faltas a que me arrastra el amor que me inspiras. No debes tú ser el instrumento de la venganza del cielo. ¿Qué pretendes cuando así me hablas?, ¿qué más quieres de mí, Catalina?

—De ti no quiero más que la felicidad. ¿Puedes dármela? Responde, Carlos, ¿esperas darme felicidad?, ¿crees posible que haya felicidad para nosotros?

Carlos callaba. Ella prosiguió:

—Muchos te dirán que no hay felicidad sin virtud; que no hay amor en el oprobio; que si el amor sucumbe muchas veces al peso de un compromiso eterno, de una obligación forzosa e interminable, jamás vive mucho tiempo en la atmósfera de la vergüenza. Te dirán que llegará el día en que cesemos de amarnos y, por desgracia, aún no cesaremos de vivir. Pero yo no te diré tales blasfemias. Yo, Carlos, espero que nuestro amor será tan incansable, tan poderosos como ha sido débil nuestra resistencia. Verdad es que amaste a Luisa y que cesaste de amarla; verdad que yo misma he creído amar otras veces y ya no amo los mismos objetos; verdad que todo pasa, ¡todo acaba! Pero nuestro amor, Carlos, nuestro amor burlará esa ley eterna de la naturaleza, porque, ¿qué sería de nosotros si cesásemos de amarnos? Cuando la pasión se extingue entre dos esposos aún quedan lazos, dulces lazos que los unan; aún quedan compensaciones: se pueden estimar, pueden ser amigos... Pero nosotros, si cesásemos de amarnos, reprobados por el mundo, sacrificados al sentimiento que nos abandona, culpable cada uno a los ojos del otro... ¡Acaso nos maldeciríamos!

Carlos volvió a sentarse con profundo desaliento, y bajando la cabeza guardó largo tiempo un terrible silencio. Catalina no tuvo compasión y prosiguió:

—Cualquiera que sea el efecto que lo que voy a revelarte produzca en tu corazón, quiero obedecer a un impulso generoso del mío, quiero que antes de inmolar a mi amor a la desventura niña a cuya felicidad juraste consagrarte, sepas cuán grande es el bien que sacrificas y comprendas la extensión de la gratitud que te debo.

Luisa, la esposa que ultrajas, la rival que he aborrecido, sabe y aprueba nuestra resolución. Palabras que han salido de sus labios pueden ser repetidas por los míos: «Mi muerte sola —ha dicho—, puede dejar libre a Carlos, y yo la imploro de la piedad del cielo». «Yo consagraré los días que aún restan sobre la tierra al anciano abandonado, y no moriré sin obtener para Carlos ¡y su querida gracia y perdón!».

—¿La has visto? —gritó Carlos— Catalina, por compasión, respóndeme. ¿La has visto?, ¿qué significa tu lenguaje?, ¿qué te propones?

—¡La he visto! —respondió la condesa, y le refirió seguidamente toda su conversación con Luisa, pintando con patética elocuencia la sublime abnegación de la santa niña.

Carlos desahogó su agitado corazón con un torrente de lágrimas. La condesa las recibió en su pecho, y la dureza de su lenguaje desapareció a vista del dolor de su amante.

—No te aflijas así —le decía con dulcísimo acento—, acaso no eres tan culpable como en este momento te juzgas, ni la desgracia que te oprime tan irreparable como piensas. Los hombres te habían unido a Luisa con vínculos perpetuos, que son acaso un peso demasiado enorme para una vida pasajera, pero las almas destinadas a la eterna vida, las almas se encontrarán en el cielo; y si la flaqueza de la carne las desune en la tierra, allá, donde todos los amores son compatibles, allá, donde nunca hay crimen en el amor, donde el amor nunca se gasta, allá se volverán a unir con vínculos que nunca romperán la inconstancia ni la muerte.

¿No lo esperas así, Carlos mío? ¿No crees, como en este instante lo creo yo, en la inmortalidad del pensamiento y del sentimiento? ¿No necesitas de un Dios y de una vida sin límites, y de un amor inmenso? Sí, hay un Dios cuya misericordia es hija de su justicia, un Dios que reconoce demasiado débil al corazón humano para que le sea posible juzgarle con severidad. La piedad, ese sentimiento divino que puso en el fondo de nuestras almas, es una emanación de la suya.

Somos culpables, pero ¿no sientes como yo una esperanza dulcísima descender a tu alma, al hablar de la misericordia? ¿No te parece que ese rayo de Luna que penetra por la ventana y baña tu hermosa frente baja del cielo para conducir el perdón? ¡Carlos! ¡Carlos! No nos cuidemos de mañana, no pensemos en las horas de un porvenir incierto, y como si fuese ésta la última noche de nuestra vida hablemos de Dios y de nuestro amor.

Carlos la escuchaba, y, sin embargo, no la comprendía ya. Estaba enteramente preocupado, y por momentos se aumentaba la agitación de su alma. ¡Ay! Aquella noche que Catalina le decía considerase como la última de la vida de ambos, no lo era; pero era, sí, la última que pasaría cerca de su Luisa, del ángel que acababa de aparecer más que nunca bello y puro y adorable a sus ojos.

Palabras divinas salían de los labios de la condesa, pero él no podía ya oírlas. Eran las nueve de la noche, y, aunque ella le rogase permaneciese un instante más, negose y se levantó para partir.

La serenidad de Catalina se alteró algún tanto. Sus manos temblaban cuando las extendió hacia Carlos en ademán de despedida.

—Dentro de pocos día —la dijo él—, nos reuniremos para no separarnos más, y por horrible que hayas pintado el porvenir que me espera, yo le acepto contigo. Pero déjame las últimas horas de esta triste noche, que deben ser consagradas a la soledad y a la amargura. Deja que llore en silencio el destino que aquélla que voy a inmolar en aras de mi amor, y que antes de dejarla para siempre aún me sea dado oír de sus puros labios una palabra de piedad.

—¿La piedad? —repitió la condesa— ¡Qué hermosa, qué sublime palabra! ¿Cuál es el mortal que no tenga en el curso de su vida necesidad de ella? Yo reclamo la tuya, amigo mío, porque en este instante padezco mucho. ¡Ven! Sostén en mi alma una creencia que desfallece.

La esperanza de una vida futura más allá de la tumba es una sonrisa paternal del cielo. Yo siento necesidad de ella en este momento en que vamos a separarnos. ¡Es tan triste y tan solemne la palabra adiós! ¡La mirada que recibimos del objeto querido de quien vamos a apartarnos puede ser la última! El porvenir de mañana es tan oscuro como el de veinte siglos. ¿Qué ángel tiende sus alas para garantir la cabeza adorada del golpe inesperado de la muerte? ¿Quién nos asegura, ¡oh amado de mi alma!, que no sea ésta que pasa la última hora de la vida de alguno de los dos?

Algunas lágrimas humedecieron las mejillas de la condesa, y Carlos, conmovido, la dijo:

—No, amiga mía, no te entristezcas con pensamientos lúgubres, si nuestras faltas no alcanzan piedad delante de Dios, en mí solo deben recaer sus castigos, ¡en mí que me he emponzoñado la vida de dos ángeles! Tú vivirás, sí, para endulzar mis días sobre la tierra, y cuando muera bendiciéndote, me presentaré resignado a recibir una eternidad de expiación.

—¡Tanto me amas! —dijo ella— ¡Oh! No te reconvengas nunca del mal que me has hecho. Al sentirme tan amada gozo una felicidad que no sería comprada dignamente a costa de mil dolores. ¡Carlos! Te he debido momentos supremos de ventura. Si muriese ahora aún llevaría al sepulcro un aroma de amor, que acaso más tarde sería desvanecido. ¿Por qué sería una desgracia la muerte para mí? ¿Por qué? Todavía amo y oy amada, y tal vez este fuego divino se apagaría antes que nuestra existencia. ¡Debe ser una cosa horrible sobrevivir a su propio corazón! ¡Ser un cadáver y no poder aún descansar en la tumba!

¡Carlos! Si la muerte me sorprendiese ahora, mis últimos instantes nada tendrían de crueles. La muerte me reconciliaría conmigo misma y con el cielo, y el amor que va quebrantando mi frágil organización tomaría vigor de mi alma en el momento en que se desatase triunfante de la materia grosera.

Mi muerte en esta hora te ahorraría muchos años de remordimientos, y mientras mi cuerpo descansara en el sepulcro, mi alma sería custodia de la tuya. Si los efectos de mi culpa no sobreviviesen, si las lágrimas de nuestra inocente víctima no llegasen a turbar el sueño de mis cenizas, ¡cuán hermoso luciría mañana el Sol sobre la piedra de mi sepultura! Y así debiera ser, amigo mío. Si yo muriese, mi voz se alzaría del borde de la huesa para pedirte paz. «Compra —te diría, compra con tus virtudes el reposo de mis cenizas, ¡el perdón de mi alma! Expía en la tierra nuestras comunes faltas, y hazte digno de la eterna vida y del eterno amor, que Dios concede al arrepentimiento así como a la inocencia».

¡Desgraciado de ti si desoyendo mis súplicas cerrases para mi alma las puertas de la misericordia! Si tu existencia sobre la tierra fuese más larga que la mía, si el cielo te escogiese para ser reparador de nuestras culpas, yo iría a esperarte a la puerta de aquella morada eterna que debían abrirme tu arrepentimiento y tu expiación.

¡Oh, Carlos!, ¿cuál es la suerte a que nos conduce esta senda de crimen en que nos precipitamos? ¿qué seremos cuando el amor que hoy nos pierde, pero que nos justifica, cese de dar luz a nuestro culpable porvenir? ¿En qué degradación caerá mi alma cuando no sea más que el hondo sepulcro de todas mis virtudes y de todas mis ilusiones?

La herencia de felicidad que la justicia de Dios debe conceder a todo mortal, no me estuvo señalada en este mundo. Fuerza es buscarla más allá de él; para que yo la comprendiese me ha sido tu amor. Los momentos felices que por ti he gozado han sido una voz divina que ha dicho a mi alma: «No desmayes, ¡pobre desterrada!, el foco eterno de ese amor bienhechor, cuyos destellos te alumbran, existe para ti en otra vida, en otro mundo mejor».

El amor y el dolor han arrancado de mi corazón lágrimas bienhechoras que han sido un saludable riego para mi alma que yacía árida en la indiferencia y el reposo. El cansancio de la inacción es una cosa horrible. El dolor nos revela un Dios, el tedio nos hace concebir la nada.

Dios nos llama a todos los hombres por un solo camino, la senda misma del crimen puede acercarnos a él. El arrepentimiento es muy bello. ¡Carlos! Mucho debe perdonarse al que a sufrido mucho.

Las ideas de la condesa brotaban desordenadas e incohesas de sus labios, pero en su semblante había una expresión de esperanza y de fe que jamás Carlos había visto hasta entonces.

—Sí, cara amiga —la dijo—, mucho debe perdonarse a un alma como la tuya. Yo también necesito de una grande, de una inmensa fe en la misericordia divina. Pero en este instante solo pido tu amor, Catalina, y una última mirada y un último adiós.

—¡Tan presto debe ser! —exclamó ella estremeciéndose, mas venció al instante aquella debilidad, y tomando entre las suyas las manos de Carlos—: Adiós —le dijo— no olvides la conversación que acabamos de tener. Antes de partir obtén para ti y para mí el perdón de aquella mujer angélica a quien tanto hemos ofendido. Sí, ponte de rodillas a sus pies y que su misericordia nos alcance a ambos.

Carlos la abrazó llorando.

—Y si el cielo me llama antes que a ti —prosiguió con voz trémula Catalina—, júrame en este instante que, aceptando la expiación que te destina, consagrarás tu vida al sagrado cumplimiento de tus olvidados deberes, y que me será permitida la esperanza de que una esposa desventurada no maldecirá mis cenizas.

Carlos lo juró.

—Ahora —dijo Catalina—, mírame aun una vez con esa tu mirada de amor. Ahora dame tú también tu bendición para mí y para tu desventurado hijo. Yo te doy la mía —prosiguió, poniendo sus manos sobre la cabeza de Carlos, que se había arrojado a sus pies— ¡Que Dios guíe tus pasos, y que el ángel que en la tierra te fue concedido te acompañe por entre los pantanos del mundo sin manchar la orla de su blanca vestidura!

Carlos no atendió a estas palabras. Demasiado conmovido se arrancó de los brazos de la condesa y volvió por tres veces a abrazarla.

Catalina estaba muy pálida, y su voz y sus manos temblaban notablemente, pero no desmayó su valor y vio partir a Carlos sin que se escapase de sus labios una palabra de flaqueza.

De pie, junto a su ventana, prestó atento oído al galope de su caballo que se alejaba, hasta que el rumor, que fue debilitándose gradualmente, cesó del todo. Entonces, enjugó algunas gotas de frío sudor que humedecían su frente, y se apartó de la ventana con semblante triste, pero sereno.

El tiempo era ingrato. Nubes negras envolvían, como de un manto de luto, la pálida faz de la Luna menguante, y el viento, que azotaba los viejos vidrios de las ventanas, formaba sonidos querellosos, única voz que interrumpía el grave silencio de la noche.

La condesa escribió lentamente una carta. Ni su mano temblaba, ni se oscurecía su frente. Estaba hermosa y tranquila como en cualesquiera de sus más brillantes días. Sin embargo, cuando concluyó su carta, algunas lágrimas humedecieron el papel que plegaba esmeradamente.

Enseguida hizo venir a sus criados. Recomendó a uno de ellos que llevase la carta al amanecer del próximo día a la casa de Elvira, y como la noche se hacía por momentos más fría, hizo encender dos anchas copas de bronce y ordenó a sus sirvientes se recogiesen a descansar.

XXXII

La emoción de Carlos al separarse de la condesa se aumentaba a medida que iba acercándose a Luisa. Sentíase oprimido, tenía fiebre. Ardían su cabeza y su corazón, y no podía darse cuenta de los sentimientos y dolores que en tumulto le asaltaban.

Llegó a su casa en un estado de delirio, y Luisa, que le aguardaba con dolorosa impaciencia, quedó espantada al observar la mutación de su rostro.

La pobre niña había pasado las horas transcurridas de aquella noche en fervorosa oración, pero, aunque había llamado en su auxilio todo su esfuerzo y toda su resignación, aunque había implorado a Dios llorando su culpa y demandando valor, sintiose enteramente trastornada al ver a su marido.

Tendiole los brazos y él se arrojó en ellos. Aún era su Carlos, su esposo, aquél que gemía en su seno; aún era suyo, y dentro de algunas horas le habría perdido para siempre. A tan amarga reflexión un mar de lágrimas brotó de sus ojos, y murmuró a aquellas conocidas palabras: «¡Señor! Si es posible que pase de mí este cáliz...».

—Luisa —la dijo Carlos—, ¿son lágrimas tuyas éstas que caen sobre mi frente abrasada?... ¡Cuánto bien me hace! Llora, amiga mía, llora sobre la cabeza de este odioso criminal. Acaso tu puro llanto alcance a lavar mis culpas.

¿Dime —prosiguió cada vez más delirante—, dime si es verdad que todo lo sabes, que todo lo perdonas? ¿Será posible, Luisa, que puedas perdonarme? ¿No llevaré sobre mi cabeza el peso de tu maldición?

—No —respondió ella—, no, Carlos mío. Todo te lo perdono, excepto el que dudes del corazón de tu Luisa. Yo no he bastado a tu felicidad, había jurado dártela y no he sabido. Mi anhelo sería poder en este instante devolverte esa libertad que por mí sacrificaste, y en cambio de la cual nada he podido dar a tu corazón: ¡nada!, ¡puesto que no le ha sido posible vivir mío! ¡Carlos! Dime, sin embargo, que no me aborreces, la idea de ser para ti un objeto de odio me haría morir sin resignación.

—¡Aborrecerte!, ¡Oh, Luisa! Ninguna mujer ha sido jamás tan tiernamente querida, ninguna tampoco ha sido tan digna. Y si mi corazón no se parte de dolor en este instante es porque se siente más infeliz que culpable. ¡Luisa!, ¡hermana mía! ¡No hay para mi corazón paz ni virtud que encuentre al menos en el tuyo misericordia y piedad!

—Tuyos son —respondió ella entre sollozos—, tuyos son todos los más tiernos sentimientos de este corazón. ¡Oh!, ¡ha sido muy maltratado, es verdad!, pero todavía tiene para ti muchos tesoros de bondad. ¡Carlos! Si el día de la vejez, cuando el amor te abandone, aún existe esta triste amiga de tu infancia, vuelve a ella y la encontrarás siempre. Vuelve, sí, que nunca estará cerrado para ti su corazón.

—No, no es digno de él el mío —exclamó Carlos—. No merezco esa ternura indulgente que agrava mi delito. ¡Luisa!, ¿por qué no muero a tus pies en este momento?, ¿para qué vivir más?

—¡Para hacerla feliz a ella, que tanto ha sacrificado por ti; a ella, que ha merecido tu amor! —dijo Luisa con ahogada voz.

—No, no puede serlo, ¡no puede ser feliz! —exclamó Carlos— Yo he sido el asesino de ambas. Mi corazón rebosa de remordimientos, y siento en este instante que las dos me son igualmente adoradas, y que, sin embargo, quisiera aniquilar a una.

—¡A mí! ¡Sí, a mí! —gritó Luisa con profundo dolor— Yo soy la que estoy demás sobre la tierra.

—¡No, tú no! —exclamó Carlos cada vez más en desorden y más febril, ¡tú no!, porque tú eres el ángel que debe salvarme..., porque yo tengo necesidad de ti, de tu piedad, de tu religión, de tu virtud.

Su delirio crecía, y Luisa le hizo entrar en la cama y se puso de rodillas a su cabecera.

—¿Es verdad —decía Carlos—, es verdad que es ésta la última noche que pasaremos juntos? De ella será toda mi culpable vida, sean tuyos estos últimos momentos de amor. ¡Porque te amo! ¡Luisa! ¡Te amo!

Aunque pronunciada en el desvarío esta palabra, hizo latir de placer el corazón de Luisa. El ángel era mujer, y mujer enamorada.

—¿Me amas? —exclamó trastornada—, ¿es cierto que me amas?, ¿es cierto que no podrás ser feliz sin tu esposa?

—¡No puedo serlo, no! Ven, Luisa, ven a soplar un aura de pureza sobre mi cabeza que me abrasa. ¡Ven! E persiguen imágenes de crimen, fantasmas de remordimientos. La pasión que me ha extraviado es un infierno que me cerca de llamas que me punzan, que devoran. ¡Ven, que necesito frescor, calma, inocencia! Ven y háblame de aquellos días serenos de nuestro casto amor. Háblame de aquellos placeres sin crimen, y de aquella felicidad que a nadie costaba tanto. ¿Te acuerdas, Luisa? Tráeme, tráeme aquel relicario de la virgen, que quitaste de tu cuello para ponerle en el mío. ¡Talismán precioso que debió salvarme! ¿Dónde está? ¿Por qué me lo han quitado? Tráele, Luisa, y ponle sobre mi corazón para que temple la violencia de sus latidos. ¡Bien! Yo te doy gracias, me siento mejor. Háblame ahora. Tu voz es a mi oído una música celestial. Recuérdame mi vida de inocencia; llama en torno de este lecho de fuego el aura pura de nuestros amores. ¿Qué se han hecho aquellos días?, ¿no volverán jamás, Luisa?

—¿Los deseas tú, Carlos? —dijo ella templando el ardor de su frente con su delicada mano.

—Sí, devuélvemelos: ¡Uno solo!, ¡uno solo al menos! ¡He tenido tantos tan crueles!

—¡Bien! Dios nos devolverá a ambos aquella felicidad que necesitamos igualmente, y ahora yo arrullaré tu sueño, porque quiero que duermas con aquellas dulces palabras que nos decíamos en la época apacible de nuestro amor.

—Luisa, me dijiste un día: «Si existe una suerte más feliz que la mía, no quiero conocerla». Ningún goce deseo si no me viene de ti; ni temo ninguna desgracia, si tú me ayudas a soportarla.

Juntos viviremos, y moriremos juntos, y nuestras almas volarán unidas al seno de Dios, de aquel Dios que te creó tan hermosa para mi ventura, y de cuya bondad jamás se hará indigno un corazón donde tú reinas.

—Prosigue —dijo Carlos—, ¡tu voz me hace tanto bien!

—Y éramos, en efecto, buenos y felices —continuó Luisa—. Éramos el orgullo de nuestros padres, el modelo de los esposos, y esperábamos ser el ejemplo de nuestros hijos. Figurábame yo que juntos envejeceríamos, y que, al dejar la tierra, podríamos bendecir a nuestros hijos, como a nosotros nuestros padres.

—Sí —dijo Carlos—, y ellos también nos hubieran bendecido; porque aquellos hijos no nos deberían una vida de vergüenza, no podrían reconvenirnos de haberlos arrojado a un mundo que les cerraba sus puertas. Háblame, Luisa, háblame de la felicidad de aquellos padres que pueden presentarse sin rubor delante de sus hijos.

Luisa continuó, en efecto, hablando, pero la fiebre rindió a Carlos, y en breve quedó sumergido en aquel sueño letárgico que sigue comúnmente a las grandes agitaciones.

Luisa velaba de rodillas junto al lecho y lloraba, y oraba, y pedía ya algo más que la resignación: volviole a parecer posible la ventura.

El día amaneció, y como Carlos no debía partir hasta cerca del medio día, rogó Luisa a Don Francisco le dejase descansar, y mientras el anciano se ocupaba en los preparativos del viaje, volvió ella al lado de su marido, cuya calentura iba cediendo, permitiéndole un sueño más tranquilo.

Sonaba el reloj las diez y ya don Francisco ordenaba que se hiciese despertar a Carlos, cuando Luisa recibió aviso de que Elvira de Sotomayor solicitaba hablarla.

Recibiola en su oratorio, donde acababa de entrar para fortalecerse en la oración, y se presentó Elvira tan pálida y demudada que la salutación que había comenzado Luisa quedó ahogada entre sus labios.

—¿Ha partido Carlos? —preguntó con precipitación Elvira.

—Dentro de una hora debe partir —preguntó con precipitación Elvira.

—No solo —añadió Elvira—, no solo. Es preciso que usted se marche con él.

—¡Ah, sí!, ¿sabe usted, pues, que está enfermo?, ¿aprueba usted que no lo deje partir solo en esa situación?

—Ése será el pretexto que usted le dé —dijo Elvira—. Dirá usted que quiere acompañarle solamente una jornada. Al fin de ella podrá usted revelarle la verdad y le acompañará usted a su destino. Es preciso que todo lo sepa don Francisco en este instante, y yo me encargo de instruirle de todo. usted, Luisa, dispóngase a partir, y prepare en su corazón consuelos para el desgraciado de cuya vida debe ser el ángel protector. Su esposo de usted le es restituido. ¡La condesa de S.*** no existe ya! ¡No existe ya! —repitió aterrada Luisa.

—Dejando la vida —dijo Elvira—, ha querido devolver a usted el esposo que le usurpaba. Su muerte solamente podía romper para siempre los vínculos criminales que había impuesto a Carlos, y ha querido morir. ¡Que Dios tenga piedad de un alma tan generosa y tan culpable!

—¡Suicidada! —gritó Luisa.

—Sí —respondió Elvira con un profundo gemido—, ¡se ha asfixiado!

—¡Suicidada! —repitió Luisa, y cayendo de rodillas delante de un cruci-
fijo— ¡Oh, Dios mío!, ¡Dios mío! —exclamó— No juzguéis la acción, sino el
sentimiento. ¡Apartad los ojos de los medios, Señor, y no miréis sino al fin!

—Sus sufrimientos en la Tierra —dijo Elvira—, nos permiten tan consolado-
ra esperanza. ¡Hasta su suicidio ha sido expiado por su larga y terrible agonía! Encerrada en una estrecha alcoba, sofocada por una atmósfera mefítica,
aquella horrible muerte debió parecerla insoportable ¡y, sin duda, quiso huir-
la cuando ya era tarde! La posición en que la hemos encontrado prueba que
quiso en sus últimos momentos proporcionarse aire, pero, en la oscuridad,
en el trastorno en que debía encontrarse, no acertó a abrir la puerta que
había cerrado con doble llave, y, junto a ella, cayó sofocada. ¡Larga y atroz
debió ser su agonía! Su cadáver llevaba el sello de terribles padecimientos.
Todavía la encontré caliente..., pero, ¡ah!, ¡no pude recobrar su último suspiro! Todo cuanto pude hacer por aquella infeliz que ha sido mi única amiga
fue cumplir religiosamente su voluntad postrera. Ésta es. Respétela usted, y
ruegue a Dios por su alma.

Saliose Elvira al terminar estas palabras, dejando en manos de Luisa la
carta de la condesa, escrita a su amiga pocas horas antes de morir. Leyola
entre sollozos. Decía así:

«En el instante que recibas este papel, corre a ver a Luisa. Dila que debe
partir con su esposo y que solamente después que se halle lejos de Madrid
puede decirle lo que ella sabrá antes que él.

Me ha amado y su dolor será grande. Dios y ella le templarán. La mujer
culpable que ha hecho a los dos esposos desventurados, va a implorar del
cielo el perdón que no espera ni desea de los hombres. Pero el de ella so-
nará dulcemente en mi sepulcro, el de ella dará paz a mis huesos y dulzura
a mi agonía. Le imploro de rodillas y creo recibirle. Su alma divina no puede
negar al arrepentimiento la piedad.

Que no sepa Carlos, si es posible, que muero por mi voluntad, tendría
remordimientos. Que el ángel a quien confío esa existencia querida, derrame
en su llagado corazón los tesoros inmensos de su ternura y de su bondad, y
que pueda él devolverle algún día la felicidad que ella conceda.

Mi última bendición es para ellos, y por ellos mi último voto.

Tú, mi buena Elvira, tú sabes que ha sido tuya exclusivamente mi más tierna amistad. No llores por mí, no. ¡No lamentes mi vida tronchada en flor todavía! La muerte no se me presenta bajo un aspecto lúgubre. Veola como una ángel libertador que Dios envía al infortunio. Su mano no está armada de la sangrienta guadaña, en ella conduce una tea divina, más brillante que el Sol que ya no verán mis ojos. No, mi alma no pasará sin guía a la noche de la tumba, a sus umbrales me aguarda la esperanza, y la fe que volaba sobre mi cuna despierta de su largo sueño al llamamiento de la muerte y viene a abrirme las puertas de otro mundo.

La orgullosa razón se extingue con la vida, pero cuando me abandona su insuficiente luz, la luz de la esperanza renace sobre sus cenizas. Para fecundar mi corazón la bondad de Dios me concedió el amor, pero para castigar mi soberbia ese amor bienhechor debió de ser un crimen. ¡El designio de la providencia se ha cumplido! El amor salva mi alma, y mi muerte expía mi amor».

Luisa guardó esta carta sobre su corazón, y por espacio de algunos minutos oró con silencioso fervor. La piedad resplandecía en cada una de sus facciones, y sus ojos, elevados al cielo, parecían querer penetrar sus bóvedas eternas para encontrar la misericordia. ¡Jamás tan ardientes súplicas de la inocencia han implorado perdón para el arrepentimiento, jamás un alma tan pura ha intercedido por un alma culpable!

Su oración duró los momentos que empleó Elvira en instruir a don Francisco de la lamentable catástrofe de aquel día y de sus tristes antecedentes. Cuando ambos volvieron en busca de Luisa, Elvira estaba llorosa, don Francisco, aterrado. Solamente Luisa llevaba en su frente un rayo de esperanza. Acababa de ofrecer a Dios su vida terrestre y la felicidad que les restituía, en expiación de las faltas de su rival que no existía, y tenía la convicción de que su súplica había sido escuchada.

Carlos despertó en brazos de su esposa:

—¡Qué largo ha sido mi sueño! —dijo— ¡Cuánto tiempo hacía que no descansaba tan profundamente ni gozaba de un despertar tan dulce!... ¡Qué hermoso es el día después de una oscura noche!

Y recordando súbitamente que aquel día debía ser el de su partida:

—¡Luisa! —exclamó con una especie de terror— ¿Es ya efectivamente de día?... ¿Es ya, por ventura, la hora de nuestra separación?

—No —le respondió ella—, no, amigo mío. Tu padre y yo hemos determinado acompañarte una jornada. No es ésta la hora de nuestra separación, pero es la de nuestra partida.

Carlos suspiró y se dispuso a marchar si proferir una palabra. Miraba, empero, a su esposa con frecuencia, y algunas lágrimas asomaban de vez en cuando a sus fatigados ojos.

Luisa le ayudaba en sus preparativos, tan silenciosa y no menos conmovida que él, y cuando sonó la hora prefijada para la partida se presentó don Francisco anunciándola.

Elvira les vio partir sin ser vista de Carlos. Una larga y triste mirada fue la única despedida que se hicieron la amiga y la rival de Catalina.

XXXIII

Pronto circuló por Madrid la noticia de haber muerto la condesa de S.***
Pocos sospecharon que su asfixia había sido voluntaria. Generalmente se
le creyó fatal descuido, y se supuso la partida de Carlos de Silva efecto del
dolor natural a la partida de su querida.

Nada desarma al odio como la muerte. El día en que no podemos agra-
decerlas, es el día de las simpatías.

La muerte súbita de Catalina la reconquistó todo su perdido prestigio. Se
olvidaron sus buenas prendas. Hasta sus mismas flaquezas fueron poetiza-
das y prestaron más vivo interés a la compasión.

Había cesado de ser bella, ilustre, celebrada. Había cesado de ser todo, y
siempre se concede al mérito que existe.

Los hombres tenemos esta ventaja sobre las otras fieras. Jamás nos ceba-
mos en los cuerpos muertos, necesitamos víctimas palpitantes que sangren
entre nuestras uñas, que giman entre nuestros dientes.

El entierro de la condesa, dispuesto por Elvira, fue magnífico.

Durante ocho o diez días no se habló más que de la difunta, pero cuando
el interés público fue excitado por otra cualquiera novedad, no se pensó ya
ni en la condesa ni en Carlos.

Tres meses después de la partida de éste, tuvo Elvira la primera y única
carta que recibió de Luisa. Por ella supo que Carlos había estado gravemen-
te enfermo, pero que los cuidados de su mujer y de su padre, y su juventud,
le habían salvado. Que no parecía sospechar que la muerte de la condesa
hubiese sido voluntaria, o al menos no lo decía. Que su tristeza era profunda,
pero tranquila, y que aunque no tenía otra voluntad que la de su esposa y su
padre, se manifestaba decidido a no volver jamás a España.

Esta carta, escrita en Londres, tenía la fecha de 20 de marzo del año de
1820.

En 1826, en una tarde bastante fría del mismo mes de marzo, un hombre de figura hermosa, aunque algo marchita, leía unas tras otras todas las
inscripciones sepulcrales que había legibles en uno de los cementerios más
antiguos de Madrid, y no se detuvo sino cuando encontró este epitafio, cuyas letras mostraban no haber sufrido aún los deterioros del tiempo:

«Aquí yace la Condesa de S.*** Murió el 18 de diciembre del año 1819, a los 25 años, nueve meses y 11 días de su nacimiento».

El hombre que leía los epitafios, permaneció algunos minutos delante de éste, profundamente pensativo, y algunas lágrimas se desprendieron de sus ojos, fijos en el mármol de la sepultura.

Luego salió lentamente del cementerio y se encaminó a una de las fondas más conocidas de Madrid en aquella época. Allí le aguardaban varios personajes notables, que iban a felicitarle y a despedirle al mismo tiempo. A felicitarle porque acababa de obtener un brillante destino, a despedirle porque dicho destino le obligaba a marchar de Madrid al día siguiente.

Dos de aquellos personajes, saliendo juntos de su visita, hablaban bastante alto.

—No hace mala carrera este diplomático de ayer. —decía el uno— ¿Qué demonio de favor es éste que goza en la corte, donde apenas ha estado?

—¡Calle usted! —contestaba el otro— Esto es un escándalo, pero los escándalos de este género han perdido el privilegio de ser llamados tales en una época en que son tan comunes y frecuentes. Los extranjeros hacen bien en llamar a nuestra España una segunda Turquía. Es imposible que el número de los descontentos no se aumente rápidamente. Mientras que miles de españoles beneméritos mendigan el pan en extraños países, mientras que el comercio se estanca, la industria fallece y el empobrecido erario amenaza con una completa ruina. ¿Cómo podremos ver impasibles alzarse cada día esas hechuras del favor, para las que se improvisan destinos, se inventan comisiones, se prodigan honores?... ¡La sangre del pueblo destinada a engordar a una corta porción de elegidos!

—Pero, ¿piensa usted que sea solamente el favor el que haya elevado a Carlos de Silva?

—Mientras no conozca sus méritos...

—Tiene uno contestable.

—¿Cuál es?

—Su dinero. Silva es muy rico.

—Y tiene una mujer muy linda, ¡y nuestro católico monarca aprecia tanto a los maridos de las hermosas!

—Calle usted, lengua de víbora. La mujer de Carlos de Silva es una virtud.

—Puede ser, pero ella queda en Madrid y su marido se marcha.

—Queda en Madrid porque está consagrada al cuidado de su viejo suegro que se halla ciego y enfermo, pero es una mujer ejemplar, idólatra de su marido.

—Sí, pero el marido no es idólatra de ella. Lo sé de muy buena tinta.

—Sin embargo, Silva hace de su mujer un alto precio y es uno de los más atentos y finos esposos que he conocido.

—Sí, pero según se dice no tiene otra pasión que la de la ambición, y por muy obsequioso y muy dulce que se muestre con la linda Luisa, me han asegurado que es de puertas adentro, un compañero asaz, triste e incomunicativo. Se dice que ha tenido un gran pesar con la pérdida de una querida, y que se hizo ambicioso por distracción. Por distracción también podrá su esposa hacerse cualquiera otra cosa, porque, en fin, es preciso que la vida tenga algún interés, algún objeto.

—¿Hacia dónde se encamina usted?

—Yo me dirijo al teatro del Príncipe.

—Yo a casa del Ministro de Hacienda con quien tengo esta noche una conferencia.

Los dos caballeros se separaron, saludando antes profundamente a una señora que pasó junto a ellos con dos niñas muy lindas.

Era Elvira de Sotomayor con sus hijas. La mayor, que cumplía apenas trece años, era una rubia angelical; la segunda, que tenía diez, era una morena de ojos de fuego que se llamaba Catalina.

Iban a visitar a la familia de Silva, y una hora después regresaban a su casa por la misma calle.

Elvira parecía tan profundamente triste que la mayor de sus hijas la preguntó tímidamente la causa.

—¿Qué te aflige, mamá?, ¿por qué has llorado tanto con aquella señora a quien hemos visitado?

—Porque esa señora —respondió suspirando Elvira—, es muy buena y muy infeliz. Cuando tengáis algunos años más, hijas mías, os contaré una historia muy triste: la historia de dos mujeres, ambas muy generosas, muy bellas y muy desventuradas. Esa historia será para vosotras una lección provechosa.

Y las niñas callaron y Elvira calló también.

Hasta aquí llegan nuestras noticias fidedignas. Cualquiera otra cosa que quisiéramos añadir, sería fundada sobre conjeturas.

Ignoramos si Elvira refirió, como lo había ofrecido a sus hijas, la historia de las dos mujeres. Y si así lo hizo, ¿qué impresión dejaría en el corazón de aquellas jóvenes?, ¿qué verdad les revelaría?, ¿qué provechosa lección podrían recibir de esta historia?

Acaso ninguna, acaso nada les dijo, nada les reveló, sino que la suerte de la mujer es infeliz de todos modos; que la indisolubilidad del mismo lazo con el cual pretenden nuestras leyes asegurarlas un porvenir, se convierte no pocas veces en una cadena tanto más insufrible cuanto más inquebrantable. Seres apasionados y débiles, ya ofensoras, ya ofendidas, ellas son las que salen destrozadas, y en sus propios yerros, como en aquéllos de que son víctimas, ellas son siempre las que presentan al mundo, que las contempla con indiferente egoísmo o con fría severidad, el espectáculo de aquellos silenciosos dolores, de aquellas profundas desventuras que pudieran servir de expiación para mil crímenes.

La culpable encuentra por do quier jueces severos, verdugos implacables. La virtuosa pasa desconocida y, a veces, ¡ay!, calumniada. ¡Y la culpable y la virtuosa ambas son igualmente infelices, y acaso también igualmente nobles y generosas!

Fin

Libros a la carta

A la carta es un servicio especializado para
empresas,
librerías,
bibliotecas,
editoriales
y centros de enseñanza;
y permite confeccionar libros que, por su formato y concepción, sirven a
los propósitos más específicos de estas instituciones.

Las empresas nos encargan ediciones personalizadas para marketing
editorial o para regalos institucionales. Y los interesados solicitan, a título
personal, ediciones antiguas, o no disponibles en el mercado; y las acompañan con notas y comentarios críticos.

Las ediciones tienen como apoyo un libro de estilo con todo tipo de referencias sobre los criterios de tratamiento tipográfico aplicados a nuestros
libros que puede ser consultado en Linkgua-ediciones.com .

Linkgua edita por encargo diferentes versiones de una misma obra con
distintos tratamientos ortotipográficos (actualizaciones de carácter divulgativo de un clásico, o versiones estrictamente fieles a la edición original de
referencia.).

Este servicio de ediciones a la carta le permitirá, si usted se dedica a la
enseñanza, tener una forma de hacer pública su interpretación de un texto
y, sobre una versión digitalizada «base», usted podrá introducir interpretaciones del texto fuente. Es un tópico que los profesores denuncien en clase los
desmanes de una edición, o vayan comentando errores de interpretación de
un texto y esta es una solución útil a esa necesidad del mundo académico.

Asimismo publicamos de manera sistemática, en un mismo catálogo, tesis
doctorales y actas de congresos académicos, que son distribuidas a través
de nuestra Web.

El servicio de «libros a la carta» funciona de dos formas.

1. Tenemos un fondo de libros digitalizados que usted puede personalizar
en tiradas de al menos cinco ejemplares. Estas personalizaciones pueden
ser de todo tipo: añadir notas de clase para uso de un grupo de estudiantes,

introducir logos corporativos para uso con fines de marketing empresarial, etc. etc.

2. Buscamos libros descatalogados de otras editoriales y los reeditamos en tiradas cortas a petición de un cliente.

www.ingramcontent.com/pod-product-compliance
Lightning Source LLC
Chambersburg PA
CBHW031057020726
47495CB00007B/1920